著名作家石岗
散文集

玉成

石岗 著

富贵福泽，将厚吾之生也；贫贱忧戚，庸玉汝于成也。
存，吾顺事；殁，吾宁也。——张载

团结出版社

图书在版编目(CIP)数据

玉成 / 石岗著. -- 北京 : 团结出版社, 2016.9
ISBN 978-7-5126-4007-8

Ⅰ.①玉… Ⅱ.①石… Ⅲ.①散文集—中国—当代 Ⅳ.①I267

中国版本图书馆CIP数据核字(2016)第209678号

出版：团结出版社
（北京市东城区东皇城根南街84号 邮编：100006）
电话：(010) 65228880　65244790　(传真)
网址：www.tjpress.com
Email：65244790@163.com
经销：全国新华书店
印刷：三河市祥达印刷包装有限公司

开本：148×210　1/32
印张：9.5
字数：200千字
版次：2017年2月　第1版
印次：2017年2月　第1次印刷

书号：978-7-5126-4007-8
定价：38.00元

含着眼泪读石岗(代序)

殷颖

应石岗之请，为其新文集写序。这真不是个好差事！估计是别人不愿接手的烫山芋，摊派到我头上了。

我以为一个作家的好坏并不看他有多出名，有多大的头衔。作家就是老老实实地写文章，留下千古的文字。石岗以写杂文为主，文笔辛辣、尖锐，而且很会幽默和调侃。他擅长写人物，特别擅长写中国的文化人。而且写死人比写活人还要擅长，比如他为张贤亮写的祭文《张贤亮的禁欲与纵欲》，还有《纹䌽先生祭》等。在他写的人物中，以这二篇为最传神，把中国知识分子复杂扭曲的人性，不得志的悲惨，得志后的纵欲，刻画得入骨入髓。这要是在民国可是能挣大钱的，当年章太炎为黎元洪写《黎大总统墓志铭》，可是挣了好几千块袁大头。可惜了石岗！

石岗的文笔是很拙的，就跟他的长相一样，初看很丑，眼小，发稀，唇厚，一副憨样。但你细瞧，其人有异相，天庭饱满，双耳垂肩，脸颊隆起，颇有佛相。起笔，语句简朴，就像一个老农叼着烟杆在和你唠家常，但在不知不觉中他已将一把锥子深深地扎进你的心中。每次我读他的文章总有被刺痛警醒的感觉。他喜欢尖锐，他曾这样解释我的名字，"兄弟，你姓殷名颖，殷者血红也，颖者锥尖也，合起来就是血红的锥尖"。我泪奔了，我也是一个尖刻的人。我喜欢当一把锥子，还要扎出血来。这就是石岗，我俩从此也就成了知音。

王国维曾经说过："无高尚伟大之人格而有高尚伟大之文章者，殆未之有也。"说白了，人格不行，文章肯定也不行。石岗的文章之所以吸引我，就是因为他具有这个时代文人所欠缺的人格和风骨。他在《青山依旧在》里这样写道，"所谓才子，必须思维敏捷，有敏锐眼光，有独到见解，不落俗套，恃才傲物，不同流合污。如果才子善于同流合污，那就不叫才子，那就叫马屁精"。石岗在《谷雨》中写道："齐国的崔杼杀了两个史官都没法改写历史……这就是文人，这就是风骨，生命无所谓，原则最重要。"

诗人艾青写诗时常问，"为什么我的眼里常含泪水"？我不知道石岗写文章时是不是眼里也常含着泪水，但我却常常眼里含着泪水读他的文章。我在他的《清明》中读到："那些在阳间作威作福的人，死后是不是还在继续他们的福威？像我父亲那样老实正直的农民，是不是还在给那些作威作福的人种田耕地？"我的眼睛一下子就湿了。在《端午》中他写道："屈原这一跳是惊天地泣鬼神的一跳，他这一跳使中国哭泣了两千年，我从四十岁开始，每年都读屈原的《离骚》《怀沙》，每次都会哭泣。"我也常读《离骚》《怀沙》，所以我也哭了。在《谷雨》中，石岗写道："司马迁受了官刑。他的后代改姓

'同'或者'冯'。司马迁的后人,把'司马'两字拆开,给'司'字加一竖,成了'同'字,给'马'字加二点,成了'冯'字。这一竖二点就是要给祖先补齐身体上的残缺,好让祖先死后成为一个完整的人。"我看到这,泪流满面。我觉得《清明》《谷雨》《端午》这三篇文章是应该载入史册的。这三篇里面我最喜欢《清明》,在我的印象里清明一直是个祭祀鬼神的日子。受杜牧根深蒂固的影响,"清明时节雨纷纷,路上行人欲断魂"。清明一直是阴晦的心情。但石岗彻底颠覆了我的三观,他说清明才不是鬼节呢,"清明正是万物复苏,春回大地的时节,在家里蛰伏一个冬天的人,都渴望到外面走走,看看海棠花开,看看玉兰吐蕊,看看鸭子凫水,看看鸳鸯交配,点燃自己心中的春情,也好干一些美事"。也只有石岗能写出这样的文字来。石岗爱拍照,到哪里都让我给他留影。而且每次拍照前,他总会从口袋里摸出一把精致的小梳子,在头上梳理几下,这实在没有必要,他的头上实在是没有几根草的,但他是认真的,他对美是执着的,也许这春情早就刻在了他的心里了吧。

既然清明不是鬼节,那鬼节是哪一天呢?是"寒食",在清明的前二天。要感谢石岗,我真的不知道还有"寒食节"。接下来他讲寒食节的由来,讲了介子推割肉的故事。其实这个故事地球人都知道,但我不知道寒食节是由介子推而起,不知道"四海同寒食,千秋为一人"。石岗真是个讲故事的高手,又一次赚足了我的眼泪。我纳闷,电影《小时代》怎么没请石岗去当编剧呢?我又瞎想了,石岗怎么去编《小时代》呢?石岗的心中装着大时代。他对我们这个时代的荒诞和平庸比任何人都要清醒和深刻。石岗在《张贤亮的禁欲与纵欲》

中写道:"张贤亮虽然小说写得很好,但是他读的圣贤书不多,在他的小说中,反复呻吟的都是饥饿,食物的饥饿和性的饥饿。"这简直是一针见血,畅快淋漓。其实文革之后,整个大陆文学都是"伤痕文学""压抑文学",先是哭哭啼啼的没什么出息,然后在压抑的煎熬中走向纵欲的反面。同时还不忘给自己的堕落找到一个被压迫伤害需要安慰的理由,美其名曰"人性"。

聂绀弩有诗曰:"文章信口雌黄易,思想锥心坦白难。"石岗能写出激荡情怀,感人肺腑的文字,是因为他早已不仅仅是个作家,而是一个思想家。他在《玉成》里这样说:"张载为天地立心,为生民立命,为往圣继绝学,为万世开太平……这是多么伟大崇高的理想,每次读横渠四句,我都会浑身发麻不能自已。"石岗不是为了自己写文章,是为了天地,为了生民,为往圣,为万世。所以他的文章里,没有名利,没有铜臭,没有权贵,只有骨气,只有豪气,只有真善美,只有一颗救生民于水火,为子孙开太平的赤子之心。

目录

1 / 过年这几天

11 / 端午这一天

25 / 清　明

37 / 谷　雨

45 / 伏

51 / 青山依旧在

64 / 章衣萍，民国文坛的奇葩

72 / 江南片段

94 / 新疆片段

113 / 乙未七夕穿越天山

124 / 陈忠实的恐慌

130 / 娘的被子

134 / 小　友

147 / 玉　成

188 / 增旺画画

191 / 董阳的魔法

197 / 灵　醒

205 / 陕北来个刘柄军

208 / "书痴"王革平

210 / 王卫民的书道画道

213 / 长安四阔铭

215 / 醴泉东黄魁星楼记

217 / 丙申雅集序

218 / 石子见孔子

221 / 石子见老子

224 / 厕

229 / 这些鸟事

234 / 你会开车吗?

237 / 诗词漫谈

261 / 历史的记忆

287 / 一个人（代跋）　郭勇

过年这几天

一

今天是乙未年腊月二十五,再过四天就该过年了。年又来了!在所有节日中,过年是最令人心情复杂的。过了年,娘就九十岁,意味着衰老和危险;过了年,儿子就二十六了,如庄稼拔节出穗,让人怀着希望和喜悦;过了年,女儿就长大一岁,如花儿站在春风之中,让人欢欣鼓舞。我就站在这中间,对一头充满担忧和恐惧,对另一头充满希望和欣慰。而我自己,怀着春情却迈不动常常犯累的双腿,朗笑如痴却露着几丝哀伤,就这样,慌乱而从容。

二

这世界上本来没有年,也没有时间,天地一片混沌。其实,天地从来都不曾混沌过,天地永远都是朗朗乾坤。只是人心混沌,智慧不开,就像躺在混沌中酣睡的盘古。人过了一段时光,就长大了,春情爆发了,生儿育女了,又老去了,死了,一代一代重复。于是,人类中的聪明人,悟出来了,有一个东西叫做年,它就像天神一样,看似不经意间存在着,无声无息地操纵着所有的生命。智者就像盘古,他醒来了,用斧子劈开了混沌,让人聪明。人于是知道了,人是这地球上普普通通一种生物,像草木一样。草木中最珍贵的无过于庄稼,也就是"禾",于是,圣人造一个字"秂",人头顶上顶着庄稼,庄稼每到春天就发芽,冬天就死去,人也一样,孕育于春情,死亡于衰老,人和庄稼生死的规律就是年,所以,最早的年字就这样写——"秂",而且,它和"人"字是一个发音。人和生物共同生死。年意味着生的神圣,也意味着死的恐惧。

这世界上本来没有年,也没有"数"。季节交换而来,日月轮替起落,一切都在重复,但是重复中又有变化。圣人感到有一个东西的存在,由少到多,或由多到少,主宰着一切生命。年来了,又去了,庄稼春发了,冬灭了,人生下来,死去了。于是,圣人说,这就是数,一切都在数中。

人在生死面前,没有其他生物从容,其他生物面对着生死,从容对待,因为他们智慧未开,智慧未开就不知道未来,也就没有贪念,不贪就从容。人聪明,就会有贪念,越聪明的人贪念也就越多,贪多厌少,贪利厌害,贪得厌失。人最害怕死亡,害怕早死。其实,人及人类,所有的努力,都是在对抗死亡,对抗时间,也就是对抗年和数。有人想逃避,"跳出三界外,不在五行中",这样就可以永生了,我不参与世间轮回,时间就拿我没有办法,远离尘世,去修炼,去成仙,"仙"就是住在山上的人,住在山上,离天近,离尘世远,就有"跳出三界外,不在五行中"的可能。我不过年,年就无法改变我,这是道教的做法;也有人想让肉体和精神分离,肉体被一个个年杀死了,但是,我的灵魂却依然存在着,这些灵魂存在于各个空间,也可以永生了,人也就感到一丝安慰,这是佛家的想法;也有人,想求灵魂不灭,只不过,他不寄希望于肉体灭绝后灵魂存在于别的空间,而把自己的灵魂,转嫁给下一代的人,不断想办法传播自己的想法,就不断著书立说,甚至开办学校,集中传播,这是儒家的做派;也有些人,不相信这些,他们很现实,我就是想办法让人的肉体强健,来延长肉体存在的长度,不被年轻易摧毁,这就是医家的方法。

我上面讲的这些,都不是我要写这篇文章开始时的想法,但是我却写了,这就说明,年要来了,我心里非常慌乱,我害怕死,渴望生。这是生物的本性,也是我的本性。

三

年是一个符号,是时间的代号,年再加上数,就成了控制生命的至高无上的神,是让任何生命都恐惧万分的神。

但是,年虽然标识着旧生物的衰老与死亡,它也会让新生命孕育与成长。中国人把过年选择在四季中最寒冷,但是却是温暖孕育的时间里,让人们在寒冬中感知春天,这可能是人类最智慧的做法。中国人在死亡和严寒中，不气馁，不失望，圣人说了，阴极阳生。让我们在最寒冷的时候，来团聚，来庆祝，来放纵，抖擞精神，互相鼓励，为了未来，去和时间抗争。

四千年前，大舜帝望着四野一片皑皑白雪，望着在寒冷中瑟瑟发抖、饥肠辘辘的百姓，望着愁眉不展、唉声叹息的大臣们，说："大家打起精神来，跟我去迎接春天和温暖吧，把春天的种子播撒在心田，充满希望地活下去。"

众人跟随着大舜帝，登上高高的山岗，大舜帝大声说："你们感到了吗？寒冷的北风中有一丝温暖的南风在吹拂，春天不远了。"大舜帝很激动，就像我今天一样，他流着泪，不由自主地弹起五弦琴，歌唱起来："多么和煦的南风啊，可以解除我百姓心中的忧愁！当南风吹来的时候啊，可以增加我百姓的财富！"大舜帝的这两句歌词，是我翻译的，伟大的孔子翻译得更有文采。《孔子家语·辨乐解》中说："昔者，舜弹五弦之琴，造《南风》之诗。其诗曰：'南风之薰兮，可以解吾民之愠兮；南风之时兮，可以阜吾民之财兮。'"

大舜帝带着人民和随从，歌唱南风，祈求春天到来的日子，后来，就是我们过年的日子，它也被称作"春节"，一个在最寒冷的季节，心中却最充满温暖的日子。

四

大舜帝带领人民，去迎接春天，这种做派，令天地鬼神为之感动，后来，各个朝代的国家领袖，都效仿伟大的大舜帝，在严冬举行春祭。

但是，有一年，鲁国国君的一次春祭活动，却让一个人非常伤心，从而成为历史上一个令人难忘的伤疤，也促使一个人完成了一件两千年来令读书人激动不已的事件。

那一年，鲁国国君举行春祭，春祭仪式结束了，按惯例，要把祭祀用的腊肉分给每一个士人，来让士人享受神祇享受过的贡品。但是，那一年，也不知道是分发腊肉的人疏忽大意了，还是他有意那么做，他就没有把腊肉分给孔子，孔子感到受了莫大的侮辱，他伤心得几天不吃不喝，泪水溢满眼眶。最后，他决定要离开这片带给他屈辱，又让他深爱着的土地，他要到各个国家去走一遭，来寻找一片适合他播种思想的土地。

孔子那一年54岁，和我今年的年龄完全一样，说老不老，说年轻也不年轻。这个年龄，身体在不断变得迟滞，但是，身子也能像高山那样挺立。一颗经过半个世纪磨炼的心脏，有时候跳得平稳祥和，有时候就会突然紊乱，但是，思想却愈加坚定。死亡就在前面，但是梦想却很遥远。我爱着每一个人和每一寸土地，可是，每一个人和每一寸土地却对我视而不见。所以，我要抛弃这片土地和这里的人，去外面走一遭。于是，孔子擦干屈辱的泪水，睁开迷茫的双眼，抖动着花白的胡须，走出自己的家，任寒风吹散他花白的头发，他上路了。

当孔子迈开双腿的时候，他心中肯定唱着那首歌："南风之薰兮，可以解吾民之愠兮；南风之时兮，可以阜吾民之财兮。"孔子不是为自己出走,他是为天下人出走,他深爱着人民和万物。在寒冷的冬季,他的心中吹拂着温暖的南风,那是他的希望。心中的温暖,在鲁国无人能感觉到,那就把它送给天下人吧!

孔子抹下圣人的虚名,他想,过去坐在家中等别人来请自己,现在,五十多岁了,时间不等人,等不住了,走吧,去到别人门前乞求吧,乞求别人接受自己的思想吧,告诉别人,你只有仁爱天下人,你的国家才能长治久安,你才能获得幸福。

自己替别人着想,希望别人幸福,还得去乞求别人,这是多么大的悲伤呀!我们的圣人他就这么做了,我求求你,为了你自己的幸福,你好好做人吧!

孔子带着几个学生,就这样悲壮地走了。一个国家一个国家哀求,各国的国君都知道孔子是天下的圣人,但是,他们就像人们热爱太阳,却总是躲避太阳一样,每个人都知道太阳是最伟大的,是生命之源,但是,没有人愿意久久地站在太阳下面。因为,每个人心中都有黑暗。

孔子走过的国家,都对孔子很客气,但是,没有人重用他去治理国家,孔子的弟子们都想不通,这是为什么呀?为什么人们都要抹上防晒霜,建起遮阳棚,来躲避太阳呢?为什么人们宁愿生活在黑暗中,也不愿意让阳光普照呢?

在卫国,一个小官吏见到了他心中敬仰的孔子,他见完孔子,出来说了一番话,解开了孔子和他学生心中的疑团,他说,像孔子这样的人,就不能做官,你不能把他任用到某一个具体的位置上,他太大了,任何官职都不适合他,他就是上天派来惊醒世人的巨钟呀！他就是上天派来惊醒人类的木铎呀！当他敲响的时候，他的声音要传播一千年，一万年，什么世俗的官职能适合他呢？

于是，孔子就决定继续走下去，去敲响他这口万古巨钟。他此后的一言一行，都成为千年楷模，万世师表。

有一年，孔子和弟子长途跋涉，饥渴难耐，前面突然出现一眼清泉，几个弟子顿时欢呼起来，就跑到泉边去喝水，孔子却突然看见泉边上有两个字——"盗泉"，原来这是巨匪大盗喝过的，于是，孔子大喝一声，不能喝，君子渴死不饮盗泉之水。好一声断喝，从此，天下君子和盗贼势不两立，君子崇高的气节，比生命更加重要。

孔子一路历经艰辛，许多次差点送命。他在匡地，被匡人当做凶恶的阳虎，差点被杀，后来，他脱险后逃了出来，但是，他的学生身体弱小的颜回却落在后面。后来，颜回追上孔子。孔子拉着颜回的手说："不见你回来，我以为你被匡人杀了。"颜回说："老师还在，我颜回怎么敢死呀！"每次读颜回这句话，我都流泪，这就是君子之间的爱和情谊呀！

孔子在卫国的时候，大夫史鱼对孔子非常崇拜，史鱼反复劝卫灵公重用孔子，但是，卫灵公就是不听。最后，史鱼得了重病，他临死前对儿子说："我死了，别埋我，把我的尸体放在王宫门前。"后来，卫灵公来祭奠史鱼，对着史鱼的尸体说："史鱼是忠臣，这是尸谏呀！死了还要告诉我用孔子呀！"于是，卫灵公就用孔子，而且出行总是带着他，但是，他到处都带着自己美丽而淫乱的夫人南子,就是个吃喝玩乐,孔子根本就说不上话。孔子只能仰天长叹,说:"这个卫灵公,好德不如好色呀!走吧。"

于是,孔子又离开卫国去了宋国。宋国司马桓魋见孔子受到重用,很嫉妒,于是就带人去杀孔子,孔子正讲课讲得起劲,桓魋的人就冲出来行刺,多亏孔子的弟子奋力厮杀,才逃出来。夫子难大,多危险呀!这个挨千刀的桓魋如果行刺成功,我们可能就不知道历史上有孔子这样一个人了,也就读不到《易经》《论语》《诗经》《春秋》《尚书》这些伟大的著作了,我们中国现在还有什么东西能在人面前提起呢?

后来,孔子到陈国,被人称作丧家之犬,再回卫国的时候,几天没饭吃,差点饿死。他的学生子路问孔子:"先生呀,你不是说君子很了不起吗?难道君子还要受穷挨饿吗?"孔子说:"君子虽然穷,但是,君子就是穷死,他依然有美德留在世上,这是多么珍贵呀!不像小人,穷了,就放弃原则,不择手段!"你听听,振聋发聩呀!君子穷都保持美德,而现在那些贪官,富得流油还不要脸贪财,真是可耻可憎。

在孔子看来,富贵就像天上的浮云一般,功名利禄就好似脚上的破鞋一样,根本无所谓。他走遍天下,无非是要告诉世人"仁爱"的道理。

孔子说:"作为君子,必须符合三个条件,仁爱没有忧虑,智慧没有疑惑,勇敢没有畏惧。"他的学生子贡说:"老师就是这样的人呀。"孔子正是智、仁、勇三者兼备的伟人。

孔子一路上还遇上许多隐士和所谓的高人,比如接舆、长沮、桀溺，他们都怀才不遇，远离世事，他们看到孔子四处奔走，做明知不可为而为的事情，就劝孔子，归隐吧！别再辛苦乱跑了。但是孔子却不放弃，他说，即使有一丝希望，也不放弃努力。孔子知天命，忧天下，这不是那些只知道爱护自己的隐者、狂士所能理解的！孔子是用行动告诉每一个君子，自强不息呀！

孔子在各地四处跑，搞得鲁国国君心里很不是滋味，这么伟大的人，在自己国家不愿意待下去，别人怎么看我呀？大家都用屁股来笑我，以后有才能的人谁还投奔我呀！他为了面子，就又派人请孔子回去，说，以后再分腊肉，都会给孔子分一份。孔子笑了，正愁没退路，回吧！

回家的路上，孔子一行路过隐谷，闻到阵阵兰花的幽香。孔子感慨万千，于是，做《猗兰操》：

"兰之猗猗，扬扬其香。不采而佩，于兰何伤。
今天之旋，其曷为然。我行四方，以日以年。
雪霜贸贸，荠麦之茂。子如不伤，我不尔觏。
荠麦之茂，荠麦有之。君子之伤，君子之守。"

孔子说过，他一生述而不作，就是说他只是转述前人的思想，他自己很少创作，而这首《猗兰操》就是孔子创造的为数不多的诗作了。

孔子这一走，就是十四年，他出走的时候，五十出头，回来的时候已经快到古稀之年了。这十四年的奔波，孔子给天下树立了君子的标杆,让人万古敬仰!

又过年了,过完年我就五十四岁了,我该像孔子那样出走呢?还是继续沉沦在这片土地呢?

子在川上曰:"逝者如斯夫!"

五

年又来了,这几天,兄弟们忙着置办年货,我也跟着看热闹,去给人写春联,去给人说新年快乐。虽然今年冷得出奇,但是,心里还是有春天的!年,来吧!"一年三百六十日,风刀霜剑严相逼!"这是曹雪芹说的,他在心里葬花,埋葬心中的美人。昨天,我的四弟赵西斌让人给我送了五盆鲜花,使我的寒舍充满春意。

年来了,心里很乱,一头迎着死,一头望着生!就写下这些没有逻辑的文字。

2016年2月3日星期三于西安含光书屋

端午这一天

一

端午这一天,是农历五月初五,五月离正月也过了五个月,正月间被祭祀送走的恶鬼,又开始反扑了。所以在端午这一天,又要再次祛除恶鬼。

端午这一天是古历的夏至,夏至日阳气最盛,祛除恶鬼也最有效。但是,这一天,恶鬼会四处躲藏,依附在新出生的婴儿身上,所以这一天是恶日,非常险恶。这一天出生的孩子,不论男女,都要溺杀,否则,会"男害父,女害母"。应劭在《风俗通》中甚至说:"五月到官,至免不迁。"就是五月任命的官吏,至卸任都得不到升官的机会。而且,还说"五月盖屋,令人头秃",就是五月盖的房子会出现各种问题,叫人发愁得头发都秃了。

这些说法不是我发明的,它自古就有,是对是错判断起来叫人犯难。

历史上这一天出生的最有名的人,是战国时期大名鼎鼎的孟尝君田文。

田文是齐国王子田婴的儿子,这个田婴可是个非常神武的人,他曾和邹忌、孙膑一起指挥马陵道之战,击败魏国,杀死魏国大将军庞涓。田婴在齐国做了几十年宰相,政绩突出,最后被封到薛地。

田婴不知道有多少老婆,反正在田文出生的时候,田婴已经有四十多个儿子。田文的娘是一个"贱妾","贱妾"这个词是司马迁说的,不是我说的。田文的娘贱到什么程度?不得而知,是出身低贱呢?还是人品低贱?不知道,反正她在不该生娃的那一天,生下个儿子。

田文因为出生在五月初五,令他爸田婴非常气愤,就让贱妾将这个儿子弄死。但是,贱妾却舍不得,偷偷养着,可能田婴家太大,儿子太多,偷着养一个孩子,当爸爸的竟然不知道。等到田文长大了,他爸田婴才发现这个可恶的儿子还活着,就责备贱妾。太史公司马迁在《史记》里记载了田婴和田文父子之间精彩的对话,从中可以看出,这个田文从小善于诡辩,而田婴却也是慈父心肠。田文问:"君所以不举五月子者,何故?"婴曰:"五月子者,长与户齐,将不利其父母。"文曰:"人生受命于天乎?将受命于户邪?"婴默然。文曰:"必受命于天,君何忧焉?必受命于户,则可高其户耳,谁能至者!"婴曰:"子休矣。"

田文问他爸,你不养五月出生的孩子,是为啥吗?他爸说,五月出生的孩子长到和门一样高,就会害死父母。田文说,人的命是天注定的还是门决定的。如果是天注定的,人怎么可以改变呢？如果是门决定的，那咱就把门做高些，我永远也长不到门那么高，也就永远不会害你了。田婴说，你赶紧滚，别再胡说了。

田婴为父心慈，舍不得杀死这个传说中会害死父母的儿子，才留下战国一代英雄孟尝君。但是，后来的结局看着也怪怪的，田文死后，他的儿子们争夺储位，互相攻杀，齐国和魏国的国君一生气，就把薛地屠城了。田婴的后人基本被杀绝，他虽然没有害死他爸，因为他爸早死了，但他的儿子却害死了所有兄弟。所以，"五月五，害父母"的说法，有没有道理呢？

五月五日是恶月恶日，所以这一天，尽量不要生孩子，以除瘟、驱邪、求吉祥为主。

我们见面的时候尽量不要问端午节快乐，就道一声平安就可以了。

我估计许多端午节出生的人要骂我了，别骂我，这是祖先说的，我也不太相信。

二

端午这一天，几个吴国士兵抬着一具用鸱夷革裹着的尸体，来到钱塘江边。鸱夷革是一种牛皮，过去专门用来做酒具。这个鸱夷革裹着的尸体，活着的时候叫做伍员，字子胥。今天他被逼自杀而死，变成了一具尸体，被几个吴国士兵用鸱夷革裹起来，丢进钱塘江里。

自从这个伍子胥被丢进钱塘江里，钱塘江就开始变得不平静了,他的冤魂常常驱动潮水,排山倒海般汹涌。所以,我们今天才能看到壮观的钱塘潮。伍子胥后来也被封为"潮神"。

伍子胥是楚国人,他的家就在"东方之星"翻了的湖北监利县,监利县的翻船事件与伍子胥有没有关系?有待考证。反正自从五月端午这一天伍子胥被投进江里,钱塘江、长江一带就没平静过,所以,吴国、楚国、越国一带的官府和百姓,都到处兴建伍子胥庙,并且给江里丢粽子,来安慰他。

伍子胥这个人一生都是苦大仇深的,他生在这个世界上的使命,好像就是为了复仇。

伍子胥他爸伍奢是楚平王芈弃疾的儿子——太子芈建的老师,太子的老师当时叫做太子太傅。这时候,太子还有一个地位比较低的老师,叫费无忌,是太子少师。这伍奢和费无忌是一对冤家。这世界上老大爷生人,常常安排了矛,就要安排一个它的克星盾,就像刘邦和项羽。伍奢和费无忌也是一对冤家,老是尿不到一个壶里,因为这两个人的性格太不同了,一个阳刚,一个阴险。

都是女人惹的祸。这一年,楚平王芈弃疾要和秦国联姻,就让他的太子芈建娶秦国公主孟嬴。楚平王芈弃疾派费无忌到秦国去迎接孟嬴。费无忌发现秦国公主孟嬴长得非常漂亮。这个奸诈之徒就决定用孟嬴给楚平王献媚。高人做生意,往往连本钱都不投,都是空手套白狼,费无忌就是高人,他决定把楚平王的儿媳献给楚平王,他告诉楚平王公主孟嬴长得多么美妙,把楚平王听得哈喇子流了二尺多长。最后,这个没品行的楚平王芈弃疾就娶了孟嬴，夺了儿媳。

你想想，这不是扯淡的事情吗？伍奢这些正直的大臣听了直摇头，都说楚平王太不靠谱，费无忌太不要脸。

费无忌把太子的老婆送给国王，但是他忘了，国王迟早是要死的，太子是要继位的，一旦太子继位，第一个非杀他不可。于是，这个费无忌就想办法除掉太子，他时不时对楚平王芈弃疾说太子要联合伍奢谋反，于是楚平王就决定杀了太子和伍奢。

费无忌这个阴险小人一步步得逞，但是，小人一般只谋眼前利益，根本看不到长远发展，他今天一步步成功，正好为他日后被杀而且三族亲人全部被处死种下了祸因，也为楚平王日后被鞭尸埋下了伏笔。

伍奢被楚平王抓住囚禁，太子却撒腿跑了。费无忌过去和伍奢共同侍奉太子，对伍奢家里的情况太了解了，可能伍奢也常以自己的两个儿子为骄傲吧，就常常在费无忌面前吹嘘儿子多有本事。所以，费无忌就害怕自己害死伍奢，伍奢的两个有本事的儿子将来找他报仇，他就决定连伍奢的两个儿子也一起干掉。所以，一个人尽量不要在别人面前吹嘘自己的儿女，小心给儿女带来麻烦。

费无忌对楚平王说："伍奢有两个儿子，一个叫做伍尚，一个叫做伍员，都很有本事，不杀会留下祸根。你让伍奢把他两个儿子招来，一起杀掉。"于是楚平王派人对伍奢说："你若将你的两个儿子招来可免你一死。"伍奢说："伍尚为人仁厚，召他一定会来。伍员为人刚烈暴戾，很有智谋，他一定不会来。"

楚平王派人，拿着伍奢的信，去找伍奢的两个儿子。果然如伍奢说的，伍尚一定要去，他是孝子，父命不可违。但是，伍员却不愿意束手待毙，他要替父兄报仇雪恨。他拿出弓箭对准楚平王派去的士兵，士兵吓得后退，伍员逃走了。

伍奢听说伍尚来送死，伍员跑了，就叹息一声说，楚国从此要陷入战争了。接着伍奢和伍尚都被杀了。

伍子胥先跟随太子芈建跑到宋国，但宋国也发生夺权政变，他们又跑到郑国。这个太子芈建在楚国斗不过他爸楚平王，却在郑国联合一个大臣搞政变，事情败露，被郑定公杀了，伍子胥得到消息赶紧带着太子的儿子芈胜跑到吴国。伍子胥逃跑，也是一段精彩的过程，他出逃时是翩翩少年，逃出昭关时一夜白了少年头，变成一个白头翁。

伍子胥到了吴国，吴王姬僚刚刚继位执政，姬僚的侄子公子姬光做将军。伍子胥投靠公子姬光，等待时机报仇雪恨。

吴国和楚国，虽然算不上友好邻邦，但是两家却暂时不会发生战争。但是，天有不测风云，这一年，吴楚两国却打起来了。

还是女人惹的祸。这一年，吴国和楚国边境上的两个女人，为了争夺养蚕的桑叶，竟然打起来了。本来是村妇打架，拉开就行了，但是，吴王认为这是不把吴国放在眼里，他一定要替吴国女子报仇。

吴国派公子姬光，带领大军，讨伐楚国，打下了楚国的城市钟离、居巢，然后凯旋归来。从此，吴楚两国仇恨加深，进入战争状态。

伍子胥见吴军获胜,就急于报仇雪恨,他对吴王说,不如一举灭了楚国。但是公子姬光很冷静,说你伍子胥和楚国有杀父之仇,想煽动我们灭楚,这是教唆傻子追汽车,我们才不上当呢!

伍子胥的阴谋无法得逞,但是,他是一个能沉得住气的人,他就带着他救下的公子芈胜,去开荒种地。但是,他的目光始终没有离开过吴国朝廷。他发现,公子姬光似乎有行刺自己的叔父吴王姬僚的想法,他就把一个叫做专诸的勇士推荐给公子姬光。

这个专诸是个奇人。有一次,伍子胥路过一个地方,看见专诸和十几个人打架,打得一群人东倒西歪的。但是,架打得正忙,却有一个弱女子在旁边大叫一声"专诸",专诸就乖乖停下来,跟那女子回去。伍子胥觉得奇怪,跑去问专诸,专诸说,"如能惧内,必能服外"。他的意思是说,一个男人,如能屈服于老婆之下,必定能征服万夫之上。我也弄不清这是一个什么逻辑,反正中国从此有个新词叫做"惧内",也就是怕老婆了。

专诸为什么怕老婆,因为史书没有说明原因,我只能做一个泛泛地猜测。清代有一本小说,叫做《八洞天》,这部书认为怕老婆有三种情况,也就是"势怕"、"理怕"和"情怕"。

"势怕"分三种:一是老婆出身高贵,畏其门第;二是老婆娘家富有,靠人家生活;三是老婆强悍,避免被她打骂。

"理怕"也分三种:一是老婆贤惠,让人敬爱;二是老婆有才,让人钦佩;三是老婆出身贫苦,让人可怜。

"情怕"又有三种:一是老婆美丽,迷其色相;二是老婆太小，觉得耽误人家青春；三是老婆娇弱，不忍心看她可怜的样子。

《八洞天》这部书，我在上高中的时候，从我的同学手中借到过，结果还没来得及看完，就被一个叫做应子德的老师收走了，还把我批评一顿，说我看黄色书籍，把我和同学罚站一堂课。但是，后来我曾看见应子德在偷偷地看。他如今也去世很多年了，也不知这部书流落到什么地方。但是，书中怕老婆的几种情形我还是有些记忆的。

专诸是春秋战国第一刺客，也是中国历史上有记载的惧内第一人。

后来，公子姬光就是利用这个怕老婆的专诸，刺死叔父吴王姬僚，自己当上吴王，也就是大名鼎鼎的春秋五霸之一吴王阖闾。至于姬光为什么叫做阖闾，我也搞不清。阖，门扇也，闾，大门也。阖闾合在一起，就是大门的意思。古人起名有时候很怪，很随意，比如郑庄公名叫寤生，就是因为他妈睡觉的时候生下他。齐景公叫做吕杵臼，杵臼就是捣米的工具。姬光为什么后来叫做"阖闾"，也就是大门，确实很奇怪。姓名学可能在秦汉之后才有，所以，春秋时代，人的名字都奇奇怪怪的，不像我们现在的人讲究。

阖闾继位后，就感谢伍子胥推荐了专诸，就招他到宫里，封官加爵，一起共商国是。

这时候，楚国的情况也有变化，楚平王病死。楚平王夺来儿子的老婆秦国公主孟嬴生下的儿子芈轸，当了楚王，这就是楚昭王。

　　这时候，吴国来了一位伟人，他是兵家巨子，叫做孙武，后世称为孙子。孙子是足智多谋善于用兵的武圣，他和伍子胥联手，再加上阖闾本身就十分会用兵，这几人统帅下的吴军那基本上是战无不胜。此后，吴国不断攻打楚国，最后终于攻克了楚国首都郢城，伍子胥扒开了楚平王的墓，将楚平王已经埋葬很多年的尸体，用鞭子抽了三百下，才算为父亲和哥哥报了仇。当年，陷害他父亲伍奢的费无忌，此时早已经被灭了三族。

　　吴王阖闾是楚昭王的克星，但是此时，他和他儿子夫差的克星越王勾践也继位为王了。吴越争霸战也拉开了序幕。此后，吴王阖闾与越王勾践大战，被一箭射中脚拇趾，竟然不治而亡，死前，阖闾给伍子胥封官相国，嘱咐他辅佐少主。并拉着自己儿子夫差的手说，给爸爸报仇呀！然后就死了。

　　夫差继位后，打败了越国，越王勾践投降了。伍子胥认为应一举消灭越国，但是这时候又来了两个美女，越国给夫差送来天下第一美女西施和西施的金兰姐妹郑旦。夫差爱上这两个美女，就不想灭了两个美女的娘家，他又听信另一个从楚国逃来的大臣伯嚭的话，说伍子胥有谋反之心，最后，夫差赠剑令伍子胥自尽。

　　伍子胥死时非常愤慨，留下遗言，要家人在他死后把他的眼睛挖出来，挂在东城门上，他要亲眼看着越国军队灭掉吴国。吴王夫差听了，气坏了，命令把伍子胥的尸首用鸱夷革裹着抛弃在钱塘江里。

后来吴国果然被越王勾践所灭，夫差临死时，羞于在阴间见到伍子胥，用白布蒙住双眼，才举剑自杀。

三

端午这一天，屈原来到了汨罗江边，他决定要跳江自杀。

他在四周转了半天，想找一个水流急些的地方下水，因为他是下决心要死的，所以，他不能在水浅的地方被淤泥拔住了脚，淤泥一旦拔住了脚，他再改变了主意，那么，自杀的愿望也就无法实现，他用生命惊醒楚国的愿望也就无法实现了。

太史公司马迁是中国三千年来文章仅次于孔子的大家。我觉得中国文章三伟人就是孔子、屈原和司马迁，而这三个人人品之高洁，永远令人敬仰。太史公写屈原投江这一段，写得非常传神，使我们这些后生晚辈无法再动笔。他写道："屈原至于江滨，被发行吟泽畔。颜色憔悴，形容枯槁。"

太史公出生的时候，屈原已经死了133年，所以他写的屈原跳江，都是靠想象，他想象的屈原走在江边，长发纷披，嘴里吟唱长歌，脸色憔悴，形象就像枯树木一样。

太史公写屈原，是用血泪写的。

太史公设想屈原跳江时，遇上一位渔夫，然后发生了一段对话，这是一段传诵千古，振聋发聩的对话："渔父见而问之曰：'子非三闾大夫欤？何故而至此？'屈原曰：'举世混浊而我独清，众人皆醉而我独醒，是以见放。'渔父曰：'夫圣人者，不凝滞于物而能与世推移。举世混浊，何不随其流而扬其波？众人皆醉，何不哺其糟而啜其醨？何故怀瑾握瑜而自令见放为？'屈原曰：'吾闻之，新沐者必弹冠，新浴者必振衣，人又谁能以身之察察，受物之汶汶者乎！宁赴常流而葬乎江鱼腹中耳，又安能以皓皓之白而蒙世俗之温蠖乎！'"

我总是猜测，和屈原对话的人，并不是什么渔夫，一个乡野之人怎么可能说出如此合乎大道的话呢？这纯粹就是太史公要靠一个虚构的人物，来提出自己的问题，通过屈原的语言，来展示伟人的心机。"举世混浊而我独清，众人皆醉而我独醒"，"安能以皓皓之白而蒙世俗之温蠖乎！"在这个是非不分混沌肮脏的世界，在这个世人都像醉鬼一样迷离着双眼散发着恶臭的世界，谁能让自己清白的身躯，蒙受污染？宁可投入大江而葬身鱼腹，又怎能使自己高洁的品质，去蒙受世俗的尘垢呢？

太史公说，他后来到了长沙，到了屈原投江的地方，每次都泪流满面，每次都想象着屈原的为人做派，"未尝不垂涕，想见其为人"。

接着屈原吟唱了一首长诗，叫做《怀沙》，有人认为它的意思是怀抱砂石跳入江水。于是，屈原沉没于大江之中。

屈原这一跳，是惊天地泣鬼神的一跳，他的这一跳，使中国哭泣了两千年，我从四十岁开始，每年都读屈原，每次读《离骚》《怀沙》都会哭泣。

所以，端午这一天，是哀伤的一天。这一天，屈原会来吟唱，"长太息以掩涕兮，叹民生之多艰"，"路漫漫其修远兮，吾将上下而求索"。他也会问，我死了两千多年，孩子们，民生还艰难吗？你们找到路了吗？

四

端午这一天，十四岁女孩曹娥，来到舜江边上，她一路哭泣，一路悲唤，一路呼叫着自己的爸爸。因为她的爸爸曹盱在十七天之前，沉入江水。

曹盱是一个巫师，善于"抚节安歌，婆娑乐神"。在从十多天之前就开始的祭奠潮神伍子胥的活动中，驾船逆潮而上，去迎接潮神伍子胥，结果，一不小心，掉入江中。

爸爸落水了，曹娥悲痛万分，她每天在江边悲声哭泣，来回奔跑寻找。最后，在端午这一天，她决定要到江水中去寻找爸爸。

曹娥脱下外衣投入江中，对天祷告说，如果爸爸尸体还在，让自己的衣服沉下去，如果不在了，就让自己的衣服漂在水面上。结果，她的话音未落，那件美丽的衣服沉入水底了。这说明，爸爸的尸体还在江中。于是，曹娥纵身跳入江水。

五天后，曹娥的尸体和爸爸的尸体一同浮出水面，人们发现，曹娥背着爸爸，二人难以分开。

这就是中国的女儿，至爱大孝的女儿。十四岁的弱女子曹娥，让天地哭泣，使万民敬仰。

所以，在端午这一天，我们除了为屈原洒下泪水，也要为我们中国的奇女子洒下泪水。

五

端午这一天,我们都应该守在父母身边,守护着父母不被瘟神恶鬼侵害。

在陕西关中,这一天孩子们都要带上装着香料的香包,那些香包非常美丽,有做成孙悟空、猪八戒的,有做成莲花、荷花的。因为这些香料,是鬼邪不敢靠近的。我们村郝国媛老太太是做香包的高手,她做的香包美丽极了。老太太也已经去世二十多年了,我小的时候,老太太每年都要送我几个香包。她临去世的前一年,还送我母亲四五个香包。老太太可能感觉自己要告别亲人和乡亲了,也就多做了许多,给大家留下念想。这些香包,至今还存在我的箱子里,每年端午,我都要拿出来看一看,闻一闻。

端午节还要做一种美丽的馍馍,叫做油曲莲,它是用白面做成的,形状像一个手镯,我母亲会在面上捏出许多像莲花一样的花瓣,有时候还要点上色彩,最后在锅里烤熟。母亲每次做的时候,我们都会站在锅旁等待,等母亲说一声熟了,她就会递一个给她的孩子,我们就欢呼着接过来。我们都急不可耐地把油曲莲像镯子一样戴在手腕上,有时候,那油曲莲太烫,戴上去会烫得直甩胳膊。

端午这一天,南方人都在包粽子,而我们北方大米少,包粽子的竹叶也少,就不太会包。所以,包粽子是最近几十年才流传过来，但是，我始终不喜欢吃。

六

端午这一天，祭祀三个人，驱走一群鬼。

人们祭祀伍子胥，是因为惧怕他的余威。他生前仇恨满腔，死时双眼被挖，是真正的死不瞑目。他又被投入钱塘江中，他必然会兴风作浪来报仇，所以，人们只好祭祀。

人们祭祀屈原，那是出于崇拜和热爱，屈原是中国唯一的一个把自己命运和国家、人民命运紧紧相连的诗人。国家破败，人民不幸，自己宁可一死。而他所写的诗歌，就像天上的日月一样，永远灿烂夺目。我们这个民族，可以没有任何一个皇帝，但是，绝对不能没有屈原。

人们祭祀曹娥，那是因为曹娥代表了人性中最美的元素——爱。由爱而孝，由孝而死。

这三个人，也代表了我们民族的性格——刚烈，有仇必报；崇高——为国而死；大孝——至死不渝。

清　明

一

　　清明节来了,屋外果然就飘起细雨,正是"雨纷纷"的时节。自从老父离世,清明、中元这样的鬼节,对我来说就变得牵肠挂肚。我每天把日历拿出来翻一下,在心里掐指头算日子,只怕粗心错过了。我想,如果一不小心错过了,老父在整个夏、秋两季没钱可用,没有换季的衣服可穿,他该多么可怜!而且他没有看见他的孩子来到坟前,该是何等的伤心!他把一生奉献给子女,而子女却把这个一年中鬼域为数不多的开放日给忘了,他该是多么悲伤。老父又是一个不愿意求人借债的人,如果他最近遇上什么麻烦的事情,需要用钱,那该怎么办呢?

　　于是,我就在这几天常常夜不能寐,常常想象,和我们阴阳两隔的那个世界,该是个什么样子?那里是始终黑暗,还是也有昼夜交替?那里的人们也都像我们阳间一样,端正地行走在大地上,还是所有的人都在空气中随意漂浮?他们是不是也是有官有民,还是所有人一律都是平等的?那些在阳间作威作福的人,死后是不是还在继续他们的福威?像我父亲那样老实正直的农民,是不是还在给那些作威作福的人种田耕地?我也常常想,死了的人在阴间,是重新变成一个孩子,还是依然像他去世时那样苍老?得病死了的人,他的病会好吗?肢体残损的人,他的身体会恢复如初吗?我也在想,阴间是不是也有高山大川江河湖海?是不是也有民宅良田阡陌沟渠?阴间到底是个什么样子?阴间到底有没有?

  我知道,我想象的这些问题谁都回答不了,连孔子也回答不了。孔子说:"不知生,焉知死?"他说他连活着的问题都弄不清,死了的事,他怎么知道呢?

二

  人类中有许多善良而智慧的人,他们懂得我们每个人只是人类亿万年生存链条上的一个小环节,而这根链条,一头连着远古,一头通向未来,亿万年来,人类就是这样一代一代手牵着手,在时间的链条上延伸。人类中的智者,害怕未来的人类忘记了祖先,忘记了祖先的生存和死亡,忘记了祖先的经验和教训,他们也害怕他们的子孙一味地狂妄,一味地破坏,而使人类彻底毁灭。所以,这些智者就不愿意离开他们的子孙,这是他们太爱子孙了,真正是生死难分。于是,他们就说,我们虽然死了,但是我们的灵魂会永远存在于这个世界上,我们会看着你们怎样敬重祖先,怎样完成好自己的使命,怎样把未来交给更加遥远的后人。于是,人类灵魂和阴间的传说就在这世界上开始存在。而真正聪明而善良的人理解祖先的苦衷,愿意承认灵魂的存在,并虚心地学习祖先的精神,学习祖先的经验。只有那些狂妄而冥顽不灵的人,他们不愿意承认这些。他们认为这个世界上,祖先死亡,一去不复返;祖先死亡,精神如粪土。于是他们发明了一种哲学,只看见眼前的物质世界,而对精神世界嗤之以鼻。于是,他们在肉体上把人类像物质一样消灭,而对大自然创造的物质任意破坏,疯狂掠夺。最后导致人类都像一棵木头那样空洞,那样无情,那样没有灵性,那样肆无忌惮。但是他们却吹嘘自己的精神会千秋万代永放光芒。

三

其实,清明并不是真正祭祀鬼神的日子,在清明之前的两天,还暗藏着一个寒食节,那才是真正的鬼节。

唐代诗人卢象有一首诗,叫做《寒食》,诗中有两句话:"四海同寒食,千秋为一人。"

这个"一人",讲的是一个伟大的人物,一个在中国现代被批判为愚忠的,而在我眼中是一个忠义千秋的伟人,他就是介子推。

那一年,离现在也已经两千六百多年了,晋献公姬诡诸,注意,这个名字很奇怪,晋献公姓姬,他这个姓是正宗的周王室的姓，名叫诡诸，他的这个名字非常诡异，那是因为他的这个名字是一个音译的名字，有一年，晋献公他爸带人攻打北方的游牧民族，并且杀死了这个民族的首领诡诸，而这时候，他的夫人也生下一个孩子，他干脆就给孩子取名叫做"诡诸"。而且后来，"诡诸"还发展成一个姓氏，在中国，目前姓诡诸的人并不多，但是，姓诡和姓诸的人却偶然能碰到，他们就是晋献公的后代。

晋献公姬诡诸要开始讨伐居住在我们陕西临潼骊山一带的骊戎。他为什么要讨伐骊戎，我始终找不到原因，可能是姬诡诸时代的晋国非常强大，看谁不顺眼，就去打一下。姬诡诸那时候消灭了好多国家，他就是一个爱打别人的人。反正，在那一年，姬诡诸要动员大军，攻打骊戎了。

据《国语》一书记载，按照当时各国的规矩，每临大事，都要占卜算卦。所以，姬诡诸在出发的时候，叫来了宫中主管占卜算卦的官员史苏。史苏算卦，应该使用《周易》吧，因为那时候已经是东周时代，《周易》应该也流行五百多年了。史苏占了一卦，得出结论，晋国"胜而不吉"，这是一个自相矛盾的结论，既然仗能打胜，为什么却不吉利呢？晋献公姬诡诸就认为史苏的卦实在不靠谱，就带领大军，一举灭了骊戎，而且在灭骊戎的时候，还抓住两个美女，一个叫做骊姬，一个叫做少姬，是姐妹俩。

晋献公姬诡诸得胜回来，异常兴奋，就当面嘲笑史苏的卦简直是扯淡。我灭了骊戎，得了美女，怎么不吉利呢？而且在庆功宴上嘲弄史苏，不给史苏酒喝，只让他吃野菜。史苏苦笑，心里说，晋献公你个蠢货，你看事情只能看一步，而《周易》告诉你的是事情的最终结果呀!你等着瞧吧。

事情果然按照史苏的预测来发展了。骊姬和少姬进宫不久,各自生了一个儿子。晋献公姬诡诸就很喜欢骊姬生的儿子姬奚齐,准备立他为太子,作为接班人。

我们读史的时候,常常嘲笑古人,每次看到殷纣王爱妲己,晋献公爱骊姬,唐玄宗爱杨玉环,而且因为爱做出许多荒唐而残忍的事情,以致最后丢了性命,丧了天下,我们会骂这些人昏聩,这些人脑子进水。

其实,只要把妲己、骊姬、杨玉环这样的美女,不管哪一个,给你面前放上一个,那狐媚之态,妖娆之情,都会让你把持不住。她再把衣服一脱,再在你身上的某个部位,来点小动作,你也就魂飞天外了。你的魂飞了,你还有思想吗?你只能跟随着她的小智商行事。开始,你的智商可能还能恢复几分,但是,时间长了,她的思想基本就代替你的思想了。如果这个女人,生长的环境好些,教育的环境好些,她会给你出一些好的主意,你还能延续你的智慧,如果这个女人也脑子进水,智商不高,只知道任性胡为,你们两个基本上就是一对蠢货了。你和你的后代,也就基本完了。

这几年,我见过许多所谓的企业家或者官员,当你看到这些人走到哪里,都带上一个女人,那你就不用花心思去判断这个人本身的水平怎样,智商有多高,你只需看他身边的女人,因为,他一般都是跟随这个女人思维的。他本人哪怕是剑桥毕业,只要他身边的女人是卢沟桥毕业的,那他也就是卢沟桥水平。

我们继续说两千六百年前的晋献公姬诡诸。姬诡诸被骊姬迷住了,而且要将骊姬生的儿子姬奚齐定为自己的接班人。但是,在姬奚齐之前,晋献公已经娶了许多老婆,生了许多儿子,而且已经指定他的大儿子姬申生当了太子。太子只能由一个人来当,而儿子又有一大片,这该怎么办呢?只有一个办法,那就是杀。

我曾有过短暂的当农民的经历,每次,我们拔苗的时候,就很难下手,地里的玉米,每平方尺只能留一个苗,而许多不长眼的就挤在一起,为了保证这一棵苗长得好,这时候,就要把别的苗下手拔了,那是很心疼的。每次我不忍心,站在苗前面犹豫,我父亲就会走过来,很随意地把许多苗拔了,只留下一个。我父亲说,舍不得这几个,哪一个也长不好,最后全长成个溜光锤,结不下果实,舍不得就是妇人之仁。

但是,晋献公和中国历史上许多皇帝都没有妇人之仁,中国古代许多皇帝都有过残杀儿女的经历,有的不是杀一个,而是杀许多,儿子越多杀得越多。

晋献公姬诡诸要开始残杀那几个比姬奚齐大的儿子,从而保证姬奚齐能顺利登上国君之位,那几个大一点的儿子,感觉事情不妙,就开始四散逃跑。晋献公姬诡诸的大儿子申生、二儿子重耳、三儿子夷吾就四处逃命。后来申生自杀,重耳、夷吾逃命成功。

这个重耳是历史上一个名人,名气很大,他后来做了晋国国君,称为晋文公,而且是春秋五霸之一。他逃命的时候,先跑到我们陕西蒲城,差一点被抓住,幸好追杀他的人刀法不准,也可能是刀下留情,只砍伤了他的衣袖,他后来又往东跑,跑到他舅家翟国,在他逃跑的路上,跟随他的有几个人,有他舅舅狐偃、老师赵衰、魏犨、司空季子,还有一个就是我们要说的"千古为一人"的介子推。

晋文公重耳的逃亡之路,不是一年两年,而是十九年,不是一个两个地方,而是几十个地方。追杀他的不光是他爹晋献公,还有后来继位的晋惠公。晋惠公就是开始和重耳一起逃跑的他的三弟夷吾。晋献公死后,骊姬的儿子奚齐被立为国君,却被已经自杀的太子申生的死党大将军赢里克杀了,后来骊姬的妹妹少姬的儿子卓子又被推上国君之位,又被赢里克杀了。骊姬也被赢里克一顿鞭子抽死了。这时候,在外逃亡的晋献公姬诡诸的三儿子夷吾回国当了国君,他就是晋惠公。晋惠公逃亡多年,好不容易当上国君,就害怕他二哥重耳再回来抢班夺权,就派人四处追杀他二哥重耳。

再说介子推,他跟在姬重耳后头,在外逃亡十九年。逃亡不是旅游,旅游是哪里人多往那里跑,哪里热闹到那里看。逃亡却是哪里没人往那里藏,哪里偏僻往那里躲。所以,风餐露宿,饥寒交迫,那是很正常的事。

据《韩诗外传》记载,有一年,姬重耳、介子推这些人,一路要饭逃到卫国,他手下的一个叫做头须的随从,饿得实在受不了,就把大家乞讨来的食物背跑了。此时正在山里,而且还是冬季,地里找不到一个地瓜,天上也看不见一只飞鸟,到了第二天,姬重耳饿得实在受不了了，就头一歪栽倒在地上。介子推慌忙跑到附近的田舍中乞讨，可是农夫的锅里也只有一只煮熟的老鼠，介子推想把老鼠拿走，那农夫竟然操起一把刀和他拼命。介子推跑回来，看见重耳已经出现幻觉，快咽气了，介子推急了，他操起刀子，嚓的一声，竟然从自己的腿肚子上割下一块肉来，一起跟随来的人，都吓傻了，他们一面给介子推裹伤，一面赶快把介子推的肉连同在路边扒下的树皮一起煮了，喂给姬重耳吃，姬重耳才缓过劲来，保住了一条命。重耳当时就哭着说，有朝一日我再做了君王，要好好报答介子推。否则，我就不是人生父母养的。

介子推割肉，是一个流传千年的义举。那些自私自利的人，肯定说他愚忠，说他不如头须聪明，不知道偷了食物逃跑。但是，对于忠义之士，介子推无疑是千古英雄。人活在世界上，只为自己，那是禽兽不如。

后来，姬重耳得秦国帮助，重新打回晋国，做了国君，由一个四处逃亡的乞丐变成了晋文公。

此时已经白发苍苍的晋文公首先封赏功臣，可能是他年龄已经大了，有些糊涂了，竟然在封赏的时候，把介子推忘了。人往往都是这样，坏事来的时候，首先想起的会是自己身边的人，好事来的时候，却容易忘记身边的人。

当时被忘掉的不只是介子推一个人，还有他的舅舅狐偃，但是这个狐偃为人比较灵活，就主动找姬重耳请赏，结果被封高官。但是介子推却不这样，他生性耿介，脾气硬得跟铁一样，还骂那些得了高官的人。他说，人家晋文公归国，当了君主，那都是天意，跟你们这些跟班的有啥关系？我跟着晋文公四处跑，还割肉给他吃，那是做大臣必须做的，为什么还要得到奖赏？你们这些人，把天意说成自己的功劳，还要求封赏，简直就像贼一样，是偷人家国家的东西，真是不要脸。

介子推是个文人，他骂人不会像我写的那样，骂些泼妇式的粗话，而是写了一首诗，"有龙于飞，周遍天下。五蛇从之，为之丞辅。龙返其乡，得其处所。四蛇从之，得其露雨。一蛇羞之，死于中野。"他的意思是说，一条龙在天下四处飞，五条蛇跟着人家飞，结果龙飞回家中，四条蛇跟着享受雨露滋润，但是有一条蛇不愿意占便宜，宁愿死在田野之中。介子推的邻居解张是个多事的人，就把介子推的诗偷来，挂到城门上。

介子推是山西人，山西人九毛九大家都是知道的，许多人以为，九毛九就是抠门，其实，我看不是这样，九毛九离一块钱就差一分，但是这一分也不能让步，这是原则。介子推在这一分钱的问题上绝不让步，骂得狐偃很不好意思，狐偃就跑去找晋文公重耳，说你赶紧给介子推封个官，要不然这怂人天天在家里胡骂，把人骂得受不了。此时，晋文公才一拍脑袋说，哎呀！不好，把介子推忘了。

晋文公急忙派人去找介子推，但是，介子推却背着老娘上山了。他家附近有座山，叫做绵山，介子推就背着他娘跑到绵山上去了。晋文公说，赶紧派军队找呀！结果，大军进山，依然找不到。

这时候晋文公身边就有一个脑残，给晋文公出个主意说，咱不如在山上放火，咱只在三面放火，把一面留下，咱就等着介子推被火烧得撑不住，就会跑出来。晋文公这时候也像一个脑残，他竟然认为这是一条妙计。没想到火烧了三天，依然不见介子推下山，晋文公就觉得不妙，说这下坏了，山上的树都烧光了，还不见介子推，会不会把他烧死了？晋文公急忙派人上山，一看，果然，介子推就抱着老娘，被烧死在一棵柳树下。

晋文公跑到介子推的尸体前，又哭又拜，然后安葬遗体。

晋文公回宫后，就后悔不该放火烧山，不该听信那个弱智这么愚蠢的建议，就下令说，以后每到介子推的祭日，全国都不准烧火，连做饭都不允许。而民间也跟随效仿，你晋文公不是要纪念介子推吗？我们正好纪念我自己的祖先，也跟着不烧火，不做饭，只吃冷食，大家都去墓地之中，祭奠自己的祖宗。从此，中国古代又有一个节日"寒食节"。

四

《淮南子·天文训》说："春分后十五日，斗指丁，则清明风至。"它的意思是说，在春分节气后的十五天，北斗星的斗柄指向丁位，大地上清风吹送，寒霾散尽，日月明朗，是真正的春天来了。清代末期编著的《岁时百问》中说："万物生长此时，皆清洁而明净，故谓之清明。"

寒食节在冬至后一百零五日，正好是清明的前两日。

在唐朝以前，大家先过寒食节，祭祀祖先，但是过了两天，又是清明，又得放假。于是，唐朝的假日办那些人，一商量，干脆把这两个节合在一起过，一共放假五天，让大家回家好好转转。假日办把报告递给皇上，皇上说，就这么弄。从此，大家只知清明放假祭祀祖宗，而把寒食节忘了。

清明节正是万物复苏，春回大地的时节。在家里蛰伏一个冬天的人，都渴望到野外走走，看看海棠花开，看看玉兰吐蕊，看看鸭子凫水，看看鸳鸯交配。然后，点燃自己心中的春情，也好干一些美事。

光在田野中乱转没啥意思，于是，清明节的时候，古人发明了许多游戏，荡秋千、踢蹴鞠、放风筝，让大家的身心放松，身体灵巧，为春情做好准备。

这时候，文人们也不会闲着，会纷纷把春情变成诗篇，起一个推波助澜的作用。

清明诗最有名的就是唐朝杜牧写的《清明》："清明时节雨纷纷，路上行人欲断魂。借问酒家何处有，牧童遥指杏花村。"这首诗有人说是杜牧写的，有人说不是。不管是不是，这首诗就是好。

古代写清明的诗很多，但是我却最喜欢杜甫老师写的《丽人行》，这首诗虽然名字与清明节无关，但是它的内容确实是写清明的，而且写的就是我们西安：

三月三日天气新，长安水边多丽人。

态浓意远淑且真，肌理细腻骨肉匀。

绣罗衣裳照暮春，蹙金孔雀银麒麟。

这首诗虽然有人说,它是讽刺杨贵妃的,但是,杜甫老师在这里却写了一群美女,让人忍不住就春情荡漾。

五

清明节来了,屋外果然就飘起细雨,正是"雨纷纷"的时节。自从老父离世,清明、中元这样的鬼节,对我来说就变得牵肠挂肚。于是,我就在这几天常常夜不能寐,趴在桌前写下这些乱七八糟的文字。

2015年4月2日星期四于西安含光书屋

谷 雨

一

谷雨这一天，是天下文人最应该庆祝的一天，因为这一天，仓颉创造了文字。如果仓颉不创造文字，那么天下的文人就会砸了饭碗，也就没办法在人面前显摆，只能到田里去耕耘劳作了，而文人大多杀人无力偷人懒，耕耘无方劳作无心，也就只能让父母歧视，老婆臭骂，也就会混得很苦。所以，谷雨这一天，太伟大了。

人类存在在地球上，其实就干了三件像样的事。第一件就是发明了文字，第二件是发明了数字，第三件是发明了音乐。

这三件东西都是上天没有告诉人类，是人类自己创造的。

仓颉这个人，真是个神人。史书上说他有四只眼睛。我们中国历史上的大人物，都长得很怪。伏羲、女娲是两条蛇，火神祝融"兽身人面，乘两龙"，西王母"豹尾虎齿而善啸"，只有这个仓颉还长得像个人样，但是却有四只眼睛。我们古人的想象力大胆得叫人难以想象，作为他们的后代，我们常常觉得羞愧。美国好莱坞电影里那些稀奇古怪的玩意，在我们祖先那里，都是小儿科。

仓颉是轩辕黄帝的左史。史书上说，左史记言，右史记事，这个仓颉就是跟在黄帝后边，记录黄帝言论的。那时候因为没有文字，都是结绳记事。所以，仓颉每天就背着很多绳子，跟在黄帝后边，黄帝每说一句，他就赶快给绳子上挽一个疙瘩。结果这些疙瘩挽得多了，就不知道它代表的意思了。有一次，黄帝和炎帝在一起谈判，要搞一个备忘录，仓颉就在绳子上挽了一大堆疙瘩。最后，他瞪着四只眼睛，看着那些疙瘩，把备忘录念了一遍，两位大帝都认为没有问题。可是，事情过去几年，炎帝却不遵守承诺。黄帝就很生气，说，仓颉，把备忘录拿出来，念给炎帝听。结果，炎帝说，你那备忘录太不靠谱。就让他的左史，再来读那些绳子，内容却正好相反。搞得黄帝和仓颉干瞪着六只眼，没有办法。

晚上，仓颉就对黄帝说，我看光靠这些绳子疙瘩记事不行，它太不准确了。皇帝说，你不是有四只眼吗？看问题比较准，你说咋弄呢？仓颉说，你给我放几年假，让我回去给咱想办法。黄帝说，中，你去吧。

这个"中"字，是河南口音，因为河南人认为黄帝是河南人，仓颉也是河南人。但是，陕西人却不认铆，认为这两个人都是陕西人。依我看，黄帝和仓颉应该是陕西人，原因很简单，因为我也是陕西人。他们为什么后来变成河南人呢？那是因为，陕西在黄帝之后常常被异族侵占，国人也就失去了祭祀祖先的地方，也就在河南搞了许多古人的遗迹，做两手准备。陕西不行就在河南祭祀，河南不行就在陕西祭祀。所以，全国人常常说河南人造假，我看也不是造假，两边都是真的。

仓颉回家，就开始想办法，他看到鸟兽身上都有花纹，每种动物的爪痕都不相同，山川河流都有不同的形态，他就开始模仿，画出许多图案来。仓颉之所以比一般人更有智慧，那是因为他有四只眼，他工作不分昼夜，两只眼困了，另外两只眼就睁开继续干，结果，几年时间过去了，字也造出来了。当仓颉把造好的文字写给黄帝看，黄帝问，你弄的这些东西都叫啥呀？仓颉说，凡是单体的就叫做"文"，它就像动物和物体本身的花纹一样，是物体的象征，如日月山川；凡是合在一起的，就叫"字"吧，它就像人生孩子一样，是衍生出来的，比如江河湖海。黄帝说，你真是个神人呀！你自己给自己选个字，作为自己的名字，仓颉选了一个"仓"字，就是君之上的一个人。可见他地位有多高！

仓颉的事情也让天神和鬼怪知道了，天神非常激动，奖给仓颉一尊金象。仓颉说，金象没啥用处，不如奖给天下百姓一顿饱饭吃。天神就收回金象，下了一场谷雨，天下百姓猛吃一顿。从此，我们中国有了"谷雨"这个节气。鬼怪却很发愁，说人类从此更加聪明，我等更加不好生存了。鬼怪全都哭了，哭得很伤心。

你不要认为这些说法没有道理，你看，在历史上，凡是伟大的人，都像天神那样喜欢文化，凡是邪恶的人，都像鬼怪那样害怕文化，甚至毁灭文化。

二

仓颉创造了文字，黄帝说，那就让天下那些身体弱小，不适合种地的人，来学习文字，再让他们把文字传播出去。从此，一个伟大而又邪恶的时代开始了。说它伟大，是因为有了文字，人类思想有了逻辑，可以进行复杂的思维了，人类可以更加深入地认识天地宇宙，认识人的本心，逐渐远离了蛮荒。而且把这些认识，通过文字一代代传承下去。说它邪恶，是因为从此之后，谎言也借助文字，开始在人类中流传了。

在人类历史上，因为文字成就了人类文明，也使一大批人永垂不朽。也有许多人因为文字遗臭千年，这些遗臭千年的，大多是毁灭文明，残杀义化人的当权者。

黄帝让各路体质弱小的人，来学习文字，传播文字，同时也让他们变成懂得天地大道，意志坚定不屈的人。于是，文人开始登上历史舞台，成为人类中最重要的部分，也是顶天立地的部分。

三

下面我说几件事情，说说文人的风骨。

春秋时期，齐庄公时代，齐国宰相叫做崔杼，这个崔杼是齐国一霸，很有才干，也非常强势，骄傲蛮横，史书上称为崔武子。

同时，齐国有一个美女，叫做东郭姜。东郭姜开始嫁给一个叫做棠工的大夫，后来，棠工死了，这个崔杼去祭奠，结果一眼瞥见了站在一旁守丧的东郭姜。一场血腥的事件因此埋下了种子。

在人类历史上，因为争夺女人而发生的血腥事件实在太多了，所以圣人说"自古红颜多祸水""万恶淫为首"，这不是没有道理的。但是，这些事件本身的责任人，却不是女人。人家长得好有什么错？只是那些邪恶而又贪婪的男人，看见美女就起淫邪之心，就想占为己有，就会互相争夺，演绎了一出出人间悲剧来。

崔杼后来就想尽办法娶回了美女东郭姜。但是，他的国君齐庄公也看上了东郭姜。齐庄公这个人是一个奇葩，他名叫吕光。吕光是神人姜子牙吕尚的后代。你不要以为神人的后代都神，能人的后代都能，那你就错了，大英雄生出的傻儿孙多的是。

齐庄公吕光就和他的祖先姜子牙吕尚不在一个层面上。吕光好色，特别喜欢别人老婆。他就看上了崔杼新娶的老婆东郭姜，就常去和东郭姜私通，搞得崔杼心里很不舒服。更有意思的是，有一次，吕光跑到崔杼家里，与东郭姜私会，他看见崔杼有一顶帽子非常漂亮，他就顺手一拿，送给了他的跟班，这就把崔杼气坏了，你不但睡我老婆，还把我的帽子送人，气煞老夫也。崔杼就让他手下的人，准备谋杀吕光。

齐庄公六年五月十七日，崔杼假装有病不上朝，吕光就跑去看望，他其实不是为了看望崔杼，而是想着人家的老婆。吕光来到崔杼家，见屋前屋后没人，他就拍着柱子唱歌，他唱的什么歌？史书没有记载，可能是"我被青春撞了一下腰"吧。正当他伸着脖子歌唱的时候,他身后的门却关了,他就吓了一跳,这时候,崔杼手下的人来杀他。你可能说了,国君出门不带护卫?那是不可能的,问题是跟随他的人也想杀他,这个人叫贾举,过去因为得罪吕光,被吕光打了一顿,所以也对吕光怀恨在心。他事先和崔杼商量好,要杀吕光。所以贾举不许齐庄公的随从入内,自己走进去,关闭院门。崔杼的人杀吕光的时候,吕光就只能单挑独斗。

这个吕光搞别人老婆行,打仗格斗不行,他就只能逃跑,他跑到一个高台子上大喊,说,我是国君,你们快叫宰相崔杼来,我要和他谈判。崔杼手下的人说,崔宰相病了,我们只是执行宰相的命令,捉拿淫贼,你就是淫贼,我们不知道你是不是国君。齐庄公一听急了,就请求说,能不能让我在太庙里自杀?大家说,你个淫贼,死在太庙会玷污祖宗。吕光绝望了,他想跳墙逃走,大家就用箭射他,射中大腿,掉在墙内,众人就将齐庄公砍成肉酱。

这件事情是齐国历史上一件天大的大事,必然要载入历史,而且要写得明明白白。

齐国太史就在史书上写"崔杼弑其君"。

崔杼一看,心里很不舒服,这是要留下千古骂名呀!他就跑去劝太史,别这样写,写成齐庄公染病而死。太史说,不行,历史必须真实。崔杼就生气了,就杀了太史。

太史的二弟听说哥哥被杀了,就接替哥哥,又在史书上写"崔杼弑其君"。崔杼说,不写不行吗?齐庄公也有错呀,他先和我老婆通奸,我才杀了他,他也有错。太史二弟说,不行,你和庄公的事情都得写。崔杼又杀了二弟。这时候,老三又来了,又写上"崔杼弑其君"。崔杼一看,泄了气,说,这些文人都是些猪脖子,一根筋,不会转弯,算了,就这样写吧。

更有意思的是,还有一个南史,听说太史兄弟两个被杀了,他也夹着书简跑来了,他说如果崔杼杀了老三,他就接着写。结果他跑来一看,杀到老三,崔杼实在杀不下去了,老三没死,南史就回去了。

后来,崔杼把吕光的弟弟吕杵臼立为国君,就是齐景公,这个齐景公在史书上一看,是崔杼杀了哥哥,他就以弑君的罪名把崔杼逼死,崔杼和他那个通奸的老婆东郭姜自杀了。齐景公吕杵臼还灭了崔杼三族。这个齐景公是历史上一个名人,那是因为他和另一个大名人有过交往,这另一个大名人,就是中国历史上最伟大的文人孔子。

四

齐国史官面对着屠刀,面对着威逼和利诱,丝毫不改初衷,该怎么写就怎么写,这就是文人,这就是风骨,生命无所谓,原则最重要,宁死不说假话。这才让后人知道许多历史上的真实事件。假如古代的文人都像今天有些文人那样,顺着屁股拍,那我们知道的历史,可能像乒乓球一样光滑而轻飘,可以任人抽打。

在人类历史上,这样反复整治文人,迫害文人的事情太多了,西方的许多文人也是被整治死的,如苏格拉底,如耶稣,都死得很惨。

我们中国在后来的帝制时代不断制造文字狱来迫害文人，就是因为文人记录下了不同的思想，传播了不同的理念。在这个唯帝王独尊的社会里，文化及文化人的思想不断遭到扼杀。从而让世间的冤鬼不断增加。

前几天，我去韩城的司马迁祠去祭拜。司马迁就是一个受尽凌辱的大文人。我认为他是我们中华民族仅次于孔子的第二号文化大家。他受宫刑之后，他的后代改姓"同"或者"冯"。当地一位他的后人告诉我，司马迁的后人把"司马"两个字拆开，给"司"字加一竖，成个"同"字，给马"字"加二点，成个"冯"字。这一竖两点，是要给祖先补齐那身体上的残缺，好让祖先死后成为一个完整的人。我听了感到无比震憾，差一点泪流满面。我知道这种解释有些牵强附会，但是，子孙敬爱先祖之意，却通过这种文字的方式表达出来，是多么叫人感动呀！

五

谷雨这一天，是一个伟大的日子，是人类文明的起始，天下所有的文人都应该庆贺。但是，这一天也是一个悲伤的日子，因为有了文字，邪恶的思想也跟随文字流行，常常给人类带来更大的伤害。

伏

一

"伏"这个字是我们陕西人发明的，这个字非常有意思，一个人，一条犬，它组成一个意向，就是"趴着"，人像犬那样趴着。

"伏"这个字是秦德公发明的，很可惜，秦德公我们只知道他的谥号，而不知道他的名字，既然后代们把他称为"德公"，那么，他一定是一个品德很好的人了。但是，史书上说国王或者皇帝好的，都未必可靠。

有一年夏天，秦德公要外出巡猎，那天太阳太毒了，照得人眼晕。但是，秦德公却不怕，秦人嘛，向来愣头愣脑的，瓜娃睡冷炕，全凭火气旺。秦德公就带着他的重甲卫队和几十只猎犬，一路向西而去，但是，他们跑着跑着，天就热得不行了，有几个重甲士兵，从战车上掉下来了。秦德公赶快下车查看，没想到，他刚一下车，竟然也一阵眩晕，倒地上了。

这里有一个细节,就是,在先秦,士兵们都是乘战车的,那时候还没有马鞍和马镫,士兵骑在光溜溜的马背上,是没法作战的。马镫据说是东晋时期,胡人发明的。而在此之前,士兵都是乘战车作战,屈原在《国殇》里说"车错毂兮短兵接",就是士兵乘战车作战。这一点,是《大秦帝国》的作者孙浩辉先生告诉我的。我记得那天他还说,写战场上将军对将军,骑着战马厮杀,是《三国演义》编造的谎言。

　　我们不说孙浩辉,只说秦德公。秦德公从眩晕中醒来,他就看见他的卫队都围在他身边,个个大汗淋漓地喘着粗气,还有几个士兵干脆就倒在地上了。秦德公说:"弄不成弄不成!这狗日的天太热了,要热死人。大家快坐下来休息。"

　　众人围坐在一起,但是,天还是热得受不了,德公就让大家把铠甲卸了,把衣服脱了。众人这一脱,就赤条条的光着,个个用手捂着裆。德公看着这一群人,样子十分滑稽,他就哈哈地笑。

　　你可能说,秦王的卫队,穷得穿不起内裤吗?怎么还一个个光着。你这话问得很有水平,但是,你不知道,内裤这样的奢侈品是到了汉代以后才有的。汉代之前,女人都是裙子底下光腿,男人是裤子里头光腚。所以,秦德公望着他的士兵,就像现在足球场上要罚任意球,大门前那些组成人墙的球员一样,一个个捂着裆,那样站着,秦德公就哈哈大笑。

　　突然,秦德公看见他带来的猎犬,都一个个趴在地上,伸着舌头,喘着气,尾巴一摇一摇地。犬虽然也很热,但是,神情却不十分痛苦,还有些得意洋洋的样子。秦德公就想,这些家伙穿着皮衣，外面还套着毛衣，怎么看起来就不很热呢？于是，德公就命令他的士兵，全部像犬那样趴下。士兵们趴下了，果然，舒服多了。大家一直趴到天黑，太阳下去了，才站起来回家。

德公说："以后像这样的天气，大家都别再出来了，这天气，最好就是像犬那样趴着，尽量别动。这就叫做'伏'"。

从此，我们中国历史上就多了一个节气，叫做"伏"，因为它有三个轮回，所以叫做"三伏"，与它对应的是"三九"，三九太冷，也不宜出门做事。

二

秦国在历史上很漫长，它的主要能力表现在军事和法治上，不像宋国，出过好几位文化伟人，孔子、墨子、庄子，还有惠子，都是文化上的大家，也都是宋人的后代。所以，我们秦人发明的"三伏"和"三九"，就显得特别珍贵。

"伏"就是趴着，但是，"伏"绝不是因为害怕和恐惧单纯地趴着，趴在地上瑟瑟发抖；伏也不是死亡，僵死地趴着，而是很舒服很惬意地趴着。伏的时候，身体要很舒服，想睡着也行，趴在那里思考问题也行。你看犬伏在那，你以为它睡着了，等你走近，你会看见，它翻着一只眼睛看你，你如果欺负它，它会突然跳起来咬你。所以，伏是一种姿态，也是一种境界，伏着的东西是最危险可怕的。

三

据古人说，犬类分三种，大者叫做獒，中者谓之犬，小者叫做狗。

为什么"伏"字是一个人加一个犬，而不是加一个獒或者狗呢？这似乎很有学问？

我最近研究了，獒虽然也是犬类，但是这家伙依仗自己身材高大，爪牙锋利，根本就是天不怕地不怕的，所以，从来就不知道伏。獒这种动物，自古以来在中原很多，《左传》里记载，晋灵公姬夷皋这个奇葩，嫌老臣赵盾干涉他干坏事，就养了一只獒，他给一个草人穿上赵盾的衣服，并且在草人心脏的位置，塞上猪肝，当獒饿了的时候，就扑上去，咬那草人，吃那猪肝。晋灵公把獒训练好了，准备用来杀赵盾。有一天，他和赵盾喝酒，刚喝三杯，"公嗾夫獒焉，明搏而杀之。"晋灵公叫獒出来杀赵盾，却冲出来一个武士提弥明，与獒搏斗，几下就把獒杀了。

獒不懂得伏，持强好胜，结果，被人类和其他动物一点点赶到青藏高原去了，现在，只有在大高原上，才能看到这些面目狰狞的家伙。

狗小，伶俐，它不用伏，狗最受人类宠爱，或养于屋舍，或藏于洞穴，把玩于贵妇之手，翻转于王公膝下，一副楚楚可怜的样子。所以，狗不用伏于太阳之下，炎热之间。

只有犬，不大不小，既不凶猛招人厌烦，又不玲珑受人宠怜。所以，人类出征、狩猎、看门都用犬，犬也就四处游走，见多识广，颇具智慧。

只有有智慧的犬，才懂得用"伏"来躲避酷暑，用伏来表示顺从，但是，伏是有目的的。

四

伏分两种，明伏或者暗伏。

明伏就是公开伏在那里，不用躲藏，伏在人们一眼就能看见的地方，表示对任何人没有恶意，只是为了避暑。

而暗伏就不一样了，暗伏也叫做潜伏，就是伏在人们发觉不了的地方。潜伏充满杀机和恶意，是十分恐怖的。

去过草原或者野外的人都知道，当你对面突然趴着一个动物，你心里会有防范，可能不会觉得恐惧，但是，当你突然发现，在前面或者身后的土包后面，或者小坑里，露出一双毛茸茸的耳朵，再下面又是一双泛着绿光的眼，这时候，你会感到汗毛倒竖，凉气会从脚跟底下冒出来，因为你明白，有个家伙潜伏在那里，它是会吃人的。

所以，潜伏是最恐怖的。

我们中国人自古就会从动物身上学优点，我们除了学会明伏，也学会了潜伏。两千多年前，夏朝的杜康就把一个叫做艾的美女，派到悍匪寒浞身边潜伏。越王勾践也把美女西施派到吴王夫差那里潜伏。这些潜伏起来的人的杀伤力，比犬恐怖多了。

六

　　头伏到了,热得人难受。中午和觅汀、轩诚出去吃饭,直勾勾的太阳晒得我头顶直冒油,都能闻到焦糊味。我的天呀!吃完赶快回家伏着吧。

　　上海的卢明是个好学的人,他发微信问我说:"石老师,请问,伏的要领是什么?是像大狗那样趴着,还是像小狗那样卧着。"

　　我回答说:"伏字是人加犬,犬是中狗,当然是像中狗那样趴着。要面向大门口伏,一只耳朵贴紧地面,有人进来,你就睁开一只眼睛望他一下,然后,赶快闭上。"

　　卢明说:"明白了。"

2016年7月21日于西安含光书屋

青山依旧在

一

小友肖卫又整理出版了一部国学经典,是明代杨慎写的《二十一史弹词》,这部书加上清朝人孙德威的辑注,又续上民国人续的明清及民国弹词,书名为《二十五史弹词辑汁》。肖卫在微信里告诉我这部书印出来了,他要邮寄几本给我。我说,邮寄太慢,我急不可耐,今天就要读。于是,肖卫将书的电子版发给我,我在电脑前又端坐一夜,至翌日日出,这部十多万字的著作算是粗粗浏览一遍,然后仓促入睡,但是,在睡梦之中,杨慎所制造的那种弹词的韵律,依然不断回响,直至梦醒方散。

二

我感激历史上有一个杨慎,因为杨慎最近给我带来许多快乐。我爱讲一个段子,说,一个外地人仰慕西安文化,来到西安,专门跑到大雁塔广场去看许多老头提着用纱布裹着的木棍,蘸着清水,在青石板上写字。这个外地人就兴致勃勃,跑到一个老头跟前,只见老头提笔就在地上写了一个"滚"字,外地人不悦,心想,不就看了一眼你写字吗?何苦用笔赶人,我就偏不"滚"。不料,老头又写一个大大的"滚"字,外地人气恼不过,上前一脚,踢飞了老头的水桶。老头大惊,一阵狂喊,惊动周围巡逻警察,警察跑来询问。外地人说,我就看了一眼他写字,他却让我滚,这西安人,太没有礼貌了。警察询问老头,老头哭丧着脸说,我刚准备写杨慎的"滚滚长江东逝水",刚写了"滚滚"两个字,就被他一脚踢飞了水桶。

三

滚滚长江东逝水,
　浪花淘尽英雄。
是非成败转头空。
　青山依旧在,
　几度夕阳红。
白发渔樵江渚上,
　惯看秋月春风。
一壶浊酒喜相逢。
　古今多少事,
　都付笑谈中。

这首词词牌叫做《临江仙》，它的作者就是杨慎。自从毛宗岗将这首词用作《三国演义》的开篇词，它就成了明代传播最广的一阕词。明清两代至今，几近六百多年，如果不是本朝开国领袖毛主席的几首词可以与之抗衡，也就剩下它一枝独秀了。

杨慎是明朝大才子，明朝有三大才子，一个是解缙，一个是徐渭，另一个就是杨慎。人常说才子命短，但是，这三个人的命都不算短，三个人中，只有解缙在四十多岁时，被人埋在雪堆里冻死了，其他两个人都活到七十多岁，而且徐渭还反复自杀，用钉子钉进自己的耳朵，用铁锤砸烂自己的肾脏，但是，都没有死，他还看见自己的老婆和和尚睡在一起，他就一刀砍上去，结果，床上砍死的只有自己的老婆，却没有和尚，徐渭被判了死罪，后来遇上大赦，他苟且活了下来，一直坚持到七十三四岁，才死了。

才子命不短，才子命却苦。所谓才子，必然思维敏捷，有敏锐眼光，有独到见解，不落俗套，恃才傲物，不同流合污。如果才子善于同流合污，那就不叫才子，那就叫做马屁精。

四

我们中国自从夏启夺取了王权，那种选贤任能的禅让制被破坏了。从此，被孔子所推崇的黄金时代终结，而进入血缘世袭的黑暗时代。一个人或者一个集团，靠武力或者阴谋夺取了政权，他不管有多么神勇，多么善于算计，但是都不能保证他的后代也智勇超人，许多皇权的继任者，是傻子、是襁褓中的婴儿、痨病患者、精神变态者。但是,一个诺大的国家都得听他指挥,在他的淫威下生活,这就是悲剧,这就是黑暗。如果你是一个智商不高安分守己的人,你可能对这种黑暗的感觉还不很强烈,这就像先天的瞎子,永远不知道什么是黑暗,因为他从来就不知道什么是光明。如果你是一个善于思考的才子,那么你的生命就绝对是一个天大的悲剧,你就会和这些当皇帝的蠢货冲突,你就不得好活,或者不得好死。

明朝是中国历史上最黑暗的朝代之一,这个在蒙元废墟上建立起来的朝代,把专制的淫威放大到无限极。在这个名义上叫做"明"的朝代,却是中国文化史上最"黑"的时代。在明代,中国知识分子遭受的摧残和压迫,是历朝历代中最残酷的。在残酷压迫之下,一部分知识分子殉道而亡,另一部分变成十足的奴才。

明代三大才子不幸都生活在这个黑暗时代里,他们都没有变成权利的鹰犬,他们都是殉道者。我的这篇文章不说解缙和徐渭,专说杨慎。

五

如果我们只读杨慎的词,我们就会以为杨慎是一个性格旷达的人,但是,早年他不是。

"是非成败转头空,古今多少事,都付笑谈中。"这是杨慎披枷带锁,在流放云南的路上所写的作品。显得超然物外,豁达无比，明明白白一个庄子式的达观者，但是，他青年时代却迂腐得一塌糊涂。

杨慎的爷爷叫做杨春，他不是《水浒传》里"腰长臂瘦力堪夸，到处刀锋乱撒花"的白花蛇杨春，而是大明朝提学佥事杨春，提学佥事也就是国家教育部副部长。杨慎的爸爸叫做杨廷和，官做到大明朝内阁首辅，也就是总理。所以说，杨慎是真正的书香之家，官宦子弟。

中国人常说"从小看到老"，就是说一个人小时候的作为，就可以看出他长大后的成就。这个杨慎从小就是神童，而且性格倔强。史书上说他五六岁就会作诗，十几岁就熟读儒家经典，而且还反应机敏，一副才子相。

关于杨慎小时候，还有几则故事。说一次，县长从一个池塘前经过，正遇上杨慎在池塘中洗澡，县长过来，自然是鸣锣开道，吓得猪跑狗叫，不得安生。在水池中洗澡的孩子都光着屁股逃跑了，只有杨慎不怕，依然洗自己的澡。县长看见，顿时火冒三丈。我始终弄不明白，明朝的县长都是些什么素质，你走你的路，干嘛对一个孩子洗澡那么气愤，县长非要把杨慎拉上来打板子，杨慎却钻在水里不上来。这正是一个二百五不可怕，两个二百五遇到一起，就可怕了。杨慎和县长较劲，最后还是县长妥协了，县长说，他出一联，让杨慎来对，对上就不打板子，对不上就往死里打。杨慎点头，县长说"千年古树为衣架"，杨慎答"万里长江作澡盆"。县长一听马上佩服得五体投地。

这一段故事，在讲述杨慎的文章里基本都会讲到，但是，你只要仔细琢磨一下,你就会感到这其中编造的痕迹多么明显。

但是下面这些素材绝对是真的,因为他来自正史,杨慎十二岁作《古战场文》《过秦论》,赋《黄叶诗》,深得"文坛七子"首领李东阳赏识,收为门徒。后来杨慎二十四岁殿试第一,也就是我们常说的考中状元,授翰林修撰。那时候,考试的状元都授翰林修撰,是从六品官职,相当于现在的副厅级干部。你想想,一个二十四岁的孩子,一下子成了天下学子钦服美女爱慕的状元,而且做了高官,那是何等的有颜面呀!真是"春风得意马蹄疾,一夜看尽长安花"呀!

还有人说,杨慎小时候回家,正遇上他父亲杨廷和和杨慎的叔父在观赏一幅画,杨廷和便问杨慎:"人们常说景色如画,又说画如美景,你看哪种说法对?"杨慎沉吟了一下,吟诗道:"会心山水真如画,妙手丹青画似真。梦觉难分列御寇,影形相赠晋诗人。"杨慎幼年这首诗,是中国画论的经典之作,我相信,我们现在许多画了一辈子画的所谓画家,也说不出所以然来。

六

明代是中国历史上最黑暗的朝代,这种黑暗是蒙古人建立的元朝黑暗的延续。在元代,知识分子被称作"臭老九"。据清代大学者赵翼在《陔余丛考》一书中说,元代人分十等,"一官,二吏,三僧,四道,五医,六工,七匠,八娼,九儒,十丐"。儒家学者排在社会最底层,地位仅仅高于乞丐,而低于妓女。明代虽然开始通过科举取士，知识分子可以通过科举进入仕途，但是，由于皇权的进一步加强，皇帝一人的喜好可以主宰一个人的命运，所以，知识分子的处境更加凶险。明初大学者方孝孺因为不屈服明成祖朱棣淫威而被灭十族，就是在有血缘关系的九族之外，再加上他的学生也被诛灭。而杨慎就生活在这个凶险的黑暗时代。

杨慎一生经历明朝两代皇帝，他走上仕途正是明武宗时期。明武宗朱厚照登基时只有十五岁，他身边有以太监刘瑾为首的"八虎"，这些阴阳人死太监把持朝政，一方面压制朝中大臣，另一方面迎合皇帝喜好。

朱厚照的第一个爱好就是做一名商人，于是，"八虎"就在宫中建立市场，让太监扮做老板、市民，朱厚照则扮做富商，他一家家看货，讨价还价。"八虎"建立的市场还有妓院，让许多宫女扮做伎女，朱厚照挨家进去听曲、奸淫。

朱厚照的第二个爱好是豢养动物，于是，"八虎"在宫中修建了虎城、象房、鹁鸽房、鹿场、鹰房，是一个偌大的皇家动物园，这些死太监们每天把一些奇禽异兽奉送给皇帝。朱厚照沉迷其中，每天从市场采购回来，在嫖完妓女之后，再去看这些动物打架。

朱厚照不但爱玩动物，他还是一个同性恋者，他在位于今天中南海正门的西华门修建了豹房，据说里面除了养着金钱豹，还养着一批娈童。

朱厚照一生崇尚武力，他想建立武功，好与他的祖宗朱元璋媲美，他先跟随宠臣江彬北上，竟然打败了鞑靼蒙古反叛，后来，宁王朱宸濠在江西作乱，朱厚照赶忙带领军队御驾亲征，他没想到一代大儒王阳明迅速就平定了宁王谋反，这让朱厚照大失所望。朱厚照甚至想放朱宸濠回去继续谋反，他再亲自剿灭，搞得大臣们哭笑不得。最后，王阳明上书，把功劳都算在朱厚照身上，朱厚照才死了征战之心，但是，他却不愿意回京，继续在路上游玩，强占民女，搜罗男宠。一次，他到河里捕鱼，一网打上来的鱼太多，朱厚照一高兴竟然掉入水中，河水呛进肺里，他从此咳血不止，半年后竟然死了。

朱厚照死了，虽然他一生女人很多，但是却没有生下一个儿子，就由他妈张皇后和杨慎的父亲、内阁首辅杨廷和做主，立朱厚照的堂弟朱厚熜继位，朱厚熜就是后来的嘉靖皇帝。杨慎一生的不幸，都与这次皇帝的变更有关。

杨慎在朱厚照当皇帝的时候，曾经多次上书，谏阻朱厚照的荒唐行为。朱厚照当皇帝后期，杨慎的继母去世，他回乡丁忧。此时嘉靖皇帝朱厚熜继位，又把杨慎召回京，任经筵讲官。经筵讲官其实就是皇帝的老师，经筵从汉武帝时代开设，一直沿袭到明代，请翰林学士为皇帝讲论经史，探讨治国方略。这种传统可能一直沿袭到现在吧。

七

十五岁的朱厚熜当了皇帝，朱厚熜却不像朱厚照那样只贪图玩乐，他是一个工于心计的人。朱厚熜是明宪宗朱见深的孙子，明孝宗朱佑樘的侄子，明武宗朱厚照的堂弟，兴献王朱祐杬的次子。

明宪宗朱见深生了十四个儿子，长子为明孝宗朱佑樘，次子为兴献王朱祐杬。弘治七年，兴献王朱祐杬前往封国安陆州就藩，就是到自己封地去生活，朱厚熜就生于安陆的兴献王邸。正德十四年，兴献王朱祐杬死了。

明武宗朱厚照因为无嗣，他爸明孝宗朱佑樘也无其他皇子在世，于是皇太后张氏与大学士杨廷和根据《皇明祖训》中所说的"兄终弟及"的原则，选定朱厚熜继位当皇帝。于是就派了大批人马去迎朱厚熜进京登基。

朱厚熜到达京城，却不进城。他提出要以皇帝身份入城，而杨廷和等人拟定的礼仪是以迎皇太子身份入城。于是，朱厚熜就待在城外，不进去。最后是由皇太后张氏令群臣上笺劝进，朱厚熜在郊外受笺，当天中午，从大明门入，随即在奉天殿即位。

朱厚熜一登基，就开始挑起"大礼仪"之争，他下令群臣议定武宗朱厚照的谥号及生父朱祐杬的主祀及封号。这时候，就可以看出明代知识分子的迂腐了。以内阁首辅杨廷和为首的朝中大臣认为，朱厚熜既然是由小宗入继大宗，就应该尊奉正统，要以明孝宗朱佑樘为皇考，兴献王朱祐杬改称"皇叔考兴献大王"，母妃蒋氏为"皇叔母兴国大妃"，祭祀时对其亲生父母自称"侄皇帝"。礼部尚书毛澄和文武群臣六十多人将此议上奏朱厚熜。

让朱厚熜把自己的父亲称为"皇叔"，而将伯父称为"皇考"，这让朱厚熜心中不舒服。他想拉拢杨廷和和毛澄等朝中大臣,给大家好处,让他们改变主意,但是,杨廷和等人都坚持自己的意见,不吃那一套。据说朱厚熜还为这事流了眼泪,但是,依然不能改变杨廷和等人的意见。

这时候,新科进士张璁却上疏支持朱厚熜,张璁认为朱厚熜即位是继承皇统,而非继承皇嗣,即所谓"继统不继嗣",并且建议朱厚熜仍以生父为考,在北京别立兴献王庙。朱厚熜见了张璁的奏章后大喜,称"我父子得以保全了"。但张璁人单势孤,难以服众,朱厚熜只有妥协了。

嘉靖元年三月,朱厚熜无奈之下,勉强同意称父亲为"兴献帝",母亲为"兴国太后"。但是他并没有放弃自己的主张,三年之后,朱厚熜的地位已稳固,试图为父母封号加"皇"字。这时候张璁与另一个进士桂萼揣测朱厚熜的意思,上书重提大礼仪之事。朱厚熜见有人支持,急忙招两人入京,封为翰林学士,专负责礼仪。

此后,朱厚熜迫使杨廷和辞职。

在"大礼仪"之争中,杨慎自然是站在自己的父亲杨廷和一边的,他们迂腐地认为,维护孝宗正统,就是维护了皇室礼法。杨廷和被迫辞职后,杨慎竟然和其他三十六名朝廷官员上书说,不愿意和桂萼、张璁等人同朝为官。甚至带着一批人跪在皇宫外拦住皇帝哭谏,朱厚熜彻底震怒了,他下令将哭谏的大臣全部下狱,打板子,杨慎被廷杖两次,打得体无完肤,最后充军云南。

"大礼议"之争前后三年,最后以君权的高压结束,朱厚熜由议礼的过程体会到了皇权的威严,此后变得刚愎自用一意孤行。如遇上不合自己心意的大臣，都会下狱廷杖。从此，诌媚阿上之风盛行，政治风气更加败坏。

八

杨慎被贬官云南，此后是长达三十多年的流放生涯，据说他路径湘西，就想起了屈原，长吟"长太息以掩涕兮，哀民生之多艰！""路漫漫其修远兮，吾将上下而求索。"在贵州，他想起了流放夜郎的李白，就高歌"我行更迢递，千载同潜然"。才子总是崇拜才子，才子的命运似乎都很相似。

杨慎离京城越远，可能他的心胸变得越旷达，他看见江上渔樵饮酒对歌，才想起人生如梦，浪花淘尽英雄，从而写下那首名扬千古，至今还让西安城中两个人打架的好词《临江仙·滚滚长江东逝水》。

杨慎被流放在云南永昌卫，也就是现在的云南保山，这里处于中缅边境，山大沟深，人迹罕至，那时候，即使有人路过，也是土匪。杨慎从此断绝了他的政治理想，但是却成就了他的文学事业。在此后的三十多年里，杨慎专心著述，由于它是一代文化大家，他对文、词、赋、散曲、杂剧、弹词等各种文体，都是信手拈来，挥洒自如。

杨慎的第二任妻子黄娥也是当时有名的才女，她博通经史，擅制词典。杨慎对自己妻子的才学叹赏之极，称黄娥为"女孔子"。杨慎和黄娥结婚不久，杨慎就流放永昌，黄娥陪杨慎一路走到云南境内，才回乡照顾公公。

此后，杨慎很少能回到四川故里，嘉靖五年，杨廷和患病，杨慎短暂回家探视，杨廷和非常高兴，病也就好了，杨廷和病愈后，杨慎又返回永昌。三年之后，杨廷和去世，杨慎赶回四川新都治丧。此后，或暂回四川，或在云南省城，或停留于永昌，四处奔波。

由于朱厚熜对杨廷和、杨慎父子极其仇恨，常问及杨慎近况，大臣则回答杨慎"老病"，朱厚熜才稍觉宽慰。杨慎听到这件事，更加放浪形骸。

杨慎从开始积极的政治参与者，最后变成一个世俗的反叛者，他在妻子黄娥病故后，变得轻薄无形，《乐府纪闻》称他"暇时红粉傅面，作双丫髻插花，令诸妓扶觞游行，了不为愧"。杨慎纵酒当歌，游走于妓院脂粉之间，常把自己打扮成伎女，以此玩乐消遣。他心中的苦楚和愤懑，只有以这种极端形式才能发泄表达，这该是多么让人心痛悲伤的事情呀！

嘉靖年间，曾经六次大赦，但是始终不赦免杨慎。按明律年满六十岁可以赎身返家，但无人敢受理。杨慎年近七十时，曾偷偷返回四川泸州暂住，不久也被巡抚派人押解回永昌。最终，杨慎死于永昌，时年七十二岁。当时云南巡抚游居敬命人为杨慎殡殓入棺，棺木运回四川，附葬于父杨廷和墓旁。

九

杨慎是伟大的诗人,他的诗存世2300多首,大多是"思乡"、"怀归"之诗。杨慎对文、词、赋、散曲、杂剧、弹词,都有高水平的作品。

我面前放着的这部杨慎的长篇弹唱叙史之作《二十一史弹词》,从盘古开天地讲起,直到元末明初几千年的中华历史,在他笔下变得如泣如诉,隽永悠长。

如果打开这部书,一部民族的奋斗史、血泪史、辉煌史顿时就在你的面前上演。这是中国的《荷马史诗》,是民族文化宝库中的圭臬!难怪南怀瑾先生称此书为学习国学的入门著作。

青山依旧在,几度夕阳红。

巨著依旧在,不见杨升庵。

悲也!

2015年8月15日星期六于西安含光书屋

章衣萍，民国文坛的奇葩

一

小友肖卫又寄来一套书，是他新出版的《写给儿童的名人故事》。肖卫前几年四处忙着搞各种讲座，后来，他发现，要把中国义化的根扶止，是一件不能太着急的事情，于是，他又在北京办了蒙正童书馆，想给孩子们出一些好书，从孩子开始，普及国学文化，这一次他又把这一套《写给儿童的名人故事》找到了，整理出版。他把刚出版的书寄给我，我打开包装一看作者，就不由自主地笑了。

这套书的作者竟然是章衣萍，我都有些半信半疑，仔细看看，还是章衣萍。章衣萍能写出这样的书吗？

二

三十年前，我在大学读中文系，那时候我最感兴趣的事情，不是文章修辞，而是文学史。文章修辞比较枯燥，而文学史却是讲一个个作家，一个个活生生的人。通过文学史，你可以知道许多作家的名字，比如张爱玲，比如周瘦鹃，比如梁遇春，再比如章衣萍……在中国现代文学史中，有一些作家被镀金，一些作家被抹黑，我前面说的这些作家，大都是被抹黑的。

我是专门关注这些被抹黑的作家的，因为镀金的作家是大家都熟悉的虚假面孔，而被抹黑的作家才以原生态的形式存在。所以我就从图书馆找来许多当时的书来读，令我感兴趣的作家是郁达夫和章衣萍，因为他们属于"偷偷摸摸"的作家。

狂飙派诗人高长虹写了一篇文章说，"在目前的作者中，衣萍与达夫总不失为两个较为大胆的吧！然而这大胆是浅薄的。经济的不平，达夫曰：'偷！'性的觉醒，衣萍曰：'摸！'我们从这两个作者那里，只看见一个偷偷摸摸的世界！"

哈哈，有意思吧？这就是几十年前民国时代作家的文字，字里行间都是机智与巧思，这些文字才是有灵性和血肉的。

我常常想，为什么民国时代的作家大多富有个性，而且热情似火，这可能归功于他们从小所受的教育吧。民国时代的作家大多是清朝的遗少，他们从小接受私塾教育，私塾先生性格千差万别，教学方法也各自不同，所以，教出来的学生也都个性鲜明。不像现在，孩子从小进入幼儿园，就有一个什么教育大纲，在什么红袋鼠班或者蓝精灵班上学，就像工厂里的产品一样，从流水线上下来，要傻一起傻，都是呆呆的一个样子。而且民国时代私塾教给孩子的就是儒家的浩然正气，虽然后来这些人中有许多人都在批判儒家，但是，他们的骨子是儒家的，是"士为知己者死"，是"天下兴亡，匹夫有责"，是"士可杀不可辱"，是"富贵不能淫，贫贱不能移，威武不能屈"。

骨子里的儒家正统，却遇上一个混乱的时代，当政者大多是各路军阀，大多是大字不识的武流氓，所以，在这样的时代混，文人就有许多变成文流氓。

三

章衣萍是民国文坛的一束奇葩，他是安徽绩溪人，和胡适是同乡，幼年在童蒙馆启蒙儒学，他的爷爷是清朝贡生。后来章衣萍在安徽省立第二师范学校读书。这时候清朝完蛋了，中国一片混乱，四处受人欺凌。大家都在找国家败亡民族积弱的原因。有人骂军阀混蛋，要打倒。有人说是中国文化有问题，要批判。还有人说中国人种有问题，要改良。有人要学美国走自由资本主义的路，有人要学苏俄走国家集权主义的路，还有人说无政府最好。这时候，当政的武流氓忙着抢钱、抢权、娶姨太太，而文人也跟着躁动不安。

章衣萍可能天生就是一个不安分的人吧，他十多岁在师范读书的时候，就爱读一些禁书，说一些大话，于是，学校嫌他惹是生非，就把他开除了。和他一起被开除的，还有一个后来响当当的人物，解放后的国务院副总理柯庆施。

但是，才子毕竟是才子，章衣萍后来跑到上海，投奔亚东图书馆老板汪孟邹。汪孟邹看着这个才情横溢的小同乡,觉得他还是应该再去好好读书,就把他引荐给胡适,胡适就安排章衣萍在北大预科学习。章衣萍在北大读书的时候,北大图书馆还藏着一个小年轻,他就是后来惊天动地的人物毛润之。

  章衣萍有书读了,但是他却没有钱吃饭穿衣,而且还常跑出去喝酒闹事,甚至骂大街。胡适为了不让他惹事,就让他做自己的助手,替胡适抄写文稿,胡适也给章衣萍付报酬。章衣萍于是就自称是胡适的秘书,常常开口说"我的朋友胡适之",这就让众人大笑,也让胡适挠头。

  这时候,同是安徽绩溪的同乡湖畔诗人汪静之出了一本诗集,叫做《蕙的风》,这本诗集用那时候刚开始用的半白不白的语言,写了许多隐晦的男女情爱,就被正统一些的作家胡梦华看不惯,就写文章数落汪静之低俗下流,这时候,爱出风头的章衣萍跳出来了,他就写文章骂胡梦华,这一骂,就引起也同样爱骂人的鲁迅的注意,从此,章衣萍就和鲁迅混到一起了。章衣萍此后还骂过心理学家张耀翔,就更得鲁迅赏识。

  此后,章衣萍跟在鲁迅后面混,经常一起品茶、喝酒、玩耍、会友、看电影。章衣萍生性调皮,好恶作剧,他故意把鲁迅写的《呐喊》拿给鲁迅的母亲鲁瑞看,而不告诉她是鲁迅写的,鲁瑞老太太看完说:"我看也没有什么好,我们乡间,也有这样事情,这怎么也可以算小说呢?"

  这时候,章衣萍和画家叶天底一起爱上了女作家吴曙天。这个叶天底是大画家李叔同,也就是后来闻名天下的弘一法师的学生，他在和章衣萍争夺吴曙天的时候，因为文采稍逊一筹，情书写得不好，就败下阵来。后来，叶天底参加了共产党，搞农民起义，被杀了，成了烈士。而章衣萍却追到了吴曙天，他把自己和叶天底追吴曙天的情书，加以编辑，竟出了一本小说集，叫做《情书一束》。

鲁迅亲自给这部书做广告，他在他主编的《莽原》半月刊1926年第11期封底，刊发了《情书一束》的广告：

"本书共八万字，计二百六十余页，分上下两卷。上卷为《松萝山下》《从你走后》《阿莲》《桃色的衣裳》四篇。共含情书约二十余封。有的写同性恋爱的悲惨，有的写三角恋爱之纠缠，有的写离别后的相思，怨哀婉转，可泣可歌。下卷为《红迹》《爱丽》《你教我怎么办呢》《第一个恋人》四篇。《红迹》为少女的日记体裁，写恋爱心理，分析入微。内附插图两幅。封面为曙天女士所绘，用有色版精印。每册实价七角。"

这部书一出，正好适合当时要求个性解放的需要，也成为许多不会写情书的年轻人抄袭的范本，于是，书接连加印十次。

这时候，南开大学校长张伯苓给章衣萍帮了一个忙，当时南开的不少学生都在读《情书一束》，这让思想保守的张伯苓非常担心，张伯苓就给天津和北京的军警写信，要求查禁《情书一束》，章衣萍再次看到了机会，他在各种报纸上发声明，说当局要查禁这部书，没想到，书卖得更快了，而且还引起苏联人的注意，竟然出了一个俄文版。

章衣萍火了，1936年版《中国新文学大系》，列全国作家124

名,安徽绩溪有胡适、汪静之、胡思永和章衣萍四人。

四

章衣萍从此步入著名作家行列。1927年,他离开北平到上海,给暨南大学校长郑洪年当秘书,同时讲授国学概论,成了著名教授。

这时候章衣萍又写了一篇小说,叫做《枕上随笔》,书里有一句话:"懒人的春天哪!我连女人的屁股都懒得去摸了!"这句莫名其妙的骚话,有人说是章衣萍的句子,有人说是湖畔诗人汪静之的句子,章衣萍只是引用,反正从此之后,章衣萍被称作"摸屁股作家"。而且北新书局还给章衣萍预支了一大笔版税,于是,章衣萍得意洋洋,到处说"钱多了可以不吃猪肉,大喝鸡汤"。这就让鲁迅觉得有些气恼,鲁迅在《教授杂咏四首》之三中讽刺他:

"世界有文学,

少女多丰臀。

鸡汤代猪肉,

北新遂掩门。"

章衣萍虽然行为放浪,小说写得也是花里胡哨,这些都是为了迎合那个时代的社会趣味,其实那个时代,和我们今天又有几多区别呢?今天的小说家不是也在写《丰乳肥臀》吗?不是也在写《废都》吗?不是也在给自己制造各种桃色新闻,以求著作畅销吗?在社会低俗泛滥的时代,作家要想求名求财,也只能设法去迎合了，否则，就只能拔了毛笔的毛，改成棍子，拄着去要饭了！

其实，章衣萍的骨子是正的。

1921年，章衣萍、章铁民和胡适的侄子胡思永在北大组织读书会，研究《诗经》《楚辞》，胡适还常给他们讲课。章衣萍还给胡适写信，建议把《努力》杂志，办成谈政治，谈文艺，要求政治进步的杂志。1926年北京女师大的刘和珍等六名学生被警察打死，章衣萍满腔义愤，撰写挽联：

"卖国有功，爱国该死；

骂贼无益，杀贼为佳。"

这四句联子，却是充满胆量和正义的。

章衣萍是多才多艺的作家，他的主要作品有短篇小说集、散文集、诗集、学术著作、少儿读物、译作和古籍整理等20多部，他也是著名的翻译家。

我估计，未来能让章衣萍再度回到我们面前的就是他为孩子们编写的这部《写给儿童的名人故事》了。因为章衣萍读书出自私塾，自幼饱读儒家经典和史书，再加上他才华横溢，文字优美明快，所以，他写的《名人故事》就显得那样清新，那样流畅。我在三天之内读完了他编的二十五本书，虽然这些书是写给孩子们读的，但是，我读着也丝毫不觉得浅白，而是意味隽永悠长，受益匪浅。他能将孔子、孟子、朱子、管子、玄奘这样的大思想家的主要经历和思想，叙述得概括而清晰；也能把陶渊明、杜甫、苏轼、纪晓岚这样的大文学家的艺术成就与人格力量讲述得准确真切；更能将马援、班超、关羽、花木兰、岳飞、文天祥、郑和、戚继光、郑成功、林则徐这样的历史英雄讲述得动人心魄；还能将诸葛亮、王安石、包拯、史可法这样的大政治家描述得起伏跌宕。还是那句话，才子就是才子，大才子的作品永远都会激动人心。我认为孩子们都应该读一读，通过这部简单的著作，去了解我们民族历史上那些伟人，也好增长智识，写作文的时候也好举例，不至于没话可说。

五

章衣萍后来去了四川，在成都大学做教授，他的妻子吴曙天却得了肝癌，肚子鼓得像鼓一样大，几年后死了。章衣萍又娶了广东名门闺秀伍玉仙。

1947年，伍玉仙回广州探亲，这一年的12月22日，章衣萍叫他的老仆人和他一起去广东看伍玉仙，但老仆人不愿去，章衣萍非常愤怒，大骂老仆人对不起他，并且让老仆人脱掉衣服滚蛋。其实章衣萍并不是无情无义的人，那一晚，可能是发病的前兆吧，他才那样激动。当天晚上，他突然一头栽倒在地，头在地上磕得巨响，仆人听见跑来看他，他已经死了，时年仅47岁。

章衣萍死了近七十年，知道他的人越来越少，他也快在历史的烟尘中消失了，他怎么也想不到，我的小友肖卫，却在古旧书店的书摊上，发现了他。于是，他又来到我的书桌上，让我又熬了一个夜晚，给他写下这些文字。

2015年10月24日星期六于西安含光书屋

江南片段

一

我的朋友殷颖是一个思想家,这一点,你从他的名字中就能看出来。殷者,红也;殷红,血色也。颖,锥尖也。所以,殷颖合在一起,就是血红的锥了尖。他这把锥子刺向哪里,都很深刻,都会刺开皮肉,流出血来。

殷颖是一位高工,他的专业是弱电设计,但是他对文化却很有看法,而且这些看法都很独到,都很见血。这也不奇怪,古今中外许多理工大家,同时也是文化大家。

我犹豫再三,还是决定去一趟。我去上海,不是像殷颖期望的那样去拯救中国文化,我知道我和殷颖两个人一起放屁,也熏不到几个人。我去上海,是因为西安在整个冬季都雾霾重锁,阴晦难挨。那种长安澄明似秋水的美好再也没有了,而变成一个影影绰绰,形同鬼魅般的地方。前几天,一个女人出来,对着中国阴暗的天空说了几句话,立即就有一群人围上来,恨不得扒光她的衣服,斥她为汉奸,斥她为名利。我的神呀!这些人宁肯生活在雾霾中,吸着有毒的空气,看着自己的父母妻儿得癌症死去,也要捂着鼻子对一个敢说话的女人嗤之以鼻。他们到底是为什么呀?

整个一个冬天,我的心变得无限荒凉,荒凉得就像枯草一样,这种荒凉,只能有两种结果:一种是得雨露滋润,重新变绿;另一种是被火星点燃烧成灰烬。为了不烧成灰烬,我决定去江南寻找绿色。

我在正月还没有走完,就踏上行程。古人说,烟花三月下扬州,而我却在正月就出发,我知道春天还早,所以我就在登上飞机之前,在自己心灵中营造春天。"江南好,风景旧曾谙。"我把白居易老师的这首《忆江南》在心里反复吟诵,还好,心里的春色似乎有些了。告别了一路送我的美男子王平军和美女薛玲,我上了飞机,我的寻春之旅开始了。

二

我在夜里11点到达上海虹桥机场。殷颖和他美丽的妻子范芹红到机场接我。我写文章,只写人,不写建筑,那是因为,现在全中国的建筑,都是一个范子中的产品,没有什么个性可言,上海机场和全中国的机场那是兄弟两个比那个啥,一个样子,没啥可说的。至于那个啥是啥? 你懂的。

殷颖是一个有激情的人,他说话的语速最适合去当一名体育节目的主持人,主持足球似乎都有点嫌慢,五十米或者百米短跑那种紧张气氛和瞬息万变似乎才适合殷颖的语速。殷颖把我接上汽车,他美丽的妻子驾驶着,我们在微雨中驶入上海。殷颖说,大哥,上海已经没有文化了,还有个屁呀!上海只有卖文化的商人,和故弄玄虚卖钱的假文化人,这该怎么办呀?

我望着车窗外一幢幢水泥大楼,并不搭话。因为我知道,殷颖说任何话,即使他询问你,那也不是征求你的意见,他只不过是自我陈述罢了。

他说,你先住下来,我明天带你去买衣服,你这身衣服,一看就是雾霾中出来的西北狼。

我自然还是什么话都没有说。

殷颖美丽的妻子已经把车开到宾馆门前了。殷颖依然很快地说,大哥你住下,房子登记好了,明天来接你。说完,他塞给我一张房卡,自己上车走了。

我望望四周在风雨中凄冷的上海,心里想,江南也在严冬中,春天在哪里呀?

三

令我想不到的是,那天晚上,我就与春相遇了。

我住的房间和各个城市都有的较高档的宾馆房间一样,白墙白床,棕红家具,看不出什么特别。我喝了一杯水,简单洗了洗,看看已是子夜时分,也就上床睡了。

我向来不失眠,不管是在野外麦草地还是在屋里的床或者沙发上,只要倒下,都会迅速入睡。这正应了那句话,没心没肺的人都不失眠。可是,当我刚刚睡熟,却突然有一阵声响传来,哐当哐当地响,我就被惊醒了,我以为有贼,就仔细听,那声音不是来自门窗,却是来自我头靠着的墙,而且,那声音越响越急,节奏也越来越快。紧接着,一个女人咿咿呀呀的声音也飘来了。我顿时明白了,我听到春的声音了。

孔子说:"非礼勿听。"作为君子,是不该听到这种声音的,但是,耳朵没有开关,我只能咬着牙听着,想等那阵声音完结了,再次入睡。可是,那种声音不但不快速结束,而且还愈来愈响亮,还伴随着床头撞击墙面的哐当声。这就迅速使我的心智烦乱起来,最可气的是,那女声叫得一点也不合辙押韵,一点也不莺声燕语,而是犹如老妇断气。听得人浑身起鸡皮疙瘩。

我只好打开台灯,坐于床头,任那些声音在身后随意响起,我心里想,殷颖兄弟所说的文化全面沦落,是不是也包含这种文化呢?

我过去曾关注过中国床笫文化,因为孔子说过:"饮食、男女,人之大欲存焉。"既然色是人之大欲,那就是人性中最本质的东西,就是值得关注的。

《金瓶梅》是中国历史上最善于描述床笫文化的著作。我记得它写的床笫之声可以分为几个层次:有正直贞妇的,咬紧牙关,闭紧双眼,就像刑场上的女英雄那样,视死如归,这是最坚贞的;有娇妻柔妇的,轻声召唤,爱意无限,犹如鸳鸯戏水,咿咿呀呀,这是最销魂的;有淫荡骚妇的,淫声浪语,脏话连篇,夸张张致,这是最费床的;有丫鬟仆妇的,一副巴结讨好的声音,边呻吟边提出自己的小要求,这是最势利的;有出墙红杏的,娇羞中带着胆怯,不求质量,只求速度,这是最刺激的。据觅汀兄说,各地人的床笫之声还有口音和方言的差别,有喊"中"的,有喊"要得"的,也有喊"爽"的。我认为我们陕西人最有国际范,陕西人说"倭傑",读作"woye",我仔细研究了,这是英语"ho, yes"的音译,这个来自唐朝的叫声,可能是西方人最早带过来的。

宋徽宗赵佶也曾写过一首很有品味的艳词:"浅酒人前共,软玉灯边拥。回眸入抱总合情,痛痛痛。轻把郎推,渐闻声颤,微惊红涌。试与更番纵,全没些儿缝,这回风味成颠狂,动动动,臂儿相兜,唇儿相凑,舌儿相弄。"

宋徽宗这个治国无能,享乐有方的家伙,把床笫之欢描述得让人魂飞魄散。他当皇帝的时候,提拔了不少写诗的、踢球的、唱歌的当将军,结果,金兵打来的时候,这些写诗的、踢球的、唱歌的却没有人能带兵打仗,他和他的儿子钦宗,都被金国抓走了,关在井里坐井观天。据说这些艳词就是他在井里回忆过去的美妙写出来的,写得确实十分美妙。

四

隔壁叫了一阵,虽然声音不美,但是春天还是被叫来了。第二天早上,我一打开窗子,首先就看见一朵樱花开放在窗口。江南的春天,开始在樱花枝头吐蕊了。我说,春来了,春天,你好。

殷颖在10点钟才跑来接我,他说,很快地说,大哥呀,我要带你去吃上海最好的早茶。他不等我回答,就拉着我上车了,还是殷颖美丽的妻子范芹红开车,殷颖一边在一旁不断数落妻子开车,一边很快地对我讲话。范芹红像驯服好的小鸟那样听话,殷颖每次数落她,她总说一句,好的啦!她就开着车子三拐两转,把我拉到一座大楼门前。

我跟着殷颖和范芹红,进门厅,上电梯,到了饭店的大堂。抬头一看,有许多人都排在座椅上,等在那里。有的人把菜单翻来覆去看,有的眼睛直直的看着墙面。大家都不大声说话,安宁而耐心。

我问殷颖,这需要等多长时间才能吃上饭呀?殷颖说,大哥别急,最多一个小时。我的天哪?一个小时就为了等吃一顿饭?我顿时就没了耐心,我开始怀念我们西北的饭馆,一进门,扑面一股热气,羊肉味就直接进了你的胸腔。带白帽的回族跑堂高喊一声,客官请坐,客官吃啥?声音高亢热情,但是脸上却不会有任何表情。我就很牛逼地在满地扔着的餐巾纸堆里找一个能落脚的地方坐下,喊一声,泡馍一碗,饼子四个。那跑堂重复一回,又屁颠屁颠跑了。等一分钟,就大喊一声,快些!我要赶路。再等一分钟,再大喊一声,老子要赶路,再不快来,老子就走了。这时候,饭就该上桌了。西北和上海,真是两重天地。一个狂野而任性,一个有序而无奈。我说,咱不吃了,找个小面馆吃。殷颖很吃惊,说,大哥呀,这是上海最好的早茶呀!我说,再好也不值得等一个小时。我就坚定地往外走,殷颖夫妻两个只能跟着出来。

殷颖无奈,但是他依然固执,依然要让我吃上上海的早茶。他就又指导着妻子开车,到了另一家早茶店。店里人虽不多,但是,饭却上得很慢,也是一个多小时,才算吃上了。口味是不错,但是很累人。殷颖说,大哥呀,这就是上海人的品味,精细呀!

五

下午,我们的司机换成了长相高大颇具男人味的老沈。老沈叫沈正南,是一个技术高超的老司机。老沈的普通话很费劲。我故意逗他,说,老沈,普通话不错呀!老沈就憨憨地笑,说,西老西笑哈侬!(石老师笑话我。)

殷颖依然很激动,他似乎永远是激动的。他那圆圆的身体里永远都有激情。我问,下午我们去哪里呀?殷颖说,大哥,你别问,在上海,你什么心都别操,光跟我走呀!

我还能说什么呢?跟着走。

"跟着走"是一句名言。毛主席去世了,有些拍马屁的就开始设计篡改历史,说,长征的成功,邓小平才是真正起作用的人。这话就被传到邓小平那里去了,邓小平听完就笑了。他说,长征我能起个啥子作用呀?我就干了一件事,跟着走。

我那天在上海就是跟着走。殷颖指挥着,老沈开车,我坐在车上跟着走。看着上海高楼林立,路桥交错,不由得叹息一声。殷颖说,大哥,我们这一代人把中国毁了!全国没有一个地方有特点，都是这种水泥高楼，再过五十年一百年都是垃圾。你不管到哪里，每个城市都是一个样子的。我说，这是为什么呀？殷颖说，这就是资本的力量，资本要求节约成本，统一标准，所以，全国一个样子呀！我说，没有个性，这些存在还有意义吗？殷颖说，这个唯利是图的年代，还有个屁个性呀！

我想，除了资本的力量，可能还有政治的力量吧！政治要求步调一致，思想一致，哪里还能创新？哪里还敢有个性呀？殷颖说，大哥，你别悲观，上海还是有些可看的地方，外滩上还有些外国人过去留下的建筑，很有看头的。

不久，殷颖把我拉到一个超级大的商场，他不由分说，更不许我辩解，就给我买了四五件今年流行的花格子衬衣，迅速就把我打扮得跟他步调一致了。殷颖说，大哥，这下好看了，不像西北狼了。我笑着说，这就是资本的力量呀！看来，没有个性，不一定是资本和政治的力量，也代表一个时期的文化和审美心理。

殷颖把我打扮得花花的，就带我去了上海最高的一个建筑，可能叫上海环球金融中心吧，我们坐电梯，中间还要倒换一次，才来到那座刺破了天空的建筑物顶层。那顶层是一个咖啡厅，殷颖说，这里最好的就是这座大楼的穹顶。我仰着脖子，把头抬得与地面平行，才能望见那穹顶，圆圆的，一层层盘上去，再装饰上灯光，看得人眼花缭乱，头晕晕的。殷颖说，大哥呀！中国人把形式主义搞到极致了。

那天，我们在那穹顶里坐了很久，喝了咖啡，也喝了茶。殷颖说，大哥你体会到什么了？我点点头，什么也没说！

六

第二天，我去了苏州。殷颖事情太多，我就和老沈去了。

苏州也是一个在水泥垃圾中沦陷了的城市。除了城市边缘虎丘山上祖先们留下的高塔，到处都是几乎一模一样的灰不溜秋的高楼和公路立交桥，没有什么景致。我们在庞大的现代水泥群中，去寻找先人们留下的园林，因为苏州素来以园林甲天下著称。

唐代杜荀鹤老师写了一首诗，叫做《送人游吴》，诗中写道："君到姑苏见，人家尽枕河。古宫闲地少，水巷小桥多。夜市卖菱藕，春船载绮罗。遥知未眠月，乡思在渔歌。"我可能是在十几岁的时候，就会背诵这首诗，我们陕西黄土高坡缺水，我们都对"人家尽枕河"和"水巷小桥多"的景致无限神往，但是，我到了苏州，却发现杜荀鹤老师是个骗子。苏州已经找不到这些水边的人家和小桥了，也干巴巴的。

老沈带我去拙政园。拙政园向来号称中国四大园林之一，但是四大园林之首却是北京的圆明园，第二是河北承德的避暑山庄，这两个都是皇家园林，是皇帝倾举国之力修建的，所以苏州的拙政园、留园就无法和前两个站在一个台阶上，苏州这两个是私人宅邸，在规模和工艺上，和前两个比就像麻雀比孔雀。但是，拙政园因为是个人修建的，它其中所渗透的内涵，却更能反应个人的命运。

我旅游参观，一般不太关注眼前的实景，而喜欢关注景物之后所隐藏的人的故事，因为每一处人造景物，它的背后都隐藏着人的灵魂和命运。

拙政园据说是明朝正德初年，在官场失意辞官回乡的御史王献臣修建的。

明朝正德皇帝，就是那个在皇宫正殿里，让猴子骑在狗背上，然后给狗的尾巴上绑上一串鞭炮，点燃，看狗和猴子什么反应的皇帝，也就是那个经常玩火，动不动把宫殿烧着了，拍着手喊着"好焰火，好焰火"的皇帝。这纯粹就是一个白痴。中国千年帝制，皇帝一代代传承，一般二代三代还像个人样，四代五代之后，基本上就是白痴坐天下。偶然会有那么一两个像样的，一般都不是在皇宫长大的，大多是开始不得志，被迫上山下乡的皇子继位。

这正德皇帝死后庙号叫做武宗。苏州的王献臣遇上这样的皇帝，如果能拍马溜须，自然是一帆风顺，但是，这个王献臣自恃才高，把皇帝身边的太监不太当回事，结果，也就招祸了。

王献臣生于苏州吴县，他祖上都是当官的，也不知道是官二代还是官五代，据说他幼时聪颖，才华出众，玩作诗对联这些雕虫小技很是在行，因而闻名十里八乡。明孝宗弘治六年，王献臣被举荐入京应试，考上进士。开始被任命为行人司行人，由于精明能干，得孝宗弘治皇帝赏识，提拔为巡察御史。

行人司行人，不是我们现在说的马路上行走的普通行人，他是明朝朱元璋设的一个官名。我们门前经过的行人都是些闲人，而明朝的行人,都是九品官。这些官大多是读书人考上进士而担任的,具体任务就是传皇帝圣旨,颁布诏书。

苏州拙政园的建造者王献臣开始就是个行人,后来因为行得好,就被提拔为巡察御史。巡察御史其实就是现在的中纪委巡视组组长,就是过去我们咸阳造纸厂的马铁山,现在经常出任的那个职位。巡察御史可不是个好干的活,你巡查得严,就会抓住许多腐败分子,腐败分子自然就不高兴,就要和你拼命。你巡查得不严,皇帝不高兴,皇帝会说,现在反腐形势这么严峻,你怎么抓不出来一个腐败分子呢?

这一年,王献臣非常倒霉,他被派去巡察东厂。东厂不是东边的工厂。它是明朝成祖朱棣设立的直接归皇帝直属的检查机构,也是世界上最早的情报机构和秘密警察机关。它的全名叫做东缉事厂。东厂的首领一般由皇上的亲信宦官担任。东厂只对皇帝负责,不经司法机关批准,可随意监督缉拿臣民。

这个王献臣跑来巡查东厂,自然是老虎头上拔毛,危险极大,他一个外官文臣,怎么可能斗得过那些没卵子的内宦呢?你看在历史上,外官文臣和内宦作对,一般都是文臣落败,宦官得胜,那是因为,文臣大多是读孔孟之书的,为人多讲气节,不善于搞阴谋诡计,而且,文臣大多不拉帮结派,许多文臣有妻子儿女,顾及家室,搞斗争也不破釜沉舟。而没卵子的内宦就不同,他们自幼入宫,看惯了权力斗争,深谙斗争策略,而且,他们也都没有妻子儿女,就许多人抱成团,跟外官斗,这些人心理阴鸷,手段残酷,再加上容易接近皇上和后妃,所以,他们在斗争中往往获胜。但是，不管是文官还是宦官，一旦遇上武将就完了，武将才不管你三七二十二，先砍了头再说。所以，历史上每当文官和宦官斗得不可开交，都是武将出来收拾局面，喊哩喀喳，先杀了再说，杀错了平反，杀对了有功。

王献臣跑来巡查东厂，结果，他不但没有查出东厂的事，反倒被太监们抓进了监狱，接着就是一顿暴打，把个白面书生打得屁股分成八瓣，最后还被贬到岭南当驿丞去了。

后来白痴皇帝明武宗继位，正所谓一朝天子一朝臣，朝廷又开始对判刑的有罪的官员重新核实，王献臣也被平反昭雪，重新起用。当了浙江永嘉知县。这时候，王献臣已经知道当官不容易，屁股得随时做好挨打的准备，他就有些害怕，于是就辞官回家了。

七

我把文章写到这里，你可能读得烦透了，其实我也早写得烦透了。从早晨8点开始，我一顿饭没吃，就写到这里。但是，文章就得这样慢慢写，毛主席说，历史的经验值得注意。通过研究一个人的命运，我是想告诉你的就是《红楼梦》上说那句话，世间万事到头空，"只落得大地白茫茫一片真干净"。

我们再来说王献臣，他害怕屁股再挨打，就不想做官了，他就回到苏州老家。但是，王献臣做官的心收了，他占有财产的心却没有死。他在苏州买下了一个废弃的古庙大弘寺，就在寺庙周围给自己建造园林,取名为"拙政园"。

"拙政园"这个名字,取自晋代潘岳《闲居赋》中的句子"灌园鬻蔬,以供朝夕之膳……此亦拙者之为政也"。

这里又出来一个人名,潘岳。这个潘岳也是一个名留千古的人物,他就是人们常说的"貌比潘安"中的潘安。中国古代有四大美女之说,也有四大美男之说,这四大美男就是指潘安、宋玉、兰陵王高长恭、卫玠。而且这个潘安还列在四大美男之首。

我因为长相不太妙,所以就对这些美男子没有好印象,可能是嫉妒吧!男人嘛,长那么好干啥呢?没本事,有啥用?但是,最可恨的是,这四大美男子不但个个长得好,而且都有本事,都是文章大家。

潘安是西晋辞赋大家,他是河南巩义人,年轻时只要出门,就会有一群女人手拉手追着看。当时因为写了《二都赋》而使洛阳纸贵的大文豪左思,也学着潘安的样子到处胡跑,想让女人们追着看他,结果,女人们都对着他吐唾沫,搞得左思把袖子都擦湿了。

又跑题了,正说王献臣,却说起了潘安,中国历史上有趣的事情太多了,说不完,往回收吧!美男子潘安曾经写过一篇文章,其中有一句话"灌园鬻蔬,以供朝夕之膳,……此亦拙者之为政也"。潘安长得太好,可能当时也有许多像我这样的人嫉妒吧,就常常被排斥,经常丢官,他就写一个赋来扎势,也就是装逼,他说,我不当官了,每天浇花卖菜,来供养自己的饭食,这也就是一个笨人的政治生活吧。他表面上似乎是说自己不当官,很舒服,很惬意,其实,潘安只是作秀,他后来几次复出,参与朝廷斗争,最终,还是被拉到菜市场,砍了那一颗漂亮的美头。人生呀!贪恋权势,终不得好死!

这个王献臣就把潘安赋中的这句话,改造一下,给自己的园子命名为"拙政园",也就是一个笨人在园子里的政治生活吧!

拙政园建得确实不错,堂、楼、亭、轩应有尽有,花圃、竹丛、果园、桃林错落有致,中间再来一泓清水,很是美妙。当时的大文人文徵明老师还作文歌颂,"广袤二百余亩,茂树曲池,胜甲吴下"。

王献臣付多年心力,建造胜甲吴下的拙政园,他以为可以给妻子儿女,留一方家业,但是,最后还是像曹雪芹在《红楼梦》中说的那样,"家富人宁,终有个家亡人散各奔腾"。

王献臣不久死了,他的儿子却是一个赌徒,一夜之间,竟将拙政园输给阊门外下塘的徐少泉。搞得王献臣的老婆没地方住,只能跟赌徒儿子要饭去了,真是"枉费了,意悬悬半世心,好一似,荡悠悠三更梦。忽喇喇似大厦倾,昏惨惨似灯将尽。呀!一场欢喜忽悲辛。叹人世,终难定!"

我在拙政园里,转了一圈,上了一回厕所,狠狠地尿了一回。心里嘀咕,人呀!自己贪财,还为后代贪,恨不得活着享尽荣华富贵,搞完央视美女,死了还要给子孙留下金山银山,当代中国就有这么一群贪官,没文化,没读过历史,要是早早把这些巨贪弄到拙政园看看,让他们知道人生一场梦,贪财终为空的道理,该多好呀!一个人,不是每个人都有为国尽忠的机会。你有了这个机会,而且还做了高官,你就好好为国尽力,为民服务,你占据高位,贪得无厌,最后致使枷锁临身,颜面扫地,悔恨而死。再说了,你死了,儿女有本事,自然会过好日子,没本事,你给再多,也是被别人算计走了,有啥用呀!但是,我估计,这些巨贪到了拙政园,看到的不是人间智慧,看到的可能是怎样模仿王献臣,也给自己建个园子,在里面藏上金条现金,央视美女。所以,用一句我们醴泉人的话来说,就是狗看星星,不知道稀稠。

此后,在明清两代,拙政园又几次易手,有新的主人在其中演绎生命的故事,也少不了男欢女爱,诗情画意,但是,都逃不脱被人算计不得善终的命运。其中最悲壮的要算是太平天国忠王李秀成了,李秀成曾在拙政园占据一隅,营建府第,其豪华程度连进过紫禁城的曾国藩也觉得吃惊,感慨是他"平生所未见之境也"。后来,李秀成被曾国藩的弟弟曾国荃打败俘获,曾国荃痛恨李秀成,亲自动手,用锥子在李秀成身上从头到脚扎一遍,"遍刺以锥,血流如注"。李秀成时年42岁。这些争权争财的,最后,都凄惨而死。

康熙年间,拙政园被收为国有,从此,当官的在其中演绎自己的生命故事,也少不了男盗女娼,贪财枉法。

人啊,人!

我正站在拙政园湖边胡思乱想,只听老沈说:"西老西,久呀!(石老师,走呀)"我说,老沈这句普通话,到位!

八

我去乌镇是在到达上海的第四天,殷颖兄弟亲自陪着,老沈驾车。

乌镇可能是上海四周最叫人神往的地方,人说江南的才子,山东的将,陕西的土地埋皇上。而乌镇就是才子故乡聚集的地方。更重要的是,乌镇是我们国家历史上伟大的文化巨著《昭明文选》的诞生地,是应该朝拜的。

乌镇离上海不远,一个多小时路程。我们出发很早,在乌镇还没有很多游客的时候就已经到达了。走进乌镇,才真正看到了我梦中的江南,"人家尽枕河","水巷小桥多。"看来杜荀鹤老师没有骗人,他的诗写的是唐代的苏州,那时候,苏州也会像乌镇一样,有这样清明水动的景致。

乌镇分为东栅和西栅,我们首先在东栅顺着小河游走。我们站在河的南岸,望着小河北岸一排排最典型的中国式民居建筑,迅速就能让你走进诗情画意之中。河水就是一面镜子,把民房倒映在其中,你分不清是房子建在水中,还是河流漂浮着房子。那河水碧绿明净,任何一幅山水画可能也画不出这样灵动庄严的景致。

我到乌镇,依然关注乌镇这座名镇中生活过的人,因为再豪华结实的建筑物,都会在未来的某一天从地面上消失,只有人类留下的生命信息,可以通过人类心灵,一代代传承。

乌镇让人感到亲切，因为它是人民居住的场所，它没有皇家建筑那种凌人的霸气，也没有官宦园林那种娇柔做作。人民居住的地方，就显得和平而充满生机。房子平平等等盖着，没有高低之分，一家一家紧紧相连，一家一家窗口敞开。我可以依靠想象看见，东家阿婆慈爱的脸，西家巧姑羞怯的笑，也可以看见南邻大叔皱着眉头看账本，北邻秀才摇着脑袋背诗书。

这就是百姓，芸芸众生，永恒不灭。他们就像田野中的草一样，岁岁欣荣，他们不是大树，也不是什么栋梁，大树终被砍伐，栋梁终会累垮，但是，野草会永远生存于大地之上，一片深绿，野花烂漫。只可惜，乌镇现在被政府圈定成旅游景点，没有人民在其中居住，你所看到的那些古老的房屋，也就没有了灵魂，那一扇扇打开的窗口，就像没有眼珠的眼眶一样，透射着空洞，没有了灵性。

我对历史文化充满敬畏之心，所以，像乌镇这样的千年名镇不敢随便描述，如果写不好，就会被乌镇历史上的某个秀才，用长袖掩着鼻子笑话了，给现代人丢脸。所以，我首先想看看古人怎样描写乌镇。但是，翻遍古书，发现历史上描写乌镇的诗词并不多，可能宋代葛郯写的一首《水调歌头》是比较有名的，词的名字就叫"舟过乌戍值雨少憩晚复晴"，葛郯是南宋诗词大家、也是顶撞秦桧的直臣葛立方的儿子，葛郯一生只活了27岁，也不知道这位天才少年是什么时候到乌镇的，词的名字告诉我们，他乘坐小舟，顺河航行，路过当时叫做"乌戍"的乌镇，遇上了雨，休息了一会儿，到了晚间天放晴了。但是这首《水调歌头》，描写的并不是乌镇当时的实景,而是那天的天气和词人个人的心情,并且词语晦涩,我也就不写下来了。

这首词的名字告诉我们,乌镇当年叫做乌戍,"戍"者,守卫也,说明乌镇当年是屯兵之所。

乌镇的宣传册上说,乌镇还有个名字叫做"乌墩"。那是因为这里地处地势低平的太湖水系,太湖和周围的河流冲击出一块块淤积的小高地,而这些高地被称为"墩",又因为各个墩上的土壤颜色不同,被命名为不同的地名,乌就是浅黑色,乌墩就是浅黑色的高地,据说附近还有土壤为红色的红墩,还有土壤为深绿色的青墩。

春秋时期,乌墩是吴越边境,吴国就在此驻兵,防备越国,"乌墩"也就变成"乌戍"了。我估计当年范蠡就是在这里把一代绝世美女西施和郑旦送给吴王夫差的吧。可惜,那时候离现在太遥远了,我无法看到大美人是怎样走过乌镇的!

乌镇,也像江南其他地方一样,它的繁盛,也出现在六朝以后。而所谓六朝,就是指三国的东吴、西晋南迁后的东晋,以及此后在江南建国的几个朝代宋、齐、梁、陈。

老人常说,提起三国乱如麻。其实,六朝更乱,和六朝对应的五胡十六国比麻还乱。

我们中原华夏民族从立国开始,始终都面临来自北方草原民族的强大威胁。从最早的犬戎,到周代的西戎,再到秦汉的匈奴,再有此后的所谓五胡,再到突厥、契丹、女真、党项、蒙古、满清,直到现代的俄罗斯。在中国历史上,一旦遇上国内动荡,北方民族就会迅速南下侵扰,占领疆土,劫掠人民。现在,我们最强劲的敌人还是北方的俄罗斯。今天,北极熊内外交困,我们应该设法使其分裂瓦解,我们却给他输血打气,真不可思议。我敢预言,未来一旦中国有什么不测,第一个出兵攻击我们的就是俄罗斯。

不说现在,说过去。三国后期,曹操的儿子曹丕逼迫汉献帝刘协让位,他自己当上皇帝,可是50年之后,因果轮回又报应在曹丕的子孙身上,司马炎又逼迫曹丕的孙子曹奂禅位,他自己当了皇帝,建立了西晋。司马家族费尽心机登上帝位,给他们带来的不是幸福,而是灾难。司马炎死后,他的儿子孙子们为了争夺帝位,相互残杀,八王之乱爆发了,这时候,北方各草原民族迅速发难,匈奴、羯、氐、羌以及鲜卑迅速暴动,进攻洛阳、长安。最后,晋怀帝司马炽被杀,不久,继位的晋愍帝,也就是司马炎的孙子司马邺也在长安城破之日被俘。

西晋灭亡。晋愍帝司马邺被前赵抓去,每次前赵皇帝打猎,都把他当做猎犬,在胸前拴一根绳子,在前面追捕猎物,别人吃饭的时候,就让他舔盘子,就这也不让他屈辱存活,在司马邺18岁的时候,被杀死。如果当年不可一世的司马炎知道孙子如此处境,不知道他还当不当这个皇帝。而这种因果轮回还在继续。

匈奴建立政权的叫做刘渊,刘渊是汉朝和亲的公主所生后代,所以他打的旗号就是"汉",而后,五胡陆续在北方建立国家,史称"五胡十六国"。北方汉族遭受杀戮的大动乱时代开始了,晋朝贵族和军队一路南逃,只留下百姓被异族疯狂残杀。汉民族为了生存,组织的军队叫做"乞活军",当时,胡人把河北千里之地划为牧场,并让汉人女子居住其中,可以任意射杀,称为"两足羊",杀死后剥皮而食,大汉民族境遇悲惨到极点。

这时候,大批西晋士族迁往江南,称作什么"衣冠南迁",南迁的士族把北方文化带入江南,司马家族的另一个子孙司马睿建立政权,史称东晋。

东晋建立,暂时偏安江南,大批读书人也逃到江南,江南也有了文化,这时候,像乌镇这样的地方可能才开始繁荣起来。

我们继续说因果轮回,东晋政权百年之后,又被汉朝楚元王刘交之后刘裕篡位,政权再一次回到刘氏家族手中,从曹丕篡汉开始,经过司马炎篡魏,再到刘裕篡晋,历史在刘氏、曹氏、司马氏再到刘氏之间画了一个圈。而这个圈画得血腥无比,有上千万百姓被残杀,大汉民族差一点亡国灭种。而中国北方也一样,只不过,北方最后消灭司马家族的,是匈奴刘,他们是汉刘的外戚。

后来,刘裕所建立的南朝宋被权臣萧道成所灭,萧道成建立南朝齐。南朝齐又被雍州刺史萧衍所灭,建立了南朝梁,再后来,南朝梁又被陈霸先所灭,建立了南朝陈。再后来,陈后主陈叔宝被隋朝消灭,中国长达三百多年的分裂局面结束了。

九

我想用最简单的语言,讲述中国历史上长达三百年的最复杂的战乱过程，其实就是想说一句话，北方草原民族逼迫中原士族南迁，才有了江南的发展和繁盛。而草原民族南侵，都是华夏民族几个阴谋家内斗给他们提供的机会。所以，国家稳定才能繁盛，而一家血统世袭，带不来稳定，只有通过合理的制度，保证有执政能力的人管理国家，并受到人民的监督，国家才能稳定，人民才不会受到杀戮。《群书治要》中说："天下之大，有德者居之。"谁的品德高尚，谁就可以参与管理国家。而品德是否高尚，要人民参与评定，而不是几个人暗箱操作。管理国家要像《群书治要》中说的"如履薄冰，如临深渊，凛乎御朽"。否则，只凭个人野心，刚愎自用，狂妄自大，那么，会给国家和人民带来灭顶之灾，也会使自己的子孙后代遭到残杀。

  我是不是老了？非常啰嗦，本来想写乌镇，可是笔头子总是朝着别的方向走。我确实老了，心中就有无数的担心，担心未来的国家会再次陷入混乱，异族会再次入侵，我华夏民族再次亡国，我们的子孙再次被人称作"两足羊"而任意杀戮。所以，我在这里，要劝劝那些身居高位的人，我们每个人，都是历史进程中的一粒尘沙，身居高位就不要只谋个人私利，真正为国为民着想，还政于民，不要让后人在所写的历史中用"腐败"来形容。"腐败"这个词用得多了，已经让人丧失了感觉，你想想"腐败"这个词的原意，是指人或者动物死了，尸体腐烂，面目狰狞恐怖，蛆虫滋生，散发着恶臭，传染者病菌。那是要赶紧用火烧掉或者用土埋葬掉的。如果你用公权谋私利，那么你就已经腐败了，像人或者动物的尸体那样恶心。

十

乌镇这么个小地方,之所以能让我联想到中国历史上那一段最动荡、最混乱、最叫人伤心的岁月,就是因为乌镇的河水,像一面镜子。这面镜子中反应的画面,就是我们中原朝廷中那一张张邪恶的牟取私利嘴脸,这些人的恶行,引起天下动乱,战争爆发。这面镜子里也能看见,北方草原民族跨上战马,挥动战刀,一路杀戮南下。而这些祸国殃民者携带财物,仓皇南逃。一个大好河山,被搞得血流遍地,"千里无鸡鸣,白骨露于野"。而这些南逃的所谓贵族,最后许多被饿死途中。

十一

正月还不是春天,在江南也一样,但是,江南毕竟要柔和得多,所以,人的心思就灵动些。我看见几只燕子在乌镇的河水边飞过,呢呢喃喃地叫。我不知道他们是不是来自北方,来自陕西,我嘴里说了几句诗:"我家堂前燕,可否到江南。如若还相识,枝头来盘桓。"

燕子是要回北方去的,我也得回去。

新疆片段

一

新疆是一个神奇的地方，这是一句陈词滥调，把新疆说成神奇，在中国可能有千万个人说过，新疆虽然很神奇，我如果再这样说，就显得傻傻的。新疆这个地方曾给我带来过许多压抑，这倒是真的。

首先给我带来压抑的是西安的大作家张敏。我在上个世纪九十年代曾经整天和张敏、高建群混在一起。高建群因为在新疆当过几年兵，他写的许多小说都是写新疆，写得很棒。而张敏也喜欢凑热闹，他也拿新疆说事，好和高建群套近乎，他说他娘怀他的时候，是在新疆。他每次写简历，都要写上"孕育在天山脚下，成长在关中平原"，意思是说他被他娘怀上是在新疆。于是，张敏和高建群就很兴奋，两个人似乎有一点他乡遇故知的意思，他们每次谈新疆，就把我一个人晾在一边，我心里就很不舒服，就想，人家高建群在新疆当兵，那是真的，没有任何虚构，你张敏说你孕育在天山脚下，却有一点吹牛，谁知道那天你爸你妈在什么地方？他们会不会在别的地方做下好事，然后迅速跑到新疆去了呢？最可气的是，有一年这两个人竟然偷偷又跑到新疆去了，去了一个多月，回来晒得像两只乌鸦，每人怀里还揣着一大堆在新疆拍的照片，有罗布泊的，有尼雅古城的，高建群还给我送了几张，我一看就生气，去新疆不叫我，却要给我几张照片来显摆，啊呸！

第二个给我带来压抑的是我的好兄弟大书法家赵西斌。赵西斌在新疆当兵十四年，对新疆感情深厚，只要喝多酒，就会讲新疆，讲他过去在新疆当兵的经历。

他最爱讲的故事，就是上个世纪，新疆人对毛主席多有感情，家家都贴着毛主席像，贴在房子的正堂上，就像敬神一样。赵西斌说，他十几岁就在新疆当兵，常在维族老乡家里办事。那时候，维族老乡只要看见解放军进村，就跑出来迎接，都说，毛主席的兵嘛，来了，要请到家里嘛，吃饭。赵西斌说，有一年，一个维族老乡家的树长高了，伸到部队的电话线里，天一刮风，就容易把电话线刮断，部队就派他去伐树。但是，树的主人维族小伙子心疼树，不让伐。小伙子在维语里称作"巴郎子"。赵西斌和这个巴郎子谈了半天，巴郎子把头摇得像电风扇一样。赵西斌就去找村长，村长来了，给那个巴郎子做工作，村长说："你家的树嘛，长那么高，大风一吹嘛，它就忽忽地嘛摇。它一摇嘛，电线就呜啦呜啦地嘛响。这个电线嘛，一头嘛在毛主席那里，一头嘛在赛福鼎主席那里，毛主席嘛给赛主席说的话嘛，就呜啦呜啦听不清。你说,你嘛,咋办呢?"那维族巴郎子二话不说,自己拿起斧子,把树砍了。

赵西斌每次喝酒,喝得醉醉的,就讲这些事,讲得眼泪汪汪的。这就对我刺激不小,我心里就很胆怯,一个整天舞文弄墨的人,竟然还没去过新疆,啊呸!

我的师妹杜鹃从新疆来了,一下飞机,她就瞪着一双杏眼,非常生气,她说,师兄,要请你去一次新疆咋就这么难呢?新疆比阿富汗还恐怖吗?当年张骞去新疆的时候,一路上还打仗呢,人家也就去了,你咋就没这么点胆量呢?

她的几句话,说得我羞愧不堪,赶忙弱弱地说,去,这就去。要知道,人老了,除了珍惜老婆,是最珍惜师妹的。师妹都发脾气了,你再不行动,问题就大了。

于是,我在今年三月,带上我的小兄弟,来自上海的思想家殷颖,搭了飞机,飞到新疆去了。

二

张骞去新疆是骑着骡子或战马去的,而我却坐着飞机,这各有利弊。张骞可能感受到了一路的风霜雨雪,四时更替,人文风情,但是他肯定看不见从空中俯瞰中国大西北的这种辽阔和震撼。飞机向西飞过关中平原,飞过河西走廊,逐渐地,大地就褪去了绿色,变成一片深褐色的雄浑,苍苍茫茫地伸向遥远的天际尽头。这天天气很好,看不见一丝云彩,空气就像虚无一样透明，阳光穿透过去，大地就明亮光彩。在褐色的戈壁和暗黄色的沙漠上，会突然出现一座座被冰雪覆盖着的山峦，在阳光下发出白润的光泽。我告诉殷颖，这些山可能就是传说中的祁连山了。

"马上望祁连，奇峰高插天。西走接嘉峪，凝素无青云。"我嘴里念了几句明朝陈棐的诗。殷颖马上说："大哥呀，有没有搞错？这是在飞机上，祁连山在你脚下，怎么还在马上？怎么还奇峰高插天？我们在天上，让它插上来试试。"

三

飞机一路追着太阳飞行，所以，天就黑得很慢，我们到晚上七点多才摇摇晃晃地降落在乌鲁木齐的地窝堡机场。此时，天依然很亮，我和殷颖一前一后，拉着行李，走出机场，我的师妹杜鹃瞪着杏眼，就站在机场的广场上。

杜鹃亲自来接，这是很高的礼遇了。要知道这个瞪着杏眼的女子，是整天领着一伙大老爷们四处修路铺桥的，她手下的企业是新疆一家道路维护企业。我常想，怪不得杜鹃人过不惑，却还保持着少女的身材和风韵，可能是她修桥铺路所积的功德吧，阿弥陀佛，佛祖保佑！

这次杜鹃满脸欢悦，却依然瞪着杏眼，说："欢迎来新疆！师兄。"我一听，心都羽化了。我们坐上杜鹃亲自驾驶的Q7，一路很威风地进了乌鲁木齐。

我们顺着立交桥行走，杜鹃指了指远处在落日余晖下依然雪白耀眼的雪山说,师兄,看,那就是天山。

哦!天山。那就是天山,巍峨庄严的天山。去年,新疆国际文化交流中心的秘书长来西安,我还给人家写过一幅对联,"我随明月到天山,万千车马指楼兰。"我那时候并没有见过天山,只是一时兴起胡诌,据说这幅对联现在还挂在秘书长的办公室里,今天,我终于来到天山脚下了,天山的圣洁壮阔,让我震撼。这座在冰雪中挺立的山峰,自然需要刚强的意志了。

晚上是师妹准备的晚宴,她请来作陪的都是新疆企业界的名流,其中竟然还有我们陕西汉中的老乡,一阵寒暄过后,自然是杯光交错,一个字,"喝"。

四

酒醉而醒,如同再生。

新疆的太阳升起来得比较晚,这正应了我的节奏,不用倒时差,一觉醒来,射进窗口的正是早晨八九点钟的太阳,希望寄托在我的身上。

洗嗽完毕,穿戴整齐,师妹杜鹃来了电话,师妹说:"师兄,最想去那里?"我脱口而出,独山子。

说完这三个字,我自己不由得吃惊,我知道这三个字,包含着我的一份感情,一份牵挂与思念。师妹说:"那好。我有事,没法陪同,就让夏老师陪你们去吧!"

夏老师是夏晨宇,一个年轻英俊颇具才情的年轻人。不一会,夏老师来了,白净的脸庞,浓眉大眼,他笔挺着身材,和善而热情,夏老师帮我提上行李,我倒背双手,自由地走着,我的身后,跟着圆鼓敦敦,戴着眼镜,四处寻找美食,来自上海的思想家殷颖。

　　新疆的暴恐是这几年的热词,我来新疆的时候,许多朋友告诫我,一定要注意安全,看见恐怖分子,一定要像兔子那样拼命逃命,而且还要像兔子那样拐着弯跑。我这人向来心大,而且从小就是打群架练就出来的,所以对什么恐怖分子,内心并不胆怯,所以也并不在意,我们走出宾馆大门,却见武警在大门口设岗,荷枪实弹,并且在岗哨前设了拒鹿马。拒鹿马是古代一种防御用具,准确的名称叫做鹿砦,就是在一根横木上绑上好多竖木,横竖交错,就像鹿的犄角一样,放在大路或者军营门前,防止战马冲击。没想到这样原始的防御工具,被用在现代反恐中,只不过现在人做的拒鹿马,都是用钢管焊接。这些拒鹿马和武警,倒是平添了些恐怖气氛。

　　我们坐上杜鹃师妹的Q7,由她的司机刘兆荟驾驶,一路向独山子而去。

　　新疆只要不刮风都是好天气,阳光明而不媚。新疆是一个很阳刚的地方,似乎是阳性的世界,高山挺拔,白杨直立,阳光也是直直地照射,带着野性,没有江南阳光的那种媚态。其实,世界上的阳光都是一样的,只不过照射到大地上之后,被山川地形江河云彩影响,才变得失了本性。这就像男人,男人的骨子都是阳刚的,只不过生下之后,或被母亲柔性地调教,或蹂躏于妻子儿女之手，或被社会反复揉搓，许多男人才变得阴柔不堪。

　　新疆的地形简单大气，山就是山，阿尔泰山居北，昆仑山居南，天山从中间横断，就这么简单。再在山的中间添上绿洲沙漠，一个天地广阔的世界就形成了。新疆的天气也很简单，吹风吧，就来一场沙尘暴，下雪吧，就来三尺鹅毛。平日阳光直射着，下雨吧，多麻烦，淅淅沥沥惹人烦。大雪下过，储存在高山之上，平常就融化着流淌下来，滋润着土地，形成绿洲，五谷丰登，瓜果飘香。不像江南云贵，曲曲折折，阴阴晴晴，多无聊呀！

　　这就是新疆，大气而磅礴，阳刚而伟岸。走在新疆的公路上，阳光是笔直的，道路是笔直的，人的心也是笔直的。如果不是那些人为在公路上设置的测速器，我们的Q7都可以飞起来。

　　此时，我的心就是笔直的，笔直的飞到一个人身边，我在车上，虽然在和殷颖、夏晨宁讲着段子，开着玩笑，但是我在思维的第五空间，却在想着我的亲人，我思念许久的人，在干什么？几十年不见，会变成什么样子？

五

　　要去独山子，中途要走一个地方，叫做石河子。石河子是瞪着杏眼的师妹杜鹃的家乡，她是兵团子弟，是从兵团出来，走到西安上大学，上完陕西师大再回到新疆的兵团女儿。师妹提前安排好了，在石河子，有她童年的学友迎接我们，而且她一再叮嘱，让我们一定要去看看石河子的兵团博物馆。

我是最听师妹话的,师妹安排好的事情,如果老婆没有别的指示,就会严格按师妹安排的办。况且师妹是老婆的闺密,是可以直接把小报告打到中央的。

我们到了石河子,这是一座建在广袤土地上的新城,中国西北和北方边陲的小城市,大多一个样子,街道宽阔,楼房不高,都有街心广场,都有象征这个城市特点的雕塑,石河子的雕塑,就是当年带领这些兵团老兵开拓新疆的王震将军,就矗立在博物馆门前。

中午草草吃完饭,就赶快去兵团博物馆,博物馆里展示的是上个世纪五十年代至今,新疆生产建设兵团屯垦的历史介绍,文物陈列。

在这里我要特别讲述两个词,一个是"屯垦",一个是"地窝子"。

"屯"这个字来自《易经》。《易经》中就有"屯卦"。我常读"屯"卦卦辞,而且每次诵读,都会热血沸腾,有时候还会热泪盈眶。

"屯"字"中"代表草木,"一"代表地面。就是一棵小苗从大地上露出嫩芽。"屯卦"的卦象是震下坎上。震,表示雷,坎,表示雨。雷雨并作,环境险恶。而这棵小嫩芽却是在这样一个雷雨交加的时节出生了。它是那样的弱小,那样的弱不禁风。但是,它又是那样的勇敢,那样的顽强。在这个充满危险,充满阴谋的世界上,它就这样毫无畏惧的出生了。啊!生命的精神多么叫人敬佩。它出生了,从大地的缝隙中露出头来,它要去亲吻阳光,亲吻雨露，它要长成参天大树，长成沙漠中的胡杨，长成雪山上的巨松。

圣人周公姬旦在卦辞中，毫不犹豫就给了"元，亨，利，贞"四个最吉祥的卦词。圣人的心意我是明白的，他给了生命萌发最好的祝愿，他虽然也说"勿用有攸往"，就是暂时没有大用，但是"利建侯"，就是能成就封侯这样伟大的事业。要知道，这四个最吉祥的字，只有在描述宇宙诞生，太阳运行的"乾"卦中，圣人才用过的。

"屯"萌发了生命，它是何等伟大呀！另一位圣人孔子说："'屯'，刚柔始交而难生，动乎险中，大亨贞，雷雨之动满盈，天造草昧，宜建侯而不宁。"孔子说，屯，草木出生，它是阴阳感应的结果，是天父地母相亲爱的结晶，但是，它就像孩子一样，在艰难危险中出生，但是它却充满希望，它会亨通发达，因为雷雨虽然险恶，但是却带来充沛的雨水，所以从险境中萌芽的事物，都是能成就伟大成果的。

"屯"卦何等伟大，圣人告诉我们，新生的事物充满生机，不要因为它弱小，你就视而不见，不要因为它处境艰难，你就对它嗤之以鼻，新生的事物是世界的希望。我常想，我们中华民族之所以能够成为四大文明古国中唯一不消亡的民族，可能就是我们的祖先从"屯"卦中获得的智慧，不断推陈出新，不断吸纳新生力量，才永葆了生命的活力。我们现在，还将我们这个具有五千年历史的国家称为"新中国"，可能就是希望它在艰难中永生吧！我们把脚下这片博大的土地称为"新疆"，就是希望它永远年轻吧！而新疆的新生，就是从"屯垦"开始的。

"垦"，就是开荒种地，《广雅·释地》中说"垦，耕也"。

"屯垦"就是在荒地上耕耘，让嫩芽出生，收获未来和希望。

在这里，我不想讲述我们中国近千年的屯垦历史，只要你沿着丝绸之路，一路西行，你就会看到，在河套平原，在宁夏平原，在河西走廊，一片片土地，一条条水渠，庄稼簇生，一片生机，那就是我们祖先一代代屯垦的结果，我们祖先的军队，在驱逐了游牧民族的侵扰之后，开始驻扎边疆，防守边疆，没有粮食，在有水源的地方，自己开荒种地，自给自足，才保证了内地的繁荣与发展。我向来对居住在祖国边疆的人充满敬意，因为他们的祖先都是各个朝代屯垦边疆的老兵。

新疆的屯垦历史有千年之久，几乎每一个强大的朝代，都在新疆屯垦耕耘，这些屯垦的人带去的是我们民族的生命气息和文化，因为人就是走动的文化。现在，你在边疆看到的人，和我们说一样的语言，遵守一样的礼仪，有同样的信仰和爱憎，这就是我们祖先一代代屯垦的结果。边疆离内地遥隔千里，但是，边疆的人，心在内地牵挂着，它就像一个人的手臂，伸向远处，但是，它血脉相连的是心脏。

新疆真正成为我们祖国筋脉相连的手臂，成为中国大西北的铜墙铁壁，是从上个世纪50年代开始的。

六

从清朝末年开始，内地的动荡也使新疆开始动荡起来，新疆是内地血脉相连的手臂，心脏动荡，手臂岂可不招摇？于是，各个列强和野心家都想占据新疆，新疆经历了近百年的动荡岁月，终于，东方红，太阳升，中国出了个毛泽东，毛主席的大军来了。太阳出来了，阴霾岂可不散，冰雪岂可不融。王震带领大军，一路扫平各种势力，新疆安定了。

王震带去的是几十万大军，新疆平定了，这些军队怎么办？复员回家，敌人再来怎么办？留在新疆，几十万人，吃什么？穿什么？毛主席是一个精通古书懂得治国之道的人，他把烟灰往地上一弹，用湖南话说，就留在新疆屯垦吧。敌人来了，拿起枪就能打仗。吃饭穿衣，自己耕耘，自己纺织。

于是，这些来自全国各地，满怀救国激情，久经沙场战阵的热血男儿就留在了新疆，一个伟大而艰苦的时代开始了，就像"屯"卦中所说的那样，"刚柔始交而难生，动乎险中，大亨贞"。

这些过去拿枪打仗的战士，要拿起铁锹去开荒种地，他们许多人过去都没有种过地，不懂得撒种收藏的规律，于是，这些战士就跑到全国各地去找会种地的老乡，动员他们去新疆种地，就有许多各地的农民，放弃故乡的田产，跟随到新疆去。我的师妹杜鹃的父亲，就是被部队的老乡动员到新疆去的。

他们要去的地方都是荒野，荒草丛生，野兽出没。哪里还有房子住呀？于是，另一个我要讲的词"地窝子"就出现了。

乌鲁木齐的机场名叫"地窝堡"国际机场，我想，它过去就是一个地窝子聚集的地方吧。

我在建设兵团的博物馆看了介绍，地窝子就是在地面上往下挖一个四方形的坑，一般往地下挖一米左右，四周用土坯或砖瓦垒起约半米的矮墙，顶上放几根椽子，再搭上树枝编成的筏子，用草叶、泥巴盖顶。其实，这就是人造的鼠窝，只不过比鼠窝大些。我能想象得到，这些地窝子在荒原上搭建起来，一个个鲜活的生命像动物一样穴居其中，冬天大风肆虐，黄沙飞舞，或者白雪皑皑，一片萧瑟，这些地窝子里该是何等寒冷，当夏日艳阳直晒，这些没有窗子通风的地窝子该是何等炎热，再加上荒原上蚊虫肆虐，跳蚤乱叮。苦难是无法想象的，除非你亲自经历过。但是，就在这样的地方，屯垦的兵团战士坚守下来了，他们不但坚守下来，而且，还在地窝子里娶妻生子，延续着生命。这是多么伟大的事情。我的师妹杜鹃，还有我后来认识的和静县委书记赵文纪、副县长路璟，都是在地窝子里出生的。我在文章的下部还要讲到他们。

建设兵团的战士和他们的子女，就这样开始了在新疆这个亘古荒蛮的地方，演绎人类历史上最崇高伟大的生命故事。

在建设兵团的博物馆里，有一个巨大的沙盘，上面展示的是当时农垦生活的场景，我站在沙盘前，望着那些泥塑的男男女女，久久不肯离去，我的心在流泪，是感动的泪水。

只可惜,这个博物馆关门太早,我还没有寻觅出描述这些场景的最佳词句,我们就被清理出来了。

七

离开石河子,我们继续北上,去完成我会见亲人的愿望。

我母亲是我一生最敬爱的女人,而她一生最敬爱的女人是她的表姐,也就是我的表姨妈。我姨妈是我一生唯一近距离接触过的小脚女人,她的脚可能也就十多公分长吧,像一个精致的粽子。我姨妈身材不高,面庞清瘦,她的面色是白中泛着轻微的黄色,就是我母亲常说的那种"黄白型"人,她的眼睛不大,总是眯眯地笑着。

在我的心中,我姨妈是神圣的。据我母亲说,我姨妈十六岁嫁人,十八岁生子,二十岁守寡,然后,就是一个孤儿寡母漫长而艰辛的一生,直到我姨妈九十多岁逝世。

我姨妈姓李,据说李家也是我们醴泉南乡一带的富户,但是,清末民初,国家动荡,灾害连绵,关中的许多家族都破产沦落,大多一贫如洗了。我姨妈的娘家也难逃厄运,而她出嫁的人家更是贫穷。丈夫死的时候,我姨妈只有二十岁,一个年轻弱小的女人,带着一个幼小的儿子,在那个贫穷而又混乱的时代,她们母子要想生存,该是何等艰难呀!在我的印象中,我姨妈一生都是靠纺织为生,每过一段时间,她就会背着一捆她亲自织好的粗布,到县城来卖,用卖来的钱买回油盐酱醋,然后她就背着这些东西,迈着小脚,颤颤巍巍往远处去了。

后来,我姨妈给儿子娶了媳妇,儿媳妇为他们家生下三个儿子,她多病的儿媳后来也去世了。我姨妈又继续操持三个孙子的生活,直到三个孙子长大成人,其中两个考上西北大学。

我现在常想,我姨妈那么年轻就失去丈夫,她为什么不改嫁呢?是对死去丈夫至死不渝的爱,还是担心儿子受委屈,只好牺牲自己呢?不管这两个原因中的哪一个成立,我姨妈都是一个圣洁的女人,因为在她心中,丈夫、儿子都是高于自己的。她们那一代女人,大多是奉献者。

在我幼年的时候,我能看见我母亲最开心的事,就是和我姨妈坐在炕头,头并头说悄悄话,我姨妈比我母亲大十多岁,我母亲一生的许多品格,都是受我姨妈的影响,她们都是聪慧、坚定、善良至极的女人。她们一生研究最多的问题,就是怎样在贫穷中安排好家里的生活,怎样让孩子上进成才。她们都是坚定的佛教弟子,唯一的区别是,我姨妈更注重佛教的形式,念经,戒荤腥。而我母亲不这样,我母亲只在节日给供着的菩萨上香,她平常尽量多做善事,帮助别人。

我今天要去看望的就是我姨妈的孙子,他的名字叫习补。

习补比我大三四岁,但是,他却要把我叫叔,这有什么办法呢?在我们家族中,有许多比我大十多岁的,依然得规规矩矩地把我叫叔或者爷,不叫试试。辈分排在这里,他不叫那就是大逆不道。况且,我还是一个讲究仪礼,好为人长的人,他不叫,我就会训斥,不是那种直接训斥,而是找机会挖苦和讽刺。如果一个晚辈敢不尊称我，每当人多的时候，我会大声说，那谁，如今是碎狗蹲到粪堆顶上了，成了大狗了！

我和我表佺有着一份特殊的感情，他的名字叫做习补，我们的感情来自补习。

上个世纪八十年代初期，我们一起加入高考的队伍里。习补比我高几级，但是，连年高考不中，最后就沦落到我们年级来补习了。习补长相继承了我姨妈的优点，清爽，瘦削，浓眉大眼，鼻梁高挺。几年不中，习补的腰就直不起来了，走路低着头，见人弯着腰，说话也越来越不流利，好像做了亏心事一样。有一年，习补就借居在我们家中，我们睡在同一个炕上，我瞌睡多，习补却似乎永远不需要睡觉，每到深更半夜，我起来撒尿，依然看见习补趴在桌上咕咕哝哝地背英语，白天他除了吃饭，几乎是书不离手的。他读书累了，就走出屋子，于搭凉棚，望 眼天空，然后一闪身，又回屋里去了。我父亲说天下好学的就数习补了。但是，习补依然考不上，我也考不上，我们一起坚持两三年，最后，习补在绝望中考上了，我也考上了。其实，我考上大学，许多都是跟习补学的，他在桌前念，我在梦中听，也就学了不少。

习补考上了西北大学化学系，我考上了陕西师大中文系，每逢星期天或者假期，我们会互相看望，其实就是换着灶吃饭，他跑来混我们师大的饭，我跑去尝西大的菜。我们陕西师大也有"陕西吃大"的别称，灶相当不错，而西大的却不行，我去过一两次，也就不去了。

习补因为上大学太晚了，我姨妈怕耽误了给他娶媳妇，就在他还上着学的时候,给他娶了我们县上一个女子。

大学毕业,习补为了带着媳妇一起工作,他竟然跑到新疆来了,他到新疆不久,给我写过一封信,信不长,他说他到了新疆一个叫做独山子的地方,在一个炼油厂工作,他还叮咛我要花钱细疏些,不要大手大脚的。

从此,我就记住了一个名字,独山子。我在心里无数次的想象,我的表侄习补,那么清瘦,那么木讷,那么害羞,那么弱不禁风,他在那么一个遥远荒凉的地方,是怎么活过来的?

岁月如风,飘飘摇摇,一晃就过了三十年。这三十年里,习补很少回来,他回来的时候,而我却正好外出了,也就失却见他的机会。这一次,我到新疆,首先要去见的自然是习补了,他虽然是我的表侄,其实我们的关系如同兄弟,而且是在艰苦年代共过患难的兄弟。

我们走进独山子的时候,已经是下午六点多钟,六点在内地该是傍晚了,但是新疆的傍晚却傍得晚得多,六点仅仅是太阳偏斜的时候。出现在我们面前的独山子不是我想象中破旧的偏僻小镇,而是一座崭新的现代化工业城市,城市很新,街道很宽,天很蓝,背后的天山雪峰陪衬着它,显得颇有气势。

我提前到了习补住的家属院门前,习补却晚一会儿回来了,我远远看着他,习补依然那样消瘦,那样低着头,他微微扬起脸来,脸上尽是笑意,我大喊一声"习补",习补轻声叫一声"叔",然后是各自音频不同的笑声。

习补和妻子带我们去他家里,他的妻子忙活招待,习补和我坐在一起叙话,我问习补,将来老了,退休了,是回家还是留在新疆,习补憨笑,说,房子买在这儿了,儿子安排到这儿了,看来是回不去了。我说,你留在新疆,就不怕恐怖分子吗?没想到习补竟然大声笑了,这个从来都不大声笑的弱弱的习补竟然大声笑了,他说:"那有啥害怕的?叔,我告诉你一个秘密,如果遇上恐怖分子,你不要怕,也不要跑,你就对准他的鼻子打,只要打出血来,他就害怕了。"

我大吃一惊,非常吃惊。我看着习补,这个从来都不和人争斗的人,这个连杀鸡都不敢亲自动手的人,竟然有如此胆力。习补说:"叔,新疆是咱中国的地方,你怕啥嘛!如果人人都怕,都跑球了,这不把家丢了?如果遇上恐怖分子,就这一条老命,跟他狗日的拼,只要打中他的鼻子,流了血,他狗日的就害怕了。"

我听了习补的话,竟然激动起来。习补说:"叔你从小都是拳头硬的人,天山南北随便走,遇上恐怖分子,就打鼻子,你记住没有?"

我赶忙点头说记住了。

习补又说:"大部分维族都是好人,是咱自己人,恐怖分子是极少数,你不要见了人乱打,把人打错了。你记住没有?"

我赶忙说记住了。

习补放心了,他又带我去独山子郊外,看了一条壮观的大峡谷,看了一座奇怪的往外喷泥巴的泥火山,还看了新疆第一口油井的遗址,他还请我吃了拉条子。

晚上,我住在独山子的宾馆里,宾馆墙上贴着一张对恐怖分子的通缉令，我端详了一会儿那些长着大胡子的面孔，记住他们的长相，好在遇上他们的时候，对着鼻子打，直到打出血来。

第二天早晨，我出发去魔鬼城。临别的时候，习补来送我，他给我买了几条新疆的雪莲烟，塞到我手里，轻声地说，叔，少抽些烟。他又买了一堆新疆的什么特产，放在车上。我们都不敢互相凝视对方，只低着头握手告别，我的泪水溢满眼眶，我知道习补也一样。

我们的车开走了，我回头从车窗中看着习补，看着他穿着蓝色的工装，消瘦的身影站在直射的太阳下面，手搭凉棚目送着我远去，看着他孤零零的样子，我的泪水就流下来了。我对殷颖说，我心里很难过。殷颖说，他能理解，人老了就怀旧，就想亲人，就是这样多愁善感。

我转过头，擦掉泪水，嘴里嘟囔一句说，对着鼻子打。

殷颖说，大哥呀，你要打谁呀？

八

我们在上午到达魔鬼城。魔鬼城其实就是亚丹地貌。地表经过亿万年风化，脆弱的地方变成土，被风刮走了，坚硬的地方依然留在当地。自然的风化都是顺势而为，不像人工切割那样整齐，所以留下的部分就显得千奇百怪，犹如魔鬼居住的地方一般。我们也就好奇地看了看，迅速朝乌鲁木齐返。

我们在下午返回乌鲁木齐，新疆地大，城市之间距离遥远，在新疆你问那个城市离那个城市有多远,得到的回答往往是不太远,四五百公里。我只能在心里说,我的神呀!好大的气派。

我们从位于乌尔禾的魔鬼城返回到乌鲁木齐,竟然走了一天的时间,到夜色初上的时候,才进入市区。我的师妹杜鹃,已经备好了酒席,迎接我们,在这次酒席上,我却有了意外的收获,我获得一个弟。

我最近常说,别人是老来得子,老来得女,而我却是老来得弟。

我的这个弟叫做范卫东,是新疆大学教授,比我小一岁。我会在下篇文章详细讲述。

九

我和殷颖在新疆一共逗留七天,到第八天的时候,殷颖实在待不住了,他上海的弟兄们天天在电话里告急,殷颖也在电话里用上海话和他们叽里咕噜地骂架,骂的什么我一句也没听懂,最后,殷颖实在扛不住了,就说,大哥呀!该回去了。于是,我们也就告别了新疆,告别了送我们的师妹杜鹃、夏晨宇,还有我新收获的弟弟范卫东教授。

登上了飞机,我对着天山深情地回望了一眼。

乙未七夕穿越天山

一

今天是七夕,该是情人聚会的时候,而我却要穿越天山。天山难道是我的情人吗?

自从李白的那句"明月出天山,苍茫云海间"在耳边响过,天山的高峻与神圣就开始常挂在心间了。但是,天山在我心中,除了高峻与神圣,还有那么几分凄苦。因为在古代所有描写天山的诗歌,最后都要归于征战或思乡之苦。李白写完明月,马上来一句"由来征战地,不见有人还"。这就给天山笼罩上了恐怖的气氛,去了就别想回来!幸好,李白笔下的天山,据说不是现在的天山,而是祁连山。

还有一首写天山的诗是我最喜欢的,它出自清末民初我的家乡醴泉的先贤宋伯鲁,可能是乡情最亲吧,宋公的这首诗虽然也凄苦,但是却情境细腻,读来让人惊心,让人开悟,所以,也最叫我长吟。"亭亭一片长安月,万里来照天山雪。天山雪后风如刀,行人望月肠断色。瀚海凝冰九月秋,毡车如纸失骦裘。却将十亩闲闲乐,换取穷边夜夜愁。"

宋公是清末进士,参与戊戌变法,慈禧政变后被流放新疆,他在阴历九月路过天山,这时天山下起大雪,车毡无以御寒,可能是他的心更寒冷吧!这时候,他最思念的家乡,就是关中的醴泉,他后悔把满腔抱负,满腹经纶奉献给这个不要脸的王朝,失去了十亩田园之乐,换来了流放边疆的夜夜孤愁。

我的家离宋伯鲁家也就几百米,小的时候,我常常去宋家留下的老院中玩,也常坐在宋伯鲁坐过的石墩子上。宋伯鲁是关学大家,他的诗歌书法影响我们醴泉一代人。

所以,天山留在我心中的印象,除了来自李白的征战无人还,还有来自宋伯鲁的穷边夜夜愁。

我把我的看法告诉给我的好兄弟新疆大学老师范卫东,范卫东听了哈哈大笑,他说:"哥,都什么年代了?你说的是古代,那是李白、宋伯鲁这些骚文人心情不爽,用天山说事呢!他们只写冬天的天山,夏季的天山一样多姿多彩,一样风情万种。今天我们就去穿越天山,让你看看真正的天山深处。"

于是,在七夕,我们一行驾车,从乌鲁木齐出发,去穿越天山。

天山远望确实苍凉悲壮,在乌鲁木齐之南,万里碧空之下,天山就那么直挺挺拔地而起,而且山头白雪覆盖,确实让人觉得寒冷。但是,当我们从一条山间公路逐渐进入天山深处,却才发现,那座在远处看浑然一体的冰山,竟然变化成了一座座孤立的山峰，而且山峰上生长着一片片苍松翠柏，那些积雪只在山顶上偶尔存在着，白莹莹地映照着太阳。随着汽车前行，那些山峰不断变化着色彩和形状，或是碧绿的草地，或是开满山花的缓坡，或是岩石裸露的峭壁，有溪水屡屡流淌，有苍鹰大雁在蓝天上飞翔盘旋，确实是风情万种的样子。

范卫东说："哥，你看看，已经进入天山了，是不是你想象的冰雪世界？"

我说，不识天山真面目，只缘未到此山中。

二

汽车顺山势前行，或上或下，在群山中穿行，沿途有看不完的风光。一个多小时后，汽车出了一个谷口，突然就看见一条风光无限的山沟，夹在山峰之间，一条碧绿的河水顺着山沟缓缓流淌，两岸的岩石非常奇特，或猩红，或深褐，在阳光下变换着色彩，那些色彩构成了一幅幅巨大的抽象画，伸展在山崖之上。

我看着那些山崖，吃惊得眨不上眼睛。

范卫东说："哥，这就是有名的阿拉沟，以前南疆铁路从这里通过，后来建了许多工厂，这里曾经热闹非凡，如今铁路改道，工厂搬迁，就变得有些荒凉了。"

我望着车窗外，在岩石如画的巨峰之下，有许多残垣断壁，废弃屋舍，心中感到有些凄凉。我是喜欢怀旧的人，每当看到古人遗迹，便会产生许多联想，想象出那些当年在这里奔走的人，该是多么的青春靓丽，多么的满怀抱负，如今也随着岁月风吹云散了。

在一个开阔的地方，我提议下车看看。我们把汽车停在小河边，我走下去，只见河上架着一座小桥，我循着水声，往桥头走去。

这时候从远处的山沟里开过来一辆吉普车，远远地就看见吉普车也停在路边，从车上下来三四个人，其中有一个穿着白衬衣留着平头的中年男人走在前面，几个人一路指指点点，说着什么。

我告诉范卫东，我们遇上坐山虎了。范卫东问我怎么知道？我说，你看看那个穿白衫留平头的，那姿势，那神态，肯定是当地当家的，不是这个镇的书记，就是这个县的书记。

范老师听了就嘿嘿地笑，说："哥，我就不服，我过去问问。"

那几个人朝我们走过来，范老师就迎上去搭话，那个穿白衫留平头的敦实汉子，见范老师走过去，马上一改严肃的表情，脸上充满笑意。此时，他已经离我们不远了，我看见，在他白色的衬衣上，别着一枚鲜红的徽章，那是党徽，我心里笑了，看来我的判断准确无疑。

范老师素来憨头憨脑，劈头就问："你是县上的书记吗？"这个人顿时有些懵了。范老师抬手一指我，说："我哥说你是县委书记，我就不信。"

那个人看看我，笑了，说："我就是县委书记。这个老师看人没错。"我站在几米之外,听得一清二楚。我得意地看着他们。只见县委书记朝我走过来,我仔细看看他,脸庞和我一个颜色,黝黑,身材敦实,看他脸上也有些风霜了,我猜测,他应该是我们的同龄人,五十左右的样子。

他边握手边自我介绍:"赵文纪,和静县委书记。"

我也自我介绍:"石岗,来自陕西的非著名作家。"

没想到,这个赵文纪竟是知道我的,他马上问:"是不是写《大秦川》的石岗?是不是写《大记》的石岗?"

我吃了一惊,在如此遥远边鄙的地方,竟然有人知道我?

我稍微点下头,赵文纪就又和我握一次手。他高兴地说:"石岗老师能来我们和静,我们太高兴了。"

赵文纪指指他身后的随行,一个个介绍,都是谁,叫什么名字,我没有听清。

赵文纪非常热情,他赶忙让司机从车上抱下来一个西瓜,他亲自动手把西瓜切成块,递到我们手里。我问他们为什么在这里?赵文纪说:"阿拉沟是一条英雄的沟,过去修南疆铁路和三线建设的时候,有许多烈士遗骸,散埋在沟里,这几年铁路废了,工厂搬迁了,这些烈士也就没人祭奠,我们想着烈士为国家捐躯,不能让他们成为孤魂野鬼,去年我们把大部分烈士的遗骸已经迁到县城,建了烈士陵园,今天我们再来找找,怕遗漏了。"

他的几句话,顿时就让我对他产生了敬意。这个赵文纪是个懂得生死大义的人。一个县委书记,能亲自在这荒山中寻找烈士遗骸,这就说明,他心中承继着英雄的气节,体察着英雄亲人的情感，这样的领导心中必然有大节，顾大义。如果一个地方，连死人都安顿不好，那么活着的人心里，也就无法安生。

我说，文纪兄弟，向你致敬。

没想到赵文纪竟然有些羞涩。他说，他此行还有一个任务，当年这些三线企业留下许多废弃铁路，他想利用这些废弃铁路，发展阿拉沟的旅游，让游客坐着小火车，一路观光阿拉沟的风景。

我说，这阿拉沟确实风光无限，如果搞旅游，必然游客蜂拥。

赵文纪说："如果石老师没有特殊安排，就跟我们一路同行，到和静县上看看，再去巴音布鲁克草原看看。"我听了心里一阵欢喜，这真是搂草打兔子，意外的收获。要知道到一个地方，如果只看自然风光，那就是隔靴量脚，不得实质，只有接触到当地人，才能感受一个地方真正的精神，人才是一个地方最重要的风景。

三

我们跟随赵文纪的车，顺着盘山公路南下。在车上，我问范卫东，这个赵文纪文气中带着英武，颇有些气质，究竟是个什么来路？

范卫东说："有事问百度，我也不知道。"

我打开百度，输入赵文纪三个字，就能看见新疆和静县委书记赵文纪在县内各处调研的新闻，最叫我吃惊的是，这个赵文纪竟然是新疆且末县县歌的词作者，也是巴音布鲁克草原实景演出的词作者，我说，怪不得这个赵文纪看着不同凡响，原来是个大文化人。

我也写歌词，也写过习主席故乡富平县的县歌，所以对赵文纪写的且末县歌歌词格外留意，"漫漫古丝路，悠悠小宛情，驼铃叮咚风卷旗，绿洲古城新，箜篌诉相思，岩画道古今，千年美玉成且末，万里黄沙垂昆仑。"这首词短短几句，说透古今，把且末的人文历史，风景名胜一网打尽，气势确是不凡。

我正给范老师念歌词，前面赵文纪的吉普车突然一拐弯，朝路边草原上的小路上开过去，我们紧紧跟随着。两辆车来到一个蒙古包前，我看见，从蒙古包里出来一个穿着蒙古服装的红脸大汉，站在草地上，憨憨地笑着，看着我们的汽车。我们的车停下来，我赶忙下车。赵文纪走过来，拉着我，向那个红脸大汉走过去，赵文纪说："我给你介绍，这位是这个村的支部书记，名字叫阿山。"我和阿山握手，阿山请我们进蒙古包坐下来，他的妻子端上一壶热奶茶。我们围着一个小桌坐下。我看见，赵文纪和阿山紧挨着坐在一起，在他们胸前，都有一枚鲜红的党徽。我端起奶茶，对他们说，我也是党员，向我们党的同志致敬！阿山和赵文纪高兴地端起杯子，我们以奶茶为酒，痛快地喝了一杯。

赵文纪开始询问阿山，问草原上有没有发现可疑的恐怖分子？有没有偷猎的？有没有上天山盗采雪莲的？阿山说恐怖分子和盗猎的没发现，只发现几个盗采雪莲的，被他们劝回去了。赵文纪又问,给困难牧民补助的钱发放得怎样?国家救济的帐篷发到牧民手中没有?阿山都一一回答了。最后,阿山说,书记你放心,有咱们几个党员在这里,不会出什么事的。赵文纪说:"不是让我放心,是让石老师这些内地人放心,我们在边疆,就要把边疆守好。"

我听了竟然激动起来,在这天山深处,在这雄鹰盘旋的大草原上,我突然感到了一种神圣和崇高。

一会儿,阿山的妻子端来简单的饭菜,有蒙古奶豆腐,有马肠,我们几个人围坐在蒙古包里,品尝着这纯正的蒙古风情,阿山还唱了几段蒙古长调,我也唱了《大秦川》,当我唱到"中华脊梁,历尽苦难,挺立在天地间"的时候,我觉得,这些词就是写给他们的。

吃完饭,我们又出发前往县城,临别时阿山一一话别,我搂着阿山的肩膀说,我的蒙古族兄弟,都是巴特尔(英雄)。

我和蒙古族有着特殊的情分,我曾经有几年时间在锡林格勒大草原上游走,我的蒙古族兄弟胡日查·毕力格、巴图、岱森达日,还有出自黄金家族的孛儿只斤·阿拉坦仓,都和我有着如同兄弟般的情谊。今天我又记住一个新的蒙古族兄弟的名字,他就是守卫着天山的阿山。

四

我们在傍晚时分出了天山,来到一个大戈壁前,顺公路走十多公里,就出现一片树木茂盛的绿洲,在绿洲之中,楼房林立,这就是和静县城。

我们在一家宾馆住下,赵文纪和我们告别了,赵文纪说:"我们要开会,没法陪石老师和范老师。但是,我们要用一个特殊仪式,欢迎石老师和范老师来和静。晚上,和静县的东归广场所有的彩灯全部开放,音乐喷泉一直开放到石老师尽兴离开为止。"

我听了高兴地点头。望着赵文纪敦实的身子走向远处,才回过头来对范老师说:"文人不酸腐,带着刚烈之气,武人不粗俗,带有儒雅之气,这样的人都是男人中的极品呀。"

范老师听了很高兴,说:"谢谢哥夸我。"

晚上,我们来到东归广场,广场上花灯闪烁,音乐奏响,喷泉中的水柱随着音乐,在空中舞蹈。在这个四周都是沙漠戈壁的极旱世界里,这些舞蹈着的欢快水柱,就显得是那样的激动人心。

我知道和静在《西游记》里属于乌鸡国,是唐僧师徒曾经路过的地方,孙猴子在这里救起过被害死投入井中的乌鸡国王。我想,如果唐僧师徒今晚看见东归广场的花灯,跳跃的水柱,不知会做出何等动作来?一定会以为到了西方佛界,才如此华美异常。

我们在广场流连往返到子夜时分,才离开了。我临走前仔细听了一遍赵文纪作词的东归之歌,觉得回肠荡气。

第二天,赵文纪来了,他邀请我们再去看看他们这几年修建起来的北山广场。

北山广场是一片纯粹靠人工修建起来的小绿洲。在戈壁滩上，只有有水的地方，才能孕育生命，而新疆是极其干旱的地区。据说楼兰这些历史上闻名的古国，都是因为干旱而灭亡的。《西游记》中说，"却有八百里火焰，四周围寸草不生"，这句话虽然极度夸张，却也确实是新疆干旱的写照，所以，要改变和静的环境，首先就得解决水的问题。令我吃惊的是，和静县竟然采取了最科学的思维，用最廉价的成本，解决了这个千万年的环境难题，他们利用天山融化的雪水，修坝聚水，再埋藏地下管道，利用水的落差，把水引到县城边一片废弃的石料厂，再因山随行，建起一个风光秀丽的公园。又在园中修上回廊石亭，养上各种动物，竟然就成了一处绝妙的景致。我在北山公园转悠，竟感觉不出这是在大漠洪荒的新疆。

赵文纪说："这个广场绿化面积要达到30平方公里，我们要利用这片人造绿洲，来改造和静的生态。让和静人有一个休闲的去处，让外地来的游客能在这里体验林果采摘，林下养殖，水上娱乐项目。"

我问："这么宏大的项目需要花多少钱呀？"

赵文纪说："花钱并不多，关键是合理利用。自治区财政、农发、林业、水利各个领导部门支持一些，再把各部门项目整合在一起，再发动县上各单位干部义务劳动，这就在低成本下干出来了。"

我感叹说，戈壁上人造新绿洲，这是造福万代的大事呀！

离开北山广场的时候，赵文纪问我，有什么意见，我想想说：

"我刚才看见孔雀旁边关着狐狸,会不会吓着孔雀呢?"我们一起大笑起来。

告别的时候,赵文纪指着路过的一座停工的工厂说,他想把那里改造成一个艺术家创作的地方,他说:"石老师你回去宣传一下,看看陕西的艺术家谁想来,我们都欢迎。"我听了感慨地问:"能把艺术再引进来,这才是匡正风化的大事。"

我们下一个目标是巴音布鲁克草原,也是赵文纪挥洒过心血的地方,和静县大,它的面积超过台湾岛,在这样一个面积超大的县工作,其辛苦可想而知。

我们告别的时候竟有些恋恋不舍,赵文纪说:"石老师多来看看我们和静,我保证你每年来都会有新收获。"我点点头,上车了。

在车上,我用刀郎的嗓音吼了一段:

天山脚下是我可爱的故乡,

当我离开它的时候,

就像那哈密瓜断了瓜秧……

我们的汽车再一次向天山深处而去,目标是巴音布鲁克草原。

陈忠实的恐慌

一

四天前，我开车千里，到塞外去。在都市待得久了，憋气，就需要到大沙漠和大草原边缘，去看那一望无际的蓝天，好让心胸也像蓝天那样广阔纯净。但是，这一次，很失败，是因为陈忠实过世了。

我在路上开着车，和我同行的小青年郭飞告诉我，陈忠实过世了，手机里都在传着。我开始想，这几年文化圈过世的名家多了，而且陈忠实已经病了很长时间，过世了也是正常的，73岁，圣人过世的年龄，在这个年龄过世了，也不算夭折，过世了也算脱离病痛了，从此永生。庄子说："古之真人，不知悦生，不知恶死。"他是说古代的真正懂得生命意义的人，没有觉得活着有多么可喜，也不觉得死了有多么可怕。陈忠实是大智慧者，他肯定不惧死亡，所以，他过世的时候也可能没有恐慌，过世了，也就过世了吧！

二

但是,陈忠实的过世却在我心头引起恐慌,我住在大沙漠边沿,每天望着没有一丝云彩的天空,心里却乌云笼罩,一片寒冷,再也没有激情去野外周游了。

本来我想,陈忠实活着的时候,和我没有交往,他过世了,我应该是最能放得下的,但是,他的过世却让我寝食难安,再加上,每天晚上浏览微信,朋友圈里是铺天盖地,没完没了的悲伤,我的心就更加寒冷。

我想我们可能在经历一件大事,微信圈里的是悲伤吗?各式各样没完没了的纪念,是悲伤吗?陈忠实过世了,仿佛天崩地裂。我突然明白了,这不是悲伤,这是恐慌。

三

人的恐慌,一般来自对未来的无知和恐惧。荀子在《天伦》里说:"星坠木鸣,国人皆恐。"星辰陨落,草木鸣叫,人民都害怕极了。陈忠实过世了,人民害怕什么?我一天抽了四盒烟,在沙漠的边沿无声地行走,几次,小年轻郭飞对我讲话,都遭到我的斥责,我心理恐慌了吗?我恐慌。

四

陈忠实过世了,从此侠义精神不存。金庸的侠义,来自虚幻,没有落地的土壤。陈忠实的侠义,就是土生土长的中国精神。

清军二十万人入关,朱先生一双布鞋一把伞,孤身一人去劝说清兵撤退,一介书生救生民于水火,不惧死亡,天下第一大侠。

白嘉轩身为族长,整治家族之风,把赌徒的手伸进开水锅,爱吃喝的嘴里灌大粪,痛快淋漓,嫉恶如仇,中侠也。

鹿三见自己的儿媳田小娥勾引东家的儿子白孝文,让他身败名裂,于是,一把刀了戳进儿媳的后背。独行侠也。

陈忠实过世了,倡导侠义精神的人不在了,人民怎么会不恐慌呢?

五

陈忠实过世了,天下还有仁爱吗?

白鹿原上还有没有每年把收获的第一茬麦子磨成白面,送给乡亲的白修身老汉?还有没有把长工当做兄弟,给他娶妻生子,让他的儿子也读书识字的白嘉轩?还有没有饥荒年馑,把换回来的粮食全部送给长工的白嘉轩?还有没有别人卖地,看人家可怜,多加几斗麦子的白嘉轩?还有没有把土匪感化成好人的朱先生?

而创造和倡导这些仁爱古风的人过世了,仁爱之风无人倡导,人们能不恐慌吗?

孔子歌曰:"泰山其颓乎,梁木其坏乎,哲人其萎乎!"能不恐慌吗?

六

陈忠实过世了,天下还有没有阳刚的男人?

"白嘉轩后来引以豪壮的是一生里娶过七房女人。"娶七房女人,不是为了性的满足与淫荡,而是在苦难的土地上,为了家族的繁衍与茁壮。陈忠实笔下,男人睿智智慧,豪侠仗义,勤奋持家,阳刚雄起。有这样阳刚的男人,女人才温良贤淑。但是,民国让这一切混乱,有人当了土匪,有人抽了大烟,有人出走叛逆,有人当了破鞋,而陈忠实给这些不肖之子一概判了死刑。让这些制造混乱的人,都不得好死,或上刑场,或被暗杀,或被活埋,反正一句话,不得好死。这就是大丈夫的爱憎,分明得就像水火那样难以共处。

这样阳刚之气十足,敢于担当责任的男人过世了,人民能不恐慌吗?

七

陈忠实过世了,还有没有人敢对邪恶痛斥一声?

鹿子霖是陈忠实笔下十足的小人,他一生嫉妒、邪恶、耍奸计,以日弄别人为快乐。陈忠实对这种不要脸的小人充满仇恨,他笔下的鹿子霖的祖先鹿马勺,是靠被人"走后门",也就是同性恋者搞屁股,才学得厨艺,鹿马勺后来学艺成功,雇来一群乞丐,把日弄自己的师傅,彻底日弄一回,直到搞瘫痪为止。鹿子霖继承了祖先的品德,邪恶无耻,耍黑娃的媳妇破鞋田小娥,又挑拨田小娥去勾引白嘉轩的儿子白孝文,他机关算尽,但是,他的儿子最后都背叛他而去,死得可怜。陈忠实对恶人和小人毫不姑息,用笔鞭辟,鞭鞭见血,痛快淋漓。听人说陈忠实敢对指手画脚的高官怒吼:"你懂个锤子!"

这样嫉恶如仇的人物过世了,人们能不恐慌吗?

八

陈忠实讲述了民族的秘史,讲述了民族的精神,斥责了邪恶和虚伪,但是,老天爷让他得了舌癌,让世界上最伟大的舌头得了舌癌。就像让世界上最伟大的行者玄奘法师最后断了他那双最伟大的腿一样。

老天爷呀,你要干什么?从此,天下人还敢坚持正义吗?天下没了正义，人民能不恐慌吗？

九

陈忠实过世了，一片哀伤，有人说"原上曾经有白鹿，人间从此无忠实"。这句话太让人伤心！

孔子说："泰山要倒了，栋梁要断了，伟大的哲人要像花儿一样凋谢了！"能不恐慌吗？

十

我站在大沙漠边缘，望着太阳一步步往西边落下去，我恐慌极了，双手紧紧抱住臂膀，失神地望着远方。此刻，我的家乡西安，一代圣人、大侠陈忠实，你的尸体躺在太平间寒冷的冰柜里，你的灵魂就要脱离肉体，走了，你恐慌吗？

2016年5月2日星期一于银川星光书屋

娘的被子

这几年,我最自豪的事情,就是我虽然已经年过半百,华发凋零,但是,我娘却很健康,她已经年过九旬,但是却思维敏捷,神志清爽,没有龙钟老态。每个星期六,我要回家看娘,就令身边一群娘不在了的弟兄们嫉妒。为这,步层兄有一次喝醉酒,还大哭大闹,说自己没有娘可孝顺,多么命苦呀!

上个月的一个周六,我回到家中,进了屋门,却不见娘在家。以往我每次回去,娘总是坐在屋里的沙发上,见我回来,她会一边目不转睛地看我,一边高兴地问吃问喝。今天见娘不在,我就有些失落,就问住在家里的姐夫。姐夫说,娘和我姐去弹棉花了。我就觉得奇怪,这几年,被子都是买回来的,怎么突然想起弹棉花了?需要被褥说一声,我去买,为什么亲自跑去弹棉花,真是没事找事呀!

过了一会儿,娘和姐姐回来了,后面还跟着我的外甥。只见外甥推着一辆车,那车上竟然堆着高高的一大捆棉花,我就吃惊,问娘,弹这么多棉花干啥?这可以做多少被褥呀!娘只是笑,并不正面回答我。她问,吃了没有?让你姐赶快给你做饭。

我边回答边帮着外甥把棉花往屋里抬,娘用手指挥,把棉花堆放在一张闲床上。这时候,娘也累了,她坐在沙发上,问我姐,被面买了多少条?被里买了多少条?我姐一回答,吓了我一跳。姐姐说被面五十条,被里五十条。娘又问,颜色调配好没?姐姐回答,大红锦缎二十条,粉红锦缎二十条,绿色锦缎的十条。娘边听边掐着指头算,最后,她说,先买这些,不够再买。

我就觉得更纳闷,问娘,你要做那么多被子干啥呀?是不是谁家要嫁姑娘,需要陪纺呀?那也用不了这么多。现在,谁还盖这种棉花被子,又笨又重,在街上随便买些太空棉被,又轻又爽,你还省力不用做,多好?

娘并不看我,只是笑笑。

我回到我屋里,还为这事纳闷。我姐来了,我又埋怨娘,没事不知道歇着,自己找累受。我姐说,你不知道娘的心,娘是想给子女亲朋留一个念想。我听了就感到震撼,娘要干什么呀!我姐就哭了,说,娘说了,人过六十活年年,过了七十活月月,过了八十活天天,过了九十活时时。娘已经九十岁了,她怕她啥时候一觉睡着就醒不来,她要给子女亲戚留下最后的念想。

我姐说,娘过了九十岁的生日,就整晚上和她商量,该给娃们留些啥,两个人商量几个夜晚,最后,还是娘有主意,说,就做被子,给没有娶妻的孙子和没有出嫁的孙女做大红锦缎的;给年龄轻的做粉红锦缎的;给年龄大的做绿色锦缎的。娘合计了人数,按年龄到超市购买,她说要买最好的,摸着软乎的。

姐姐说完走了，而我却哭了。我不知道该怎样表达我的感动，我浑身发麻不能自已。这就是我娘，一生都在为别人操劳的娘。

中午吃饭，我心疼娘，就假装不知道娘的心思，说，娘不要受这些累了。娘只是笑笑，并不答话。儿子和娘是最难表达感情的，儿子在娘面前，既不能表达自己的哀伤或感动，更不能流泪。因为，儿子不能让娘看见一个懦弱的没出息的形象，这样就会让娘更加揪心。许多儿子，在娘面前，表现的都是大不咧咧，毫不在乎的样子，其实，儿子心里最柔弱的部分，就是娘。

娘看着我们吃完饭，就对我姐说，咱洗完碗筷，就开工。我姐一边咽着菜，一边不住地点头，我看见姐姐的泪珠在眼眶里含着，不让它流出来。我的心里也溢满泪水，但是，我不能表现在脸上，我赶忙起身，去收拾锅灶了。

下午，娘和姐姐就在大床上开始做被子了。我站在窗外看着，望着娘满头如银丝般雪白的头发，望着她睁着一双大眼睛的美丽脸庞，望着她弯曲着身子在认真地一针针缝制。窗外夕阳的嫣红投射进来，涂洒在娘的身上。我心里说，这就是我的圣母，我的菩萨呀！

我再一次回家的时候，娘的被子已经做了三四条，一条条整齐的摞在床头上，娘还和姐姐趴在棉花堆里。娘见我进来，说，你把娘给你的好朋友觅汀和杨志的先送去，这是几床大被子，他们年龄都大了，以后再老些，冬天都会怕冷。娘又说，她再抓紧些，一个冬天，就可以做完了。

我用手抚摸着那些柔软的被子，心里酸楚。我该怎样表达对娘的爱呢？我心中流淌出《诗经》里的句子：

凯风自南，吹彼棘心。棘心夭夭，母氏劬劳。

凯风自南，吹彼棘薪。母氏圣善，我无令人。

爰有寒泉？在浚之下。有子七人，母氏劳苦。

睍睆黄鸟，载好其音。有子七人，莫慰母心。

娘的事情我不敢多写，我怕伤情催迫岁月急。

2015年6月14日星期日于含光书屋

小 友

我的这一篇文章叫做小友,写的是一组比我年龄小些但是却在我心中能算作友的人。《说文》说"同志为友",而我身边,就有这么些与我在志趣上相同的小友。"友"的最初写法是两只方向相同的手,表示在岁月中的互相搀扶,而我身边的这些小友,也常常在搀扶我。我今天用最简单的笔墨勾画他们,为的是在心灵中记取他们,而不被岁月吹散了。

一、肖卫

肖卫也叫做肖祥剑,我不知道他原名叫做肖卫,还是笔名叫做肖卫。他第一次在电话里给我自报家门,就说他叫肖卫。但是后来,他在许多地方的署名却是肖祥剑。

2010年5月,我正为《群书治要考译》一书的正式出版发愁。那时候,这部书得了张耀武先生的努力,用香港书号出版了。但是,香港书号却无法在内地发行推广,我就背着书稿四处找出版社。这时候,肖卫打电话来了。肖卫说,他是北京中华文化讲堂的主办人,专门做弘扬中国传统文化的事情,他崇尚佛教,而佛教的净空法师在极力推崇《群书治要》和《国学治要》两部巨著。我虽然也研究《群书治要》许多年,但是没想到它有如此大的功效,所以听了之后,就吃了一惊。肖卫说他是从网上找到我的电话,才打来的,并且说,他很快会飞到西安来看书稿,谈合同。

过了不久,肖卫果然就飞来了,那天我因为有事,没有去机场接他,只是告诉他我的住址,肖卫就循着地址找来了。他一进我的房间,我又吃了一惊,他不是我原来想象的佛家弟子的样子,高大慈祥大耳垂肩。他是一个又小又黑、瘦骨嶙峋的小子,剃着光头,穿着唐装,大大的眼睛,那脸型和身材,明显能让你想起"沐猴戴冠"这句话,明显能让你看出西南山地人的感觉。我一问,他果然是湖南山区出来的,我心里说,进化论在山区还是发展得比较慢些。

肖卫很是虔诚,他一进门,就给我深深鞠了一躬,他说要感谢我做了《群书治要》这么大的一件功德。我赶忙说这不是我的成绩,是许多老前辈的功劳,我只是一个有缘推介的人。肖卫还是再三给我鞠躬,搞得我非常紧张。最后,他真诚的客套总算结束了,我们就谈正事,正事其实就没谈,我正愁没钱出书,他愿意拿钱来出,而且还要给一些稿费,这还有什么可谈的?我当即就请示了这部书的总编赵保玉先生,先生一口就答应了,于是,我和肖卫定下来,他先带书稿回去看看,如果没有问题,就再来签合同。那天下午,我带着肖卫在西安选了几处景点,旅了旅游,也请他吃了一顿哨子面,当天晚上,他又飞走了。肖卫给我的第一印象,就是清瘦、干枯,有点三分像人七分像猴的意思。

此后,肖卫又飞来一次,他要签订正式的合同,他打电话给我,我那天正感冒发烧,用个大毛巾捂着鼻子,不断擦鼻涕,我怕传染给这个身体单薄的小子,就让他直接去找赵保玉先生签合同,而我,就没有闪面。过了一个小时吧,肖卫打来电话,说合同签好了,他又要飞走了。我就客套几句,表示道歉没能去见他,他只是叮嘱我好好养病,并呼着佛号,说了一堆客套话。肖卫的电话刚完,赵保玉先生的电话就打来了,先生说,你介绍的那人怎么长得人形不明显,能不能办这么大的事?我说,先生你是人事厅长出身,看人应该比我准,你自己判断呀!先生就大笑,说不可以貌取人。

从此,我和肖卫的缘分开始了,肖卫很守信用,他说的话都按他承诺的进行。书稿他看了,问题不少,按赵保玉先生的嘱托,我们又把书稿全方位修改几次,直到第二年6月,《群书治要考译》一书,正式出版了。我和肖卫作为这一版本的执行主编,两个人的名字算是永远站在一起了。

不久,中央党校、云南、香港、马来西亚的研讨会纷纷召开。我知道,这些都是肖卫在不断推动,才使这部书不断地造成影响,这部书中的智慧才不断地从文字中飞飘出来,走进各界人士的思想中,肖卫的功德才算大呀!

肖卫是一个让我不断称奇的人。这几十年来,我身边接触过许多70后80后的后生,其中从政的,大部分会从单纯精干的小伙子，变得越来越脑满肠肥，一幅疲惫慵懒的样子；从商的也会变得世俗世故，身体越来越差，百病缠身，怨声载道的。只有肖卫，他却越来越富有神采，从原来的干枯，变得水色，从原来的一脸尖瘦之象，变得越来越有福相。我每见他一次，他的神采智慧都会让我吃惊。

2013年3月，香港召开《群书治要》的研讨会，我和肖卫都去参加，并且和他住在同一间客房里，那天晚上，是我一生第一次见证了一个虔诚的佛教弟子的生活。肖卫因为参与会议的组织工作，一直忙到晚上11点多，他躺上床，稍作休息。我的印象是刚刚入睡。他就又爬起来，跪倒在地，大声呼念佛号，边念边磕头于地，"咚咚"有声。他念佛号，不是用声音来念，而是用心来念，他将佛号"阿弥陀佛"的"阿"字，强调得十分突出，那声音发自腹腔，轰鸣共振，震得我心灵和身体一起酥麻。此后，他又念了《心经》，他让我觉得有一道灿烂的光华，在我们屋里闪烁，我觉得温暖无比。我不由得想起《华严经》里说的："一切法无生，一切法无灭，若能如是解，诸佛常现前。"我心里说，是不是真的诸佛现前了？

肖卫就是这样，坚定而虔诚地遵守着自己的信仰，他不多言，只有行。肖卫常说，他出生在文化贫瘠的山区，他自己也就是一个中专的毕业生，他缺少悟性，只有赤诚。

肖卫在我的心中，由过去的黑瘦小子，变得越来越富有光彩。

2013年清明，肖卫来到陕西，我和他一起，去给唐朝宰相、

《群书治要》的第一编著人魏征去烧纸祭奠。那天，我开着车，拉着肖卫和他的摄像师，在魏征陵墓所在的大山里逡巡。

我虽然是魏征陵墓所在的醴泉人，但是，也只知道魏陵的大致方向，我们心中只有一个目标，就是崇山中那一个高高的山顶。但是，进山的道路崎岖难行，而且岔道四分，常常就让我迷路。而且汽车行驶在一米多宽的深沟边沿的土路上，更是惊险。我们费尽力气，顺着山路旋转，到了一个岔道边，我为安全考虑，说如果到了那个岔路前，再找不到路径，就放弃回转。

汽车开到那个岔道前面，却看见一个非常慈祥的老太太站在那里，她大约有七十岁的年纪，头上绾着发髻，穿着蓝色的布衣，面庞白净，双目明亮有光。那老太太满面慈祥的笑着。我开的汽车走近她，她远远就用手给我们指着一个方向，我的车就顺着她指的方向开过去，果然前面是一条稍宽而且平坦的路，一转弯，我就看见魏陵伫立在面前。我和肖卫对视一眼，觉得应该去感谢那个老太太了，可是等我们下了车，再回望原路，那里竟然没有一个人影。我们都惊得说不出话来，我只觉得浑身一阵酥麻，惊异地望着肖卫。我看见肖卫的眼中泪花纷涌。

和肖卫在一起，总是有各种异事发生，因为我是孔子的弟子，老师说了，不言怪力乱神。所以，我和肖卫约定，这些事情，今后都不许说出去。

我在西安，肖卫在北京，彼此距离太远，所以我们见面的时日不多，肖卫就像恪守信用的燕子一样，每过一段时间，就会在我心头飞过。我过几天就会想起他，这时候他准会给我发短信或者在qq上留言。阿弥陀佛,石老师吉祥!我会回答,肖卫吉祥!

2014年,我写了怀念父亲的文章《大记》,发给肖卫,第二天早晨收到肖卫发来的短讯:石老师,昨夜一口气读完《大记》,深为震撼,几处痛哭失声。为令父的大爱之心感动,为您的大孝之心感动。我们把它和您的其他文章一起,编辑成书,书名就叫《大记》吧!

此后,肖卫一路张罗,排版,校对,出版。2015年初,我的文集《大记》出版了。我将散发着油墨香的书捧在胸前,心里说,阿弥陀佛,肖卫吉祥!

朋友的"友"字,最早写作两只手,两只方向一致的手,它表示两个人在人生的路上相互搀扶。

二、可红

可红姓任,叫任可红。她是我这几年来往的为数不多的女生。

可红从哪里来到哪里去?我一概都不知道,反正,每过一段时间,可红会给我打一个电话,说,石老师,我来看看你。我就说,你来吧。于是,可红就来了。

可红每次来,都那样清新。她长相的特点就是圆,圆圆的脸庞,圆圆的身材,圆圆的充满笑意的眼睛。她穿得总是那样新颖,红红或者蓝蓝的裙衫。她每次来,都会带着礼物,云南的老树茶,陕南的干红酒。我说,可红总是这么客气,可红就羞羞地笑了。

可红来找我，无非两件事，或者为几本书，或者为几个字。

可红的本职，是一家环保评估公司的老板，我听她说起环保，就感觉到一片新绿，就能听见那新绿中的蝶飞与鸟鸣。

可红读经，读佛家经典，读儒家经典。她读得深，所以，她常常谈论的经典，有些我也听得很新奇。她读书读得认真，是那种较劲的认真。她四处寻访高师，四处报班学习。可是，这些高师也有让她迷惑的时候。于是，她就来告诉我她的迷惑，我也就壮着胆子把我知道的告诉给她，最后，可红就笑了，眼睛弯弯地笑了。

可红常常来买《群书治要》和《大记》，买了许多箱去送人。我说，我也给她帮不上什么忙，送她几套书总是应该的，可是可红总是把钱强制留下。可红说，读书就得花钱，不愿意花钱，那说明是不需要这些书。于是，我就惴惴不安地把钱收下。其实，她送给我的礼物，价值早超过那些书钱了。

今年，可红开始读五经。她说她想还原圣人的思想，真实地理解出圣人当时的心意。我说，这可能是一件无法做到的事情，因为语言文字，在人类灵动的思想面前，永远会显得苍白无力，透过文字，我们只能尽量接近圣人的思想，要想丝毫不差，那恐怕是不可能的。再说，历史不可重现，环境瞬间变化，圣人离我们两千多年，环境的变化已经白往黑来，怎么可能丝毫不差呢？可红认真地听，但是，我知道可红不会放弃。

可红也教她四五岁的女儿读经，而且还录在微信上，发给我听,那稚嫩的声音,把《诗经》读得错落有致。我说,这是世界上最好听的声音。

前几天,可红来了,她说她要拿出一笔钱,作为基金,办一个国学班,培养国学的精睿人才,然后,让这些人才再去培养更多的人才。我听得眼睛都湿润了。

可红看见我常常趴在文字堆里,辛苦不堪的样子,她就很不安,她一定要给我找帮手,于是,她找来了电子科技大学的教授曹印双。我从内心感激可红。但是,我必须辛苦下去,我今生所做的可能是我前世所欠的。我必须完成这个身心苦累的过程,因为我的时间不知道还有多少,今生所欠的这笔文字债,还有多少时间去还它。

我感激可红。可我不知道她从哪里来?要到哪里去?她就在西安这座古老的城市里的哪个地方。

三、云山

云山姓陈,他不姓刘。他不是高官,是一个有正义感的律师。

云山是韩城人,和风追司马的司马迁是同乡。我无法想象司马迁长得什么样子,但是我估计,陈云山有点像司马迁,敦敦的身材,一张永远也洗不白的肉嘟嘟的黑脸。历史上那些把司马迁画成弱不禁风瘦小身材的画家,我估计都犯了严重错误,他们没有琢磨,一个风能吹倒的书生,能有那么大义凛然的胆识?能挨得起那要命的一刀？能在挨完刀之后顽强的活着？再来写完那部永远会伴着中华民族始终的著作？所以，司马迁应该像陈云山一样，敦敦实实，脸色铁黑。

云山的律师事务所在韩城很有名气，因为云山专替弱势群体打官司，他打的官司有时候顺利，替当事人讨了公道，他那张大黑脸会激动得发红。他如果不顺利，他那张大黑脸会气得发青，而且还在微信上哇哇怪叫。

我素来不喜欢律师，我们中国人向来反感打官司。在我的印象中我们中国从来就没有过真正的律师，有的只是讼棍。所谓讼棍和律师的区别就是，讼棍以赚钱为目的，挑唆别人打官司，没有官司制造官司，他好从中牟利。接案子的时候，他会告诉你，他认识所有的法官，一切都会向着你来判。但是，一旦钱进了他的口袋，他又会告诉你，其实你的官司对你很不利，你需要更多的钱去贿赂法官。而律师却要以案件的真相为基调，首要的思想是维护法律的尊严和正义。

在我的印象中，陈云山似乎是一个真正的律师。他虽然不是法学院科班出身，但是把法律条款总是记得清清如水。我曾经故意咨询过他几桩案子，每次，他都能回答得中规中矩。云山在韩城代理的案子我知道几起，每一起，都是为穷苦者说话。

云山比我小十多岁，他是我大学同学刘旭的义弟，所以，他就按韩城的规矩，每次见我，都叫我"哥哥"，"哥哥"这两个字在韩城话里的发音很奇怪，念作"各硌"，有点像母鸡下完蛋的叫声。

云山常年在韩城,韩城离西安百十公里,他也不常来,但是,每过一段时间,云山会突然来了,在电话里叫一声"各硌",说,他来了。我就会说,到某个饭店去坐。然后,叫来名记刘旭、摄影家觅汀,有时候还有大画家犟驴俞泽辉,几个人三七二八谝一回,喝一回酒。云山每次来,都是喜事,不是被评为青年十佳律师了,就是获得什么法律援助大奖了。最近他来,更是喜事,他黑青的脸挤成一朵花,说,他老婆又给他生了一个女儿,"各硌",赶紧给娃取名字。

四、李晋

李晋很小,只有二十七八岁,也可以算作一个小友。

李晋的长相,是一个小白脸,白白的书生脸,小小的鼻子嘴,小小的眼睛,戴着一副近视眼镜。

认识李晋是因为马骅。

去年我在习主席家乡富平淡村镇,主持召开首届荆山人类农业文明国际学术交流大会,马骅说有一个国外回来的留学生,开了一家茶叶店,专门销售益肝茶,他要给会议无偿提供益肝茶,赠送给每一个与会的专家学者和嘉宾。马骅也带来一盒益肝茶,我试泡了一杯喝了,口感很好,于是,就让马骅约李晋,到时候把益肝茶带到会场上去。

会议开幕的前一天,马骅果然就带了一个身材高高,带着眼镜的小伙子来了,而且用汽车拉了一车茶。我才问了,他就是那个从新西兰留学回来的李晋。

李晋人很谦和,一张白脸总是笑眯眯的。我追问了李晋的大致经历。李晋说,他父亲是西安一家很有名的民办学校校长,李晋大学毕业,父亲动用关系把他分配到一个县上,做了团委书记。但是,李晋对做官的生活十分厌倦,就出国到新西兰留学去了。他出国,却不愿意花父亲的钱,就边打工边上学,最后,在怀里揣了文凭,背着行李回来了。回来就办了个茶行。

富平的会议结束后,我和李晋也就成了忘年交的朋友,我也就时常关注李晋的生意,他的公司叫做英格李氏茶行,不中不西,奇奇怪怪的,却容易让人记得住。他的茶行在西安东二环的边上,面积不小,李晋还在楼上租了单元房,在房子里办公。李晋办公室最醒目的就是挂了一幅巨幅的习近平主席瓷板画相。

李晋年龄不大,但是却十分崇尚文化,注重道义。李晋去年花了几万元,跑到北京去学经营之道,但是,第一堂课上,一个教授讲的经营之道,竟是唯利是图不择手段,李晋就听不下了,当场拍了桌子,质问教授世间还有没有大爱?还有没有人性?问得教授面红耳赤,说不出话来。李晋哼了一声,回宿舍卷铺盖回西安了。

李晋的生意有茶和香,也代理了从新西兰进口的纯净水。他也就常把他的水和茶,往我家里抱。每次上楼来,都累得气喘吁吁。我就觉得心疼,不让他再这样子。李晋嘴上答应了,但是,过一段时间,他又抱着水和茶来了。

其实,李晋在文化上的造诣,比我差不了多少,我只是浪得虚名，而李晋却对中国古代香道研究得很有心得。他常常研读的《香乘》《香谱》都是中国治香的经典。

去年开始，各行的生意都不好做，李晋的生意也不景气，但是李晋依然坚守着，而且还运作资金，再开了茶行的分店。我看着李晋，看着他疲惫而又坚定的样子，也着急，但是却帮不上他。只能等李晋每次办文化活动的时候，去给他朋友们讲讲课，说说文化。

李晋去年喜得贵子，但是，为了发展企业，为了给员工能按时发出工资，他除了白天忙碌，晚上还跑到街上去做代驾。他怀里揣着妻子儿子的照片，整夜站立在严冬的夜色中，等着别人召唤。

李晋说，做人，就是要在苦中找甜。

我说，李晋终非池中物，一朝腾飞冲破天！

我的这一期小友，写的是从今天早晨开始，直到我下午两点动笔之前给我打电话的小友，在文章开写之前，我就在心里说，今天一切听从天意，谁打电话就写谁，果然，肖卫打电话，让我研究一下圣人王凤仪，可红打电话，问我认识的一个医生，云山只是叫了一声"各硌"，李晋来电说，他联系了一个快递公司，很便宜，说我邮给各地的书邮费太高，赔钱太多。

其实我的小友还有许多，有默默跟着我八年为我遮挡风雨的好兄弟保国，有一表人才大孝大爱的吴阳，有憨厚忠诚的印刷厂厂长马骅，有开美容院的老板魏巍，也有在北师大工作的高亮，还有开办教育产业的占行。我以后还会再写到他们。我常常记着《说文》里的那个解释,同志为友。

"友"的最初写法是两只方向相同的手,表示在岁月中的互相搀扶,而我身边的这些小友,也常常在搀扶我。我今天用最简单的笔墨勾画他们,为的是在我心灵中记取他们,而不被岁月吹散了。

2015年5月18日星期一于含光书屋

玉　成

一、张载的话

北宋张载是一位圣人，张载曾说了几句让读书人热血沸腾的话，"为天地立心，为生民立命，为往圣继绝学，为万世开太平"。因为张载居住在陕西眉县的横渠镇，后人把这四句称为横渠四句。横渠四句有一点惊天地泣鬼神的味道。

为天地立心，天地怎么会有心呢？天地不言，你怎么会知道天地的心是什么？心里怎么想？但是你却能看见天地的作为，天赐阳光、雨露给大地，大地上万物相生一派繁荣，所以圣人说，天地之心就是要养育万物，于是天地也像人类一样，有了自己的心，天地之心是圣人发现的，圣人使天地有了心，这是一件多么伟大的事情呀！

为生民立命，生民就是人民，曹操在《蒿里行》诗中说："生民百遗一，念之断人肠。"他说的是三国时期的凄惨，人民一百个才能活下来一个，想起来让人像断了肠子一样痛苦哀伤。人民在战乱饥荒中哪里还能活命呀！所以张载要为人民立命，要让人民能生活在太平时光里，安享幸福生活。

为往圣继绝学，过去圣人的学说到了张载生活的宋代，已经遗失了，张载要把圣人快要灭绝的学说重新继承下来。

为万世开太平，就是要用圣人的思想，使天下太平万万年。

这是多么伟大崇高的理想，每次读横渠四句，我都会浑身发麻不能自已。

那么圣人的思想是什么，无非是无私仁爱。因为天地大爱，无私付出，万物才能生成，假若上天自私，舍不得阳光和雨露，那么大地就会一片黑暗，一片焦枯，哪里还会有生命呀！圣人要学习天地的精神，把爱传遍人间，惠及万物。

爱是人类发明的最叫人感动的字，它代表人类心灵中最美好最永恒的情感。有了爱，人类才停止杀戮，停止破坏，而懂得相互抚慰，相互亲昵。人类千万年间的文化史，就是爱的历史，是爱和邪恶之间不断搏斗的历史。爱不但要惠及自己和亲人，也要惠及人间万物。《说苑·说丛》说："爱施者，仁之端也。"就是说把爱施于别人，是仁者践行伟大品德的开始。

张载还写了一篇文章，叫做《西铭》，这篇不足300字的文章，却是中国文化史和哲学史上最伟大的作品之一，张载在这篇文章中论述了天地人伦之间的关系，把爱阐发到极致，《西铭》的最后几句话说："富贵福泽，将厚吾之生也；贫贱忧戚，庸玉汝于成也。存，吾顺事；殁，吾宁也。"它的意思是说，富贵和福气，有利于我的生活，贫贱和苦难，能帮助你成功。活着我就顺应，死亡我也心安。请注意其中的一句话"庸玉汝于成也",它的意思是说能帮助你成功,它后来简写成"玉成"。

玉成,就是成全别人的美德。张载在这里用了一个"玉"字,来表达成全别人的最高境界。因为玉有君子之德,成全别人既是玉的美德,也是君子的美德。

我在这里费尽心力,最后总算说到主题上,这是多么不容易呀!两盒烟换来以上这些枯燥的文字,但是除此之外,我无法表达。

二、玉成

这次说的玉成,不是指张载文章中的玉成了,它却是一个人名,这个人姓周,叫周玉成。

如果你打开百度搜索,在周玉成的词条下有这样一段话:"中铁二十局集团公司党委书记,一个做过两次心脏手术,装有五个心脏支架的病人,却是世界海拔最高的风火山隧道的指挥者。他以惊人的毅力,十次登上海拔5010米的风火山,指挥员工以科学的方法贯穿了世界海拔最高的隧道。""他被推崇为青藏铁路精神标本,""东方之子",这就是我要写的周玉成。

三年以前,有一天傍晚,觅汀兄打来电话说,他们公司的周书记得了一个孙女,想让我给这个刚出生的小宝宝赐一个名字,他随后发来这个宝宝的生辰八字,我研磨半天,给她取了名字。不久,觅汀兄又打来电话说,周书记对这个名字很满意,邀请我吃一回饭,于是,我们在那天晚上见面了,从此我生命的又一扇窗打开了。

周书记是山东人,山东人仁义在全国是出了名的,他十八岁当兵,成为中国最年轻也是最艰苦的兵种铁道兵的一份子,这个出身农家的年轻人从此手握钢钎,跟随滚滚铁流,走遍了全国所有的崇山峻岭,从一个士兵一步步升迁成正师级领导,最后,他跟随部队转业,又领导这些脱了军装的军人,常年在青藏高原上奋斗,一条条铁路、公路修成了,他也已是满头华发一老者了,当年的矫健雄姿已付诸青山流水,只在身上留下五个心脏支架,退休回家陪老伴看孙子了。

周玉成比我大十多岁,我们相见的时候,他已是白发苍苍一位老者,但他精神健硕,沉稳而机智,他的形象让我想起唐朝李长吉的句子,"手挪六十花甲子,循环落落如弄珠"。

周书记是一个大智慧的人,我也是有一些阅历的,所以彼此相见,只需四目相对,一切都不用说了,拿杯子来,喝酒!

人生就是这样,大智慧者就像江河,任生命一泻千里,倾覆而去,只管默默奔腾,到达海边的时候,才会回头留恋一眼自己走过的陆地,然后欢笑一声,唱一声沧浪之歌,从此消失。

沧浪之水清兮,可以濯我缨;

沧浪之水浊兮,可以濯我足。

只有那些小溪一路吃力地爬行,才会有无限的感慨和絮语。

两条大河在大海中相见了,你走过的高山,我越过的峻岭,在心灵深处都是同一种苦乐，还用得着说什么细节呢？一切都不用说了，拿杯子来，喝酒！

于是，两只杯子碰在一起了。

我和周书记在一起，谁都不说过去，只关注眼前的酒杯，周书记喝酒，那是典型的君子酒，在言谈兴致之中，从容不迫，杯杯见底，每次半斤八两下肚，依然神思安定，睿智从容。我常常叹息，人生中能遇上这样神仙般的高人，真是一种幸运，和这样睿智而又阅历深刻的老者喝酒，杯杯都是琼浆玉液。

此后，我和周书记的约会便成了定制，每过一两个月，彼此都会想念，就会相约喝一回酒，

周书记是那种最会激发你热情的人，他每次都言语不多，从不讲自己的五马长枪，也不发自己的一己私怨，而是在鼓励你表演，当你激情四射，他会喝彩，当你语言不济，他会用最精妙的话，迅速使局面热烈。我不知道有多少人和周书记喝过酒，也不知道有几个人会像我这样能发现他的高超。而我身边有许多爱喝酒的朋友，几杯下肚就神情狂乱，手舞足蹈，语无伦次，行为不堪，或大声吹嘘，或一副死猪相叹气，和周书记比起来，自然是小鸡比凤凰了。而这样的小鸡如今越来越多，凤凰却是越来越少了。

英雄的生命，就像烈酒，表面平平静静，一旦遇上烈火，迅速就能燃烧。周书记是我心目中的英雄，不管他过去修的铁路有多长，过程有多艰辛，这些都和我无关，而他站在我的面前，那一双眼睛，就是英雄的眼睛，伸过来碰杯的手，就是英雄的手。

一切都不用说了,拿杯子来,喝酒!

有时候喝得多了,我也张狂一回,大声给周书记唱歌,歪歪斜斜地吟几句古诗。"中华脊梁,历尽苦难,挺立在天地间。""一杯浊酒喜相逢,古今多少事,都付笑谈中。""你非渔翁我非樵,照样评说千古事。"周书记就鼓掌,我们就似痴儿般傻笑。

我一生中见过几个神仙般大智慧的人物,一个是现在国家主席习近平的父亲习仲勋,一个是老作家李若冰,一个是陕西人事厅的老厅长赵保玉,还有一个那就是周书记了。这几个人是男人中的极品,都像大海般广阔,更像大山一样镇定,正如孔子说的那样,君子坦荡荡,小人长戚戚。君子光明磊落,不忧不惧,胸襟永远是光风霁月,像春风吹拂,清爽和畅;像秋月挥洒,皎洁光华。内心保持这样的境界,与人为善,所以"坦荡荡"。至于小人,总是患得患失,不是觉得别人对不起自己,或者是某件事对自己不利,忙于算计,受各种利欲所驱使,经常陷入忧惧之中,所以总是"长戚戚"。遇上这样坦坦荡荡的英雄人物,还有什么说的?一切都不用说了,拿杯子来,喝酒!而这四个人中,前三位都已作古西去了,如今这世界上也就留下周书记一位英雄了,能不叫人时时挂念么?

周书记的名字来自张载的句子,玉成,玉成别人,玉成好事。那么我想把这个名字高高举起来,让它随爱飘扬,于是,我就和觅汀兄商量,成立一个爱心小组,名字就用"玉成"两个字了,以后和周书记在一起,不只是喝酒了,要陪他再走青山绿水,再去玉成可怜的贫困者，此事正中了周书记的下怀，玉成爱心小组成立了。

三、活动

玉成爱心小组成立，迟迟却没有行动，因为这两年，我的事情太多。我只能说我的事情太多，不敢说我很忙，因为"忙"为"心亡"，当一个人的身体像陀螺一样旋转，他就很忙，那么他的心就死了。所以我从来不会说我忙，即使事情再多，也要保持心的平静，身体可以死去，心和灵魂却要永生不灭。

今年，《国学治要译注》编辑完成，总算松一口气。于是，我又想起和周书记、觅汀兄的约定，把大爱之心传播出去。就又和周书记在大明宫喝了一回酒，周书记说，就这么定了，活动从今年开始，要常态化。我说会常态的，不会变态，于是大家就笑。一切都不用说了，拿杯子来，喝酒！

我的身边有许多好友，做好事不能忘了朋友，但是，献爱心是要无偿付出的，那些平时总在嘴边挂着佛号，在微信里转发爱心的人，此时会不会是另一幅样子呢？我也不敢公开地邀请谁，因为公开邀请，人家本不想去，却碍了你的情面，很是难堪。于是，我就在微信圈里发一个通知，并查了黄历，把日子选在2015年元月24日至25日，因为这两天是适合出行的大吉之日。消息发出去了，果然就有人踊跃，第一个来的竟是我想不到的人。

四、漂亮嫂子

第一个报名参与的是我家对门的嫂子,她的名字叫费荣。

她的名字我也是最近才知道的。

我住在这个家属院四年了,偶然就和对门嫂子邂逅而遇,嫂子是那种很平静干练的女人,有时候我下楼,正碰上她上楼,嫂子会友好地让开道,很是客气地微笑。开始我只是礼貌地点头,后来见的次数多了,也就发声打招呼。都市里的邻居,虽然近在咫尺,心却相隔万里。有时候两家人在一起居住几十年,彼此不一定知道对方的姓名和职业。但是嫂子却不同,她很友好。

有一天,对门嫂子回来,扶着一个英俊的男人,嫂子还是主动和我打招呼,我也就顺嘴问一句,这个是大哥吗?那男人也来了兴趣,我们就多说几句,一比年龄,嫂子的丈夫竟然比我大一岁,从此,这个嫂子算是叫定了。

那时候,我们并不怎么往来,但时常能看见嫂子在院子里出出进进,她一会儿开车出去,一会儿提着菜回来,虽然是平常家务,但是嫂子的动作优美干净,她是一个很有魅力的女人。中年女人的魅力,不在你多么妖娆光鲜,而在你的成熟干练;不在你的表情多么生动灵巧,而在你的面容慈祥和平;不在你有多少花言巧语,而在你能平静自信地与人相处;不在你多么花枝招展,而在你的出现会让人感觉到关爱与平静。不管多么忙碌,嫂子总是那么平静贤淑,那么文雅从容,她的脸上透出的是大家教养的谦和和书卷陶冶的文静。在我眼中,她就是我们这个连一棵树都没有的家属院里最美的一道风景。但是,我依然不知道她的名字。有时候,有朋友来,我送朋友出门,在院子里遇上嫂子,我会打招呼,朋友问我她是谁,我会说是我对门的漂亮嫂子。

后来有人告诉我,我的对门住着的是银行行长,漂亮嫂子是行长的夫人。我当时并没往心里去,但是不久,我的一个学生却要贷款,问我有没有认识银行的人,我自然就想起对门漂亮嫂子的丈夫是行长了。我决定,在楼梯上截住行长,于是,我让学生站在楼道上等行长下班回来,把他截住。

一切都按我安排的发展,不久,那个英俊的行长回来了,我上前去,直接去拍他的肩膀,一把拉进我家,一谈,竟很投机。从此,行长老兄成了我的好朋友,嫂子也就自然熟了。虽然我的学生后来不要贷款了,但是因了他的机缘,我和行长竟像亲兄弟一般亲密起来。

行长下班了,常来我家坐。嫂子说,过去朝右拐,现在每次朝左拐,把门搞错了!行长老兄不管这些,依然朝左拐,直接按我的门铃。前一段我到外地,十几天才回来。嫂子说,行长每次回家都要朝着我的窗子张望,希望能看见我窗子上的灯光,好朝左拐。

有一天我问嫂子,她到底叫个啥名字,嫂子说她叫费荣。后来我写书法的时候,顺便也给嫂子写了一幅,我知道费氏是出自江夏的望族,而行长姓王,所以就拟联写道:"江夏费氏本望族,长安荣儿嫁王孙。"

和行长熟了，就彼此留了电话，也加了微信，行长老兄就在微信里看见我写的许多文章，就推荐给嫂子看，嫂子看了，竟非常喜欢，有一天她主动加我的微信，好直接看我的文章，再不用行长中转了。前一段时间，我微信的所有文章，都被嫂子点了一回赞，嫂子把我几年前的文章都找出来看了，她真是一个有心的人呀！

这一次，嫂子第一个报名参加爱心小组，还要介绍她的好友刘晓霞一起去，真是天大的鼓舞。再后来，来报名的，竟然是他们。

五、三个美男子

后来报名的是三个美男子，分别是王艳旗、王平军和负彦星。

如果站在世俗的角度来看这三个人，你肯定会说，我是在调笑。因为每次，我把这三个人喊美男子的时候，就会有人在一边笑，而且笑得前仰后合，不可开交。

这三个人中，王艳旗最高，可能不到一米七，王平军最矮，可能不到一米六，你会说我把三个矬子称为美男子，岂不是瞎了眼了？

哎！你先别着急，听我慢慢说，一个一个分析。

王艳旗是三个美男子中年龄最大、身材最高、眼睛最圆、名气最大的一个，王艳旗是陕西省人社厅的干部，也是在西安书坛很有名气的书法家，他写得一手好梅花篆字，这些都不重要，重要的是王艳旗是我要好的朋友。因为王艳旗比我大几岁,我就把他称作艳哥。

艳哥的故乡在陕西合阳,合阳据说是《诗经》中《关雎》这首诗的发源地。合阳处在大河西岸,大河岸边芦苇千倾,芦花飘荡,每年秋天,芦花飞飘的季节,合阳就变得无比壮观。王艳旗的家就在这芦花飘荡的地方,而且据他自己说他们村上曾出现过古代圣人伊尹。这自然是自古的文武圣地。

写到这里,你可能心里说,你说了半天,依然说不到王艳旗是美男子上,看你娃怎样往下编。好,我继续编。

王艳旗虽然个头不高,但是人家却壮。不但壮,而且热情洋溢,胆气豪放。中国人对于美的理解,在不同时代,自然有不同的标准,你看看"美"字怎么写,上边一个羊,下边一个大。一只粗壮的大羊,就是美。你再看看王艳旗,肥肥壮壮一只大羊,圆圆的眼睛贼光闪亮,心地仁慈和平善良,他不美,谁美?他不是美男子,谁是美男子?

更重要的,艳哥的妻子艳嫂,是一个生长在新疆的美女,她虽然现在身姿已经不很婀娜,但是你从她脸上的眉目,依然能看见当年美女的神韵。所以,每次我看见艳哥和艳嫂,就会想起那首著名的民歌,"我愿她拿着细细的皮鞭,不断轻轻打在我的身上"。如果艳哥不是一只大羊,一个新疆牧羊的女子怎么会总是站在他身旁?他既然是大羊,羊大为美,他自然就是美男子了!这还有什么好说的?

第二个美男子是王平军。王平军其实并不丑,他只是美得不明显。他的个头有些低，身材有些胖，肚子有些大，要在他身上找到那些不很明显的美，还确实很费事。但是，我有决心有信心，一定能在王平军身上找到美来，因为黑格尔曾经说过，生活中并不缺少美，只是我们不善于发现。

我认识王平军是通过诗人郑小军介绍的，我和他第一次见面，我就能感觉到，这是一个敦厚朴实，厚德载物的人。谈话一问，王平军果然阅历丰富而且历尽艰辛。

王平军是陕西户县人，生在20世纪60年代中国最饥饿的岁月。他家中清贫，王平军从小就没吃饱过饭，所以才长成一个五短身材。后来，他为了吃饱饭，就去当兵，在部队辛勤干几年，回到家中，依然是一贫如洗。王平军下决心再次出走，他来到青藏高原上，在工地当民工，整天唱着"如果有一天，我悄然离去，请把我埋在，这春天里"，在工地上搬砖运石当苦力。后来，有一个人也像我一样，发现了王平军的美，就是他的品德美。就动员他组织几十个人，包工当工头，并且给王平军介绍了工程，王平军当时身无分文，还是那个善于发现美的人，给王平军资金，让他置办家具，结果，王平军发财了，他的建筑公司越干越大。这几年，他决定回故土发展，就带着他的建筑大军回来了。王平军请我给他写一幅字，我根据他的经历，给他写了两句藏头诗："平生以心立天地，军来快马笑长安。"我的诗是一瞬间写出来的，就惊得王平军直伸舌头，直竖大拇指。王平军就非拉我去唱歌，我不去，他就急得团团转。这是一个多么厚道的人呀！唐朝韩愈在《杂说》中说"才美不外现"。就是说，真正的美是不表现在外表之上的，王平军是将美藏于内在的，你说，他不是美男子，谁是？

王平军公司的张海英在西安南郊开了一个小会所，专门接待各路来宾，我后来就去了很多次。张海英是典型的贤惠能行媳妇，长得人才好，烧得好菜，擀得好面，人干净利索，那饭就吃得格外舒心。这一次，听说我们玉成爱心小组要去献爱心，王平军和张海英一起喊着要去。

第三个美男子，那是最难写的，那就是我的同学负彦星。

负彦星和我之间有将近四十年兄弟般的情义，他始终都在影响着我的生命走向和社交圈。因为他在我们共同的家乡醴泉税务局工作，所以我在醴泉交往的人，都是他说了算，他说谁好，谁就好，他说谁是哈怂，谁就是哈怂，我一概都弄不清。负彦星常常在醴泉举着我的旗帜，凭借我当年在醴泉用拳头打出来的名气来吓唬那些没见过我或者被我打服了的人。所以，半个醴泉县的人都知道，负彦星是石岗的同学，那是不敢惹的。有段时间，我回去，会有许多人来拜望我，那都是负彦星安排的。有时候竟然没有一个人来看我，那也是负彦星布置的。负彦星时常用这种办法敲打我，你看，你不是很牛吗？我说让大家不理你，你一点办法都没有。他用的方法就是散布流言，他想让我高朋满座，他就说石哥回来就是想见见大家；他想让我门前冷落，他就会说，石岗最近心里很烦，不愿意见人。

我和负彦星是那种血肉相连的关系，虽然我们两个人在性格上有无限大的差别，但是，三天听不见负彦星的电话，我就心里惶惶的。而最叫人无奈的就是，他是一个酒鬼，喝二两就醉，醉了就开始给我打电话，而且每次先撒一个谎说："老石，我没喝酒。"有一次他让我给他算命，我掐算半天，发现他的命中水旺火也旺，他问我他是啥命，我想什么东西具有水和火共同的品德，那就是酒，酒外形像水，品质却像烈火。我说，他是酒命。负彦星当时就傻了，说，哪里有这个命呀？

我在许多文章中都会提到负彦星，写他的幽默，写他的仗义，写他的表演才能，也写他的妻贤子女孝顺，但是我无法写出一个真正的负彦星来。写他不能三言两语，不能简单化一，他就像我的影子一样叫我顾影自怜。人生中有这样能给你带来幸福感的朋友，他即使长成负彦星那种样子，你依然会认为他是个美男子。感谢上帝，负彦星真好！

负彦星的妻子叫亚利，这是中国女人在20世纪60年代之前最常用的名字之一，亚利也像中国普通妇女一样平凡而坚定伟大。亚利在20世纪80年代从一所师范学院毕业，一直是一位优秀的小学老师。后来，为了给负家传宗接代，一心培养好子女，亚利提前退休，带着子女来西安上学。负彦星的一双儿女，长女考上中央民族大学，小儿是一位天才般的少年，这些都应该是亚利的功劳。最叫人感动的是亚利是一位大孝女，她的父亲九十高龄，因为有脑梗后遗症，常常神志不清，昼夜颠倒，而且分不清哪里是居室，哪里是厕所，就常常在不合适的场合做不合适的事，而亚利就这样不分昼夜，操心伺候。我常常叹息，上天是最好的导演，把一切都安排得井然有序，他给负彦星这样一个心眼灵活,缺少耐心,灵动不测的人,安排了一个意志坚定,心气颇高的妻子,才保证了这个家不至于离散。亚利的人品常常令我敬仰。

负彦星的儿子负诏益今年刚上初中,是一个天才少年,生得皮如脂粉,白嫩有光,面庞清秀,五官端庄,聪明智慧,好学荣光。是那种人见人爱的美少年。中国人的传统,父以子贵,负彦星的儿子是美少年,那么他爸自然也就是美男子了。我的神呀!

这一次,负彦星要带着他的妻子儿子一起去献爱心,我们的队伍顿时就壮大了。

接着,玉成小组不断有人报名加入,下一个来的更让我想不到。

六、两个书法家

两个书法家是同时加入玉成小组的,一个是在饭桌上,一个是在电话里。

饭桌上加入的是赵西斌,电话里加入的是王雨涝。

赵西斌是去年我朋友圈里最重要的收获。

2014年3月15日,我在富平习主席的老家主持召开荆山人类农业文明博览园奠基仪式和首届荆山人类农业文明学术交流大会,赵西斌跑来捧场,那是我第一次看见赵西斌。虽然在此之前,我曾经听别人说起,陕西省国税局有一个赵西斌,字写得很好,文章也写得不错,但是陕西这地方文人多如牛毛,谁也不把谁当回事,我也就没把赵西斌放在心上,没想到那一次,赵西斌却不顾旅途辛劳,放下机关官员的架子,跑来给我们捧场了。

赵西斌长得就像一只大鸟，他身高在一米八以上，身材也很有气魄，魁梧健壮。如果把赵西斌比作鸟中之王雄鹰，那是不准确的，赵西斌没有雄鹰那样凶猛，他的眼神和蔼善良，脸上常挂着憨笑，嘴也经常张得圆哈哈的。准确地说赵西斌就是非洲沙漠里的鸵鸟转世，他本来高大威武，可以称王称霸，但是因为善良胆小，却变得温文可爱。

在富平开会的时候，赵西斌来到宾馆，他像一只大鸟一样落在沙发上，和善而亲切。赵西斌把他印制精美的画册和文集送给我看，我当时就很吃惊，作为书法家，赵西斌不但会写一种书体，而且兼及多样，而且都写得很好，作为作家，赵西斌对诗词歌赋都很有才华，我心里说，这鸟人还是个全才。

后来，会开完了，我们都回到西安，不久，赵西斌约我吃饭，那天的饭桌上有第一美男子写大篆的王艳旗，王艳旗比我和西斌年龄大，威望高，所以艳哥说话就很有权威。西斌喝过几杯酒，就开始手舞足蹈，要展示才华，却被艳哥一声断喝住，艳哥说："喝几杯就张狂，不像个样子，在石大师面前，不准卖弄文学。"西斌当时就低下头，很委屈地说："总不能不叫人说话吧！"我看看可怜的西斌，像一只被啄伤的大鸟，伸着脖子，叼一根烟，在那里嘟嘟嘟嘟发怨气，心里说："这兄弟真是心如明镜呀！"一个知道尊重别人而且能够示弱的人，才是修养上层次的人了。

我住在西安南二环南面的含光路上，往北，隔着二环，从西往东一字排开住着西安文化圈几个很好的朋友，最西边是住在何家村的大书画家、篆刻家董阳和西安日报社的大记者李建宁，再往东是作家、《易经》大师乔宇峰，再往东就是省国税局里的书法家赵西斌，他的东边是西安民营商贸协会会长书法家刘步层，再往东过了朱雀路，在省体育场里面办公的就是美男子写大篆的王艳旗。他们几个人都在路北，只有我一个人在路南，所以，我每天起床之后，端一个茶壶，站在北面的窗口，往北一看，雾霾重锁，楼房阻隔，啥也看不见。但是我能想象来，这几个人都在干啥，特别是赵西斌，会像一只大鸟一样在省国税局的大楼里走来走去。

西斌的最大优点就是他很自然，他不像很多机关干部，身上有一层套着的甲壳，许多人在官场混，混成了套中人。也就是一个小小的处长科长，在机关也是受上级白眼的，却出来在民间扎势，板个面无表情的脸，眯个深不可测的眼，赚个月月不够花的钱，往酒桌中间一坐，耸着耳朵听好话，皱着鼻子闻酒香，见美女的手就想摸一下，见钱就想捞一点，一幅丢尽祖宗十八代脸的德行。而西斌不这样，他虽然也是机关干部，身上却丝毫看不出那一层甲壳。他很豪气，也很仗义，他从来没有把自己当做什么官员，走到哪里，都是把衣服一脱，喊一声，石哥，喝酒。于是就像一只大鸟一样，落在座位上。

西斌骨子里是属于文化的，机关工作只是他谋生的职业，他对书法精研细磨，常常在一个人的时候，听着古琴，临帖书写，几十年从不间断，所以这只大鸟也就越飞越高了。

西斌参与的文化事业很多，这一年来，西斌一会儿拉着我研究陕商，一会儿让我跟他策划纪念于右任，都是文化界的大事。搞得我也昏头昏脑，不知该干啥。

西斌还爱打篮球，因了身高的优势，他参与组织了一个老干部篮球队，常常在周末操练。因为篮球队的其他人都是六七十岁退休的老人，也就西斌一个人只有五十出头，所以，他就在篮球队里很张狂，摆着尻子上篮，扭着腰带球，一幅不可一世的样子。

西斌喝酒那也是一绝，经常直着脖子往里倒，根本不经过舌头。这一次，西斌听说我要去献爱心，这怂人把一分酒器的白酒倒进喉咙里，大喊一声："跟我石哥走。"而坐在他旁边的西安自力中药厂的姜总也马上表示要去，他不但要去，还当场请示了公司的董事长，要带着他们生产的常备中药，去给老人们献爱心。就在这个时候，我接到一个电话，我的中学同学王雨涝也要去。

王雨涝是个警察。我们是三十年前在醴泉补习时候的同学，雨涝比我大几岁，他插班到我们班上，那时候我们这些年龄较小的都不太懂事，而雨涝就比我们成熟许多。他为人朴实厚道，但是性子很急，急和快是雨涝身上最大的特点。他在学校打篮球，跑得最快，虽然不见得能追上球，但是他总在追。他说话就像山溪之水，汩汩不断，舌头很快，他走路也是一样，两条小腿不断变换，在学校的小路上穿梭。那时候，雨涝的字就写得很好，似乎就有以后当书法家的影子。

后来，雨涝就考上了陕西省警校，而我却落榜了。雨涝接到通知,就飞快地把我们这些落榜的同学安慰一遍,然后,把自己的名字改为王鹏,他就像一只大鹏,飞走了。但是,我更喜欢他过去的名字,雨涝,多么有诗意呀,会让人想起秋雨绵绵燕子低回的景色,想起池塘里被雨水打起来的涟漪。

飞走了的雨涝让我们羡慕不已,我们只能怀着对他的羡慕和想念继续苦苦地读书,可是一到暑假,他却又飞回来了,还穿了一身警服,很是威武。雨涝给我们讲西安的事情,讲警校的事情,雨涝说,西安的学校里不睡炕,而是睡在架子床上,床上也没有虱子和跳蚤,顿顿吃饭都可以吃饱,而且他还学会了军体拳。听得我们直咂舌头。最后,雨涝要走了,我们去送他,走到公路边上,一辆汽车开过来,雨涝一招手,那汽车就乖乖停住了,雨涝上车,那汽车就开走了。和我一起送雨涝的另一个同学王猫说:"牛逼,牛逼,要多牛逼就有多牛逼。"

雨涝当时的牛逼对我和王猫后来都发生影响,王猫在以后也上了警校,当了一名管犯人的狱警,而我在20世纪90年代,和全国政协副主席马文瑞先生结识后,当马老问我,想不想换个工作,我就毫不犹豫地说想去当警察。

后来,雨涝毕业,在彬县公安局当警察,再后来他调到离家更近的兴平公安局,当了治安队的队长,一晃就是几十年。这中间,雨涝还组织我们去看望退休了的老师,还组织同学聚会,从来没有断了联系。

雨涝是一个才思敏捷的人,也是我心目中十分敬重的同学,几十年来,我对雨涝从不敢直呼其名,总是以老兄相称。前几年,我去兴平看雨涝,雨涝在家中给邻居们写春联,我看他写的字,龙飞凤舞,他的草书是用心临摹了米芾的。我就在心中暗暗叫好。我就说他应该去西安,和西安的书法家们比,也不见得就落下风。但是雨涝却很低调,他说写字就是个爱好,不图名利。但是,在我心目中,他就是个书法家。

这一次,雨涝要去献爱心,他说他捐钱和春联,把红红的喜庆给山区的贫困户带去,我就很感动。

七、一个大诗人

下一个报名去的,是我的兄弟,大诗人郑小军和他的妻子黄丽娟。

在我的朋友圈中,小军是最善于隐藏的,他用微胖隐藏住自己的英俊,用木讷隐藏住自己的巧思,用低下隐藏住自己的高贵。圣人说的"大巧似拙",或者"大智若愚",说的似乎都是小军。

小军比我小两岁,我们是年龄非常接近的好友,但是小军却总是称我为老师,他就是这样的人,用谦谦君子评价他,一点不为过。每次看见小军,他都像一个大孩子一样,在张罗各种聚会和活动,每次,他都把我们这些还不懂得藏巧露拙的真傻子推到重要的位子上,而他总是坐在最不起眼的地方。席间有人借酒抒怀,有人借酒吹嘘,有人借酒调侃,无非是要表达自己的得意或压抑,而小军总是坐在那里,睁着一双明亮的大眼,满含笑意地看着大家，嘴里只说两个字"啊对，啊对"，而最后买单的总是小军。每次和小军聚会回来，我都会忘记席间的所有人，唯独能记住小军和善而戆正地坐在那里的样子。

见到小军，我都会眯着眼睛仔细地看他，看他我心里就充满愉悦。小军永远是那样和善而快乐，好像这个世界上除了快乐就没有烦恼这两个字。听小军言谈，我的心里也会充满幸福，因为他嘴里没有淫邪之词，有的永远是向上的努力；没有幽怨之情，有的永远是美好的谋划。这是一个男人对另一个男人真心的欣赏呀！有一次，妻子问我，你怎么每次都要盯着小军看，看得小军都不好意思。我笑了，说，你难道不知道孔子喜欢盯着河流看的故事吗？孔子每次见到河流都要盯着看半天，那是因为水能体现君子的美德，我观察小军，犹如孔子观察大河，只不过孔子察物思人，而我却是察人思物耳。

小军出生在户县一个基层干部家里，从小当兵，后来转业到西安一个大国企做干部。但是，他却自己扔了饭碗，出来谋生。小军说，坐在单位无所事事，仰人鼻息，不如自己打拼心灵安宁。小军开始办实业，后来搞商贸，小军以厚德立身，自强不息，所以他所到之处，都能得人眷顾，所行之事都能得到支持，他的企业蒸蒸日上。小军常常和他的妻子小黄坐在一起，一个个数帮助过他的人，一件件讲帮助过他的那些事。他们最后总是说，知恩图报，不知何日？

小军也是很好的诗人，这几年，他一共出了三本诗集，每本诗集都犹如他的人品一样充满芳香，听听他诗集的名字，《梓叶潭》《兰心圃》《桑葚集》，屈原以香草喻君子，以君子喻香草，心中没有芳香，就取不出如此香气四溢的书名。

这几年，中国的诗坛也像一个水池，最上层的依然保持着清纯并折射着光彩，而底层却沉淀着污泥并散发着恶臭。上等的诗歌，在皮带以上说事，理性，阳光，情爱，关怀；下等的诗歌在皮带之下抒情，欲念，愤懑，憋屈，牢骚。令我们悲伤的是，这些下等的诗歌常常经过打扮，就登上了殿堂，常常让人把奇臭的茅厕，当成了芝兰之室。

郑小军的诗是上等的诗作，他的诗就像他的人一样，质朴憨拙，阳光明快。他不巧言令色，不玩文字，就那么直直地把自己的想法和情怀书写出来。大自然的恩，父母的情，花的鲜艳，水的灵动，山的伟岸，雪的轻盈，就这样自然流淌在你的面前，我每读一首，心都会受一次洗濯。他诗中的哲思，也常常令人唏嘘，他诗中的不解和忧愤，有着更深刻的君子忧天下式的关怀和友爱。

孔子曾经说："孩子们，为什么不学诗呢？学诗可以激发热情，可以提高观察力，可以团结众人，可以抒发不满愤懑之情。近可以行孝，远可以做官，还可以多知道些鸟兽草木的名字。"

我说，读小军的诗有同样的效果。

小军的妻子黄丽娟是一个恬静贤淑的美女，我记得《诗经·硕人》中有几句描写美女姜庄的句子，用在丽娟身上似乎也非常合适，"手如柔荑，肤如凝脂。领如蝤蛴，齿如瓠犀。螓首蛾眉。巧笑倩兮，美目盼兮。"这几句翻译成现代汉语，非常肉麻，而且是写自己的兄弟媳妇，我怕别人有看法，在这里就不翻了。

丽娟和小军虽不是青梅竹马，却也算两小无猜。他们两人的父母在户县，住在同一幢楼里，丽娟的父母，从小就喜欢这个住在同一幢楼里的英俊小伙子，而小军的父母，也喜欢丽娟这个恬静美丽的少女，于是，因为父辈的撮合，他们就结婚了。

小军和丽娟是我一生见到的最和谐的夫妻，许多家里夫妻的和谐，都建立在其中一方忍让屈膝上，而小军、丽娟夫妇却非常平等，他们出双入对，形影交织，当他们一起走到你面前的时候，你顿时就会感到春风扑面，即使是在严寒的冬季。

小军憨厚得有些迟钝，而丽娟却冰雪聪明，我常常感到，他们就像郭靖和黄蓉，一个憨正而刚勇，一个机灵而聪慧。唉！人生真是难以琢磨，老天爷常常把极不般配的人撮合成夫妻，让大多数家庭冷若严冬，却让有些夫妻，和睦得令人嫉妒。上天为什么会如此不公？

小军和丽娟都辞了公职，一起做生意，一起管理公司，一起教育孩子。每次有应酬，都一起出席。夫妻两人总是面带春风，让人感到美好和温暖。小军不能多喝酒，丽娟却善于应酬，于是，丽娟就代小军喝。丽娟喝酒，有些豪气，而且那姿势还非常优美，一只手端起酒杯，另一只手在前面遮掩，做到饮不露齿，温文尔雅，颇具古风。我每次看见丽娟笑盈盈地走过来，就会想起她喝酒的样子，十分可爱，心里就想起《红楼梦》里史湘云那句诗："晚来天欲雪，能饮一杯无？"每当酒局正酣的时候，丽娟有时候还敢敬一圈，而我和小军都没有这样的胆量，小军这时候就只能装傻，坐着不敢吭气。但是，小军也有人来疯的时候，有一年大年三十,小军突生雅兴,在餐桌上摆上红酒,斟满两杯,对丽娟说:"来,陪老公喝一杯。"丽娟说:"这一年应酬,非常辛苦,咱两个就别喝了。"小军生气了,说:"你每次应酬都陪别人喝,今晚陪老公喝一杯就不行吗?"丽娟说:"我是心疼你不能喝,才陪别人喝,你竟敢这样说?"小夫妻恩爱有趣,令人赞叹。

我们每次聚会的时候,如果是我主持,我会介绍小军是娶了一个好女人的男人,而丽娟却是嫁了个好男人的女人。

八、四个年轻人

年轻人来参与的,有魏巍、谭卫力、吴阳和李倩。

魏巍是个三十多岁的女人,我不知道该叫她女孩还是女人。在我眼中,她就是个孩子,应该叫女孩,但是论年龄,她已经结婚生子,是一位母亲,应该叫做女人。

魏巍是我的学生高亮的同学,一个女孩却取了一个著名男作家的名字,所以,她身上就有几份女汉子的气质。她站在你面前,看着她清清秀秀亭亭玉立的,你会认为这是一个文静的女孩子。但是,当她一说话一行动,你就会说,坏了,这是个女汉子。她容易激动,一激动就热血沸腾,就大声朗笑,或者手舞足蹈。

魏巍大学毕业,在陕西电视台当记者,后来不干了,自己开一个很大的美容院,也是一方老板了。魏巍常年做善事,献爱心。她听说我组织活动,就要大力支持一番,她约了她的好朋友电视台的主持人李秋霞,要一起去,但是,李秋霞却有事,就托魏巍带着自己的爱心捐款,魏巍要开着她刚刚新买的雪白的Q5,到山区去走一遭。

谭卫力是长相非常英俊内秀的男人,他虽然已经四十出头了,但是看外表却像二十几岁的样子,清秀俊美。他是第一美男子写大篆的王艳旗单位的同事,一个部队转业回来的干部。

我过去很多次见过谭卫力,他都是跟随艳哥来参加聚会的,每次都不多说话,只在一旁静静地听。有一次人才中心要一批《群书治要》去学习,也就是谭卫力来我家拉书的。我当时注意了,他在清秀俊美的长相之中,有男人的英气。后来,我才发现,谭卫力对文化有无尽的兴趣,他读书的认真程度很叫人惊讶,而且他的学识也很广泛。在这个浮躁的社会里,爱读书的年轻人越来越少,而谭卫力在其中就显得非常珍贵了。前几天我的文集《大记》出版,我送谭卫力一本,谭卫力夜读《大记》,还写了几句诗:"寒夜孤灯看《大记》,才子孝心满章句。情深意挚感人泪,一时笑来一时泣。"从这首诗中,就能感觉到他文化的底蕴。

吴阳是从我的微信中知道我到了汉中,他就一路高喊着:"石哥,我来了。"就一路追了上来。这番情景如果吴阳开的不是宝马,而是挑着担子,就非常像《西游记》里的沙和尚。吴阳是我多年的小兄弟,他是我见到的真正意义上的美男子,他身高在一米八以上,我每次见到他,都得仰着头和他说话,所以,我心里就非常不舒服,我就会说:"我儿子比你高"。我问他多高,他如果回答一米八五,我就会说我儿子一米八六,他如果回答一米八六,我就会说,我儿子一米八七。反正我儿子必须比吴阳高一公分,要不然,我得祖祖辈辈仰视他。吴阳的面庞有棱有角,双眼大而有神,笔直口方,很是俊美。正因为他长得很英俊,所以,我也最不喜欢和他站在一起。我喜欢王艳旗那样美得不明显的美男子。

我对吴阳很敬重,是因为,吴阳是一个大孝子,他母亲得脑溢血很多年,瘫痪在床上,吴阳和妻子就那么没日没夜地伺候着,擦屎擦尿,没有丝毫懈怠。吴阳的妻子也是一个美丽贤淑的女孩,长得很招人喜爱,逢人一笑百媚生,我不知道她叫什么名字,就给她取个外号,叫做"乖娃","乖"在陕西话里就是美丽、温柔、顺从的意思,"娃"本身就指美女,所谓"娇娃",就是美女。自从我给吴阳的妻子取了外号,吴阳也跟着我叫"乖娃",竟然不叫妻子的真名了。

这几年,母亲去世了,吴阳才出来做事,他带着施工队,在汉中修路架桥,正像古人说的那样,一孝百事成,他的工程顺利,公司也做起来了。

还有李倩,陕西歌舞团最年轻的女高音,觅汀兄战友的女儿。这次是我把这个水灵灵的小姑娘叫来的,小姑娘说:"我没钱,可以去献歌。"好叫人感动呀!

九、去不了的六个人

和周书记定下行程的第二天,我把我的想法告诉了我的好兄弟刘宏军。

刘宏军是这几年来我生命中的重要伙伴，我这几年在文化上做的很多事情，其实都是在为我们共同的一个伟大事业做准备。

刘宏军的祖上是富平淡村人，和习近平是正宗同乡。如果你没见过刘宏军，那么你可以看看习近平，这两个人在长相上有那么几分相似，都是魁梧壮实的身材，都是方方正正的国字脸，都是薄薄的嘴唇，都是眯眯的眼。而且两个人站立的姿势几乎都有几分神似，昂头挺胸，自信挺立的样子。这种做派，你可以理解为霸道，你也可以理解为威武。我常常感叹，所谓一方水土养一方人，这一点，在祖上同出于富平淡村的习近平和刘宏军身上，体现得是多么强烈！

刘宏军出生在20世纪60年代后期，因为他父亲在三原县工作，所以他从小就离开故乡，跟随父亲到了三原。他高中毕业参军到了西藏，成为一名边防兵，后来因为酷爱文化，就被选到营部当文书。三四年在青藏高原生活，使刘宏军不但练就了一身胆识，而且，青藏高原崇高圣洁的佛教文化，使刘宏军的心灵受到洗礼，他成为一名笃信佛教主张大爱的人。

后来刘宏军转业回到三原，他没有去上班，却选择自己奋斗，创办公司，从建筑业做起，一直到房产开放。这十几年的奋斗，使刘宏军变得意志更加强大，佛教使他的灵魂更加纯洁。

我和刘宏军见面，是不可思议的命运机缘。我常常叹息，人的一生是一出大戏，而这出戏的剧本是谁写的？它的导演又是谁?每出戏的角色和演员又是谁定的,为什么常常把我们选为主角,而我们事先却并不知道?为什么这些戏不经过彩排,就直接开场?

我在2011年之前,做梦也想不到,我能和一个叫做刘宏军的人发生什么关系,而且能达到休戚相关生死相依的地步。

我从小生长在醴泉,醴泉是关中腹地,而关中是中国农业文明最重要的发源地。我们从小看到的是中国万年传统农业文明的结尾。一万年前燧人氏发明的火石,五千年前黄帝发明的木轮车,两千年前战国发明的铁犁和耧车,一千三百年前唐朝发明的筒车,八百年前黄道婆发明的织布机,还有人类在漫长的历史岁月中使用过的各种工具,我们从小都是见过并且会使用的。我们从小看到的是牛马欢腾,男耕女织的农业社会图景,这一切在我们心灵中留下的是如诗如画般的美好和勤劳朴实的厚重。虽然那时候,学校教给我们的是现代文明产生的科技,但是,耕读持家的农业传统在我们心灵深处挥之不去。后来,随着中国社会不断进入工业化,冒着黑烟丑陋的拖拉机代替了美丽强壮的牛和马,机器使一切都变得单调而没有诗意。中国一万年的传统农业文明逐渐看不到踪迹。

于是,人们开始怀旧,在工业烟尘制造的雾霾中再次渴望农业时代那如大海般湛蓝的天空;在跟随机器运转的快速节奏中怀念田野中农夫悠扬的歌声;在缜密的工业算计中怀念农业时代的淳朴与豪放。

"田园将芜胡不归。"工业时代带来的是我们一代人的精神疲惫和心灵的荒芜。而我们逐渐在都市中变得焦枯的心灵该到何处安身？

这时候，刘宏军来了，刘宏军也是一个崇尚天道而反感虚伪的人，当我主张找一块能使人民心灵安息的净土，能让万年人类脚步停驻其中，让人类历史上最纯净的灵魂栖息的地方，他也激动得彻夜难眠，于是，人类农业文明博览园的弘大计划就在我们心中喷薄而出。而这块净土，就选址在习近平主席的故乡富平淡村。

刘宏军的特点就是知行合一，当知融化于心，他的行动就开始了。他迅速在淡村荆川村规划征地，在这片黄帝当年铸鼎立国的地方勾画蓝图，不到一年时间，三千多亩地的手续完成。当刘宏军带着我来到这片处于荆山之麓漆沮河畔的神圣土地的时候，我不由得吟诵起《诗经》中的句子，"绵绵瓜瓞，民之初生，自土沮漆"。这里是民族真正的根，它也应该成为民族永远的根。

此后是博览园宏大的规划设计，我在冥冥中获得八个字"感应天地，耕耘自然"。一切都围绕这八个字设计。农业是人类千万年对天地的感应和认知，而人类就是在天地之间耕耘，才孕育了伟大的人类文明。

我和刘宏军怀着虔诚之心，按照《周礼》礼制，从黄河、长江取来圣水，从五方采撷圣土、圣酒和五谷，雕刻猪、牛、羊三牲，收藏儒、释、道三教经典。把这一切圣物奉献给苍天和大地，同时把我们的心也奉献给苍天和大地。只求苍天和大地所有的神祇，护佑我们心中这个最美好崇高的梦想。

2014年3月15日,荆山人类农业文明博览园奠基仪式隆重举行,同时首届荆山人类农业文明学术交流大会召开,来自全国各地的专家学者和四方乡邻齐聚一堂,锣鼓震天而响,春雷撼地而动。我望着宏军伫立在朝阳之中,太阳将她的温暖深情地敷载在他的身上,他的神情是那样坚定而有力。我在心底感叹说:"这就是黄土地的儿子,厚德载物的大地之子。"

此后,刘宏军又北上京城,南下上海,探求文化的真谛。

这一次,当玉成小组要展开真爱之旅的时候,我首先把这个计划告诉了宏军,宏军自然高兴万分,但是,他去上海的计划不能改变,他在遗憾中捐献了善款,只能托我带去他对贫困者的心意。

刘步层是主动打电话给我要我带上他的心意的。他是西安民营商贸协会会长、西安大步实业有限公司董事长。

终南山山高水曲。山高,人就硬;水曲,人就灵;刘步层是终南山下生长的,也就具备了终南山的品质,硬,灵。硬者耿介,灵者多才。

终南山下有一个古村叫余下。一千年前,曾有一个出自异族突厥的皇帝李克用在这里下过马,所以当时的官员就把这块山清水秀的地方,命名为"御下",可能是后人为了写着方便吧,就把它写作"余下"了。刘步层就出生在这个叫做余下的地方。

刘步层的祖父叫刘保堂,是前清的秀才,前清的秀才到了民国、共和国时代,就显得落魄,就显得不合时宜。他不热衷各种斗争的口号和运动,却把一门心思用在给子孙传播他心中的道义上,于是,刘步层这个孙子辈中看着有灵秀气的,就成了爷爷戒尺管教的对象,刘步层也在爷爷的戒尺下,开始周吴郑王地呀呀学语,开始横平竖直地练习写字。刘步层的名字是他爷爷取的,一步一层,层层向上。后来,他果然也就一步一层,层层向上了,爷爷戒尺下传播的文化,使他走到哪里都显得卓越不群,他当兵,提干,当军代表,总军代表,一步一层,直至师级大校。

戒尺传播的不光是技巧,还有道义。刘步层从军,不忘为国尽忠,他退休了,也在为国分忧。他办企业,取名"大步实业"。我诠释为"大者德隆,步者高远。"德隆指刘步层的人品,他帮扶贫困,急人所难,因而德隆。高远指刘步层的志向,他不缺权位,不缺银子花,却在几近花甲之年带着几十个年轻人创业,他的企业目标就是让员工富裕。人至老而不歇,其志向不可不谓高远也。

刘步层是至孝之人,他如今已近花甲之年,常常讲起爷爷、父母都深情款款。我曾与刘步层饮酒至酣,我说起我为九旬老母祝寿,刘步层竟大哭说我有老母可孝敬,而他却没有。说完竟至嚎啕,其情惹人下泪,催人动容。

刘步层的书法,得其祖父启蒙,后来又拜书家杜毓成为师,所以他写的字就在古风之中带着时尚,他写字如终南山溪,顺势而下,清澈流淌,任性挥洒,把一个行草写得自然流畅,有奔向大海,一往无前之势。而且字中又有山石的挺拔和力度,铿锵有力,叩之得声。

刘步层在文字方面也颇有造诣,他的文章、书法都常见诸报端,有"军旅爱心书法家"的称号。

这一次，刘步层要带着他们公司的张妍主任一起去献爱心，但是，天不成全其美，两个人同时重感冒，无法成行了。

因患感冒无法成行的还有薛平，阳羡文化传播公司的总经理。我和这个敦实厚重的年轻人过去交往不多，因为纪念于右任先生的冥诞，我在读了他撰写的五篇祭文后，才知道他也是一路文化猛匠。他在我们临出发的前夜高烧不退，只能派他的司机小倪送来他的心意。

去不了的还有书法家姚喜荣，他帮着我们给老人和孩子们，买好所有的礼品，但是，他因为上班，也无法成行。

在西安城南，南二环附近，你经常会看到一个头发花白的半大老头，冬天操着手，夏天手背后，眼睛咪咪的，脸上一脸坏笑，斜肩再挎着一个小包包，包包里装着写书法的笔，盖章的印，走路的时候，包包在屁股上 跳一跳的，你不用问，这人一定是书法家姚喜荣了。

西安写书法的人很多，圈子很大，姚喜荣在这个圈子很不显山露水。每次，弟兄们聚在一起写字，都是爱张扬的先写，边写边自我欣赏，姚喜荣这时候都会站在一边斜着身子，眨着眼睛，一脸坏笑地看着。等别人都写完了，就喊："老姚，来一个。"这时候姚喜荣继续坏笑着，上桌、铺纸，随便捡一根毛笔，捏在毛笔杆的顶尖上，一笔一划地开写，这时候，周围的人一般都不再吱声了，都会心里叹服，姚喜荣的字，好！

姚喜荣是陕西凤翔人，凤翔是古雍州地盘，文化底子深厚。在凤翔，只要家里能吃饱饭的，都会让娃读书学礼。村里随便一个老汉，都能写一手好字。所以，姚喜荣从小耳濡目染的都是大周文化的底蕴，后来当兵提干，靠的就是这文化底蕴。再后来，姚喜荣转业到西安市国税局，就一边为国家征税，一边认真写字，他学过王羲之，临过颜真卿，逐渐的，姚喜荣的字就写出自己的风格了。姚喜荣的书法，上接古风，下陈个性，潇洒飘逸中含着书香，笔画灵动间透着凝重。乍看行云流水，细瞧梅骨傲风。

如果你再看见这个坏笑着的老头在街上走，别忘了让他给你写字吆！

我的中学女同学、西安石油大学的教师李哲是最叫人遗憾的，她在我们的车队出发的那天早晨三点就开始行动，六点钟赶到出发地，但是她几个月咳嗽不止，最后，我害怕她旅途病情加重，影响小组行程，才劝她终止的。

还有一个最重要的人物无法出场，我在此先不说。

十、出发

一切都准备就绪，我就联系了我大学时期的同学康麟，请他寻求资助对象，因为他是汉中民政局的副局长，是政府专门负责扶贫的官员，很快，康麟回短讯，把我们奉献爱心的地方选择在位于陕、甘、川三省交界地带的陕西宁强县遭受地震破坏最严重的安乐河乡。

1月23日，出发的前一天，各路爱心捐赠物资和资金集中起来，我带着张海英、美男子王平军、书法家姚喜荣在西安四处采购爱心礼品。漂亮嫂子费荣最有心机,她给每个老人都买了一台收音机,给每个孩子都买了一套水彩笔。书法家姚喜荣、王雨涝都写了几十副春联,艳哥把经过佛教大师开光的红纸拿出来,写了几十张福字,他要给大家送"艳福"去。

1日24日黎明时分,各路爱心人士开始聚集在西安的含光路上,爱心旅途开始了。

我们的车队离开西安的时候,天还尚黑,空气中的水汽很浓,似乎随时都可能下雪,当我们穿过秦岭隧道,天空开始放亮,细小的雪花飘飘洒洒下起来,我们顺着高速公路,在秦岭中穿梭。望着秦岭起伏绵延,高大雄伟,我在心里吟诵起我自己的句子:"苍茫葱茏而高挺,巍峨俊秀而东延。似壁直立屏西北,如垣拔起阻西南。山高万仞,苍鹰欲越久盘旋,壁立千峰,白云将穿常回环。上接苍天之灵,老子在此说道德,下连人地之气,石岗在此悟佛禅。太白惊呼,危乎高焉!"

我和觅汀兄同乘巍巍雪白的Q5,觅汀兄驾车,巍巍在他身旁似鸟儿一般欢唱,而坐在后排我身边的女高音李倩,像一只冬眠的虫子,排除各种困难,奋勇酣睡。

我们在欢歌中到达汉中服务区,我的同学康麟副局长早早等候在那里,后面的行程由他带领,此时,天空彻底明亮起来,汉中的天是那么的晴朗湛蓝。

经过五个小时行程,我们穿过秦岭,跨过汉江,越过嘉陵江大峡谷,终于来到巴山深处的宁强安乐河乡。

十一、泪水与欢喜

我们到达位于山间公路旁的安乐河乡的时候，乡政府负责的同志早早在那里等着我们。他们安排我们去看望居住在公路边的几户贫困人家。我们发现，在大地震之后，灾区的房子在国家资助下，都盖起了崭新的楼房，只有个别家庭，因为残疾或者其他原因，没有能力盖起新房，而我们的爱心对象，正好是这几户残疾之家。

当我们把我们的捐赠送到这些人家手里的时候，他们都非常幸福地憨笑。他们对我们这些来自都市的爱心人士并不感到吃惊，只是友好地迎接，我猜测这可能是政府民政部门经常救助的结果。他们都非常热情好客，请我们进屋，发烟给我们抽，当艳哥把红红大大的"福"字送到他们手里，我大声说："艳福到了。"他们都欢笑起来。

美男子负彦星的儿子天才少年负诏益，把爱心捐赠送到一个美丽的小姑娘手里，小姑娘非常羞涩，而负诏益却像一个大人一般关心的看着她，我们这些老人看着可爱的两个孩子，心中的陶醉无以言表。

乡政府将其他十多个贫困家庭的老人和孩子召集在乡政府大院里，我按照乡政府提供的名单，一个个召唤他们的名字，就会有人高兴地跑出来，来接受我们的礼品和红包，他们非常喜悦，嘴里不停说："感谢党，感谢政府。"我们也很高兴，我们能把自己的爱,变作山区百姓对政府的感激,也算是为国分忧吧。

　　一切都是那样的亲情融融,那样的和谐美好。一个山里汉子用无手的胳膊,夹住我们的礼物,他长满胡茬的脸上竟然挂着泪水,泪水下的脸上却是笑容充盈。我知道他的感激来自心灵深处,喜极而泣是人类最高的幸福状态。几个坐着轮椅的老人过来了,我们把一大堆礼品放在他的轮椅上,那轮椅就无法用手推动,老人一动,礼品就会掉下来,细心的张海英和漂亮嫂子费荣又一件件给老人们放置好,老人就对着她大声道谢。张海英竟然陶醉在幸福里,她差一点就依偎在老人身上。西斌、觅汀、雨涝、艳旗、卫力、彦星还有平军这几个大男人关键时刻一点都派不上用场,只会高兴地到处跑,拿着手机拍照,还是女人们可爱,艳嫂、漂亮嫂子费荣、海英还有魏巍、李倩把一件件礼品整理得井井有条,我们分发的时候,一点也不乱。此时的阳光愈发的明媚,每个人脸上的幸福是那么的爽朗。

　　一个多小时,礼品分发完毕,老人和孩子都不愿意离去,他们要送我们返回,我们从乡政府出来,他们依然在那里长久地挥手致意。觅汀兄说:"再见,我们还会再来。"

十二、青木川的邪恶

　　我们返回的路线改变成穿过青木川镇直接进入甘肃,折而进入四川,从四川绵阳再回到陕西,返回汉中。这是一条一路走三省的行程,也给了我们游览这几年被炒得惹火的青木川古镇的机会。

青木川处于陕西最西南端。我们曾发现,陕西行政图的形状酷似一个跪倒在地面向西北拱手行礼的兵马俑,而青木川就位于这个兵马俑跪倒的膝盖处,它是一个长方形的长条,伸进甘、川两省。

我们驱车几十公里,来到青木川。这是一个山环水绕的小盆地,四周被大山环抱,中间的盆地上是这几年修建起来的仿古街。整个镇子古香古色,建筑风格颇具南方风韵,青石铺道,水绕修竹,檐牙高啄,很有一番情调。

汉中民政局副局长康麟告诉我,这个地方自古是关中通往四川的咽喉要道,也是重要商道。三国时期,魏国名将邓艾攻灭蜀国,就是从青木川南下的;明末反军李自成也是由青木川攻入四川青川县的。民国时期,国共两党军队长期在青木川交战。因为政乱匪患,地僻人杂,官府无力统治,乱世中,成就了一个叫做魏辅唐的恶棍。我们今天参观的主要景点,就是魏辅唐的宅院和商铺。

魏辅唐的宅院坐落在盆地靠西边的一个地势稍高的台地上,分为老宅和新宅相连的两处。两处宅院风格相似,都是三进两层,这和我们在其他地方看到的民国土豪住宅没有太大的区别。康麟请了一个据说是魏辅唐孙子媳妇的年轻女子给我们讲解,她津津乐道的是宅院的风水和魏辅唐所娶的六房姨太太,而且更炫耀魏辅唐在管理六房姨太太时的先进经验,并且号召大家学习。我听得不由得笑出声来,心里说,这样的经验,以后除了贪官，我们这些人恐怕是不大能用得上了。此后，我们还参观了魏辅唐开设的大烟馆和妓院，都是奢华异常充满邪恶的地方。

据介绍，魏辅唐本来是贫苦农民出身，因了狠毒，就杀死当时民团团长魏正先而掌握了当地大权，据说这个魏正先还是魏辅唐的叔叔。这个杀亲夺权的恶棍后来靠种植罂粟，贩卖鸦片发家，就购买枪支，私养家丁，最多的时候竟然拥有上千人的武装，俨然就是一个土皇上。他长期周旋于川陕边境地方武装头目之间，形成了强大的武装集团，共同雄踞宁西一隅，长达二十多年。魏辅唐横征暴敛，独霸专行，游离于政府管治之外。但是正像有人说的那样，一个人做点坏事并不难，难的是一辈子只做坏事，不做一件好事。据说魏辅唐也做过几件好事，他虽然种植大烟，自己却不抽，也不允许部下抽，只让大烟去为害他乡；他还重视文化，办中学，办剧社，送乡里贫困孩子出去念书。我分析，他办剧社无非是为自己享乐而用；他办中学并派人去山外上学，也无非是为自己对青木川的统治培养人才。这几件事，从他自己的出发点来讲，也算不得什么好事。而当地在民国末期曾经很繁华，有洋行、商户、茶馆、酒店……这一切无非是魏辅唐巧取资金的手段而已。

1949年12月，共产党开始在这块偏远山区建立政权，魏辅唐遇到了更加暴烈的势力，他只能带队携枪投诚；1952年，共产党的铁拳再次砸向这里，被定为恶霸土匪的魏辅唐被敲头，枪毙地点就在魏辅唐所建的辅仁中学操场里。

魏辅唐的历史让我觉得震惊，一个小小的农村恶棍，通过二十年时间，就能把人的自私与邪恶发展到极致。

在中国历史文化中，一直有两种文化存在，一种是以孔子为代表的大公文化，一种是皇帝和各地地主为代表的自私文化。大公文化主张"大道之行，天下为公"。自私文化讲究"人不为己，天诛地灭"。

《礼记·礼运》记载：有一次，孔子参加鲁国的祭典。祭典结束，他出来在宗庙门外的楼台上长声叹息。言偃在他身边问道："老师为什么叹息？"孔子回答说："太平盛世以及夏、商、周三代英明君王当政的时代，我孔丘都没有赶上，我对它们心向往之。"

孔子接着解释说："太平盛世的时代，天下是人们共有的。把品德高尚的人选拔出来治理天下，人们之间讲究诚信，气氛和睦。所以人们不只把自己的父母当作父母，不只把自己的儿女当作儿女。这样使老年人能够安享天年，使壮年人有贡献才力的地方，使年幼的人能得到良好的教育成长，使老而无妻的人、老而无夫的人、幼年丧父的孩子、老而无子的人和残废的人都能得到供养。男子各尽自己的职责，女子各有自己的夫家。人们不愿让财物委弃于无用之地，但不一定要收藏在自己家里。人们都愿意为公众之事竭尽全力，但不一定是为了自己牟取私利。这样一来，阴谋诡计被抑制而不会发生，劫夺偷盗杀人越货的坏事不会发生，家家户户都不用关大门，这就叫做大同社会。"

孔子接着批评自私文化说："如今太平盛世已经消逝了，天下成了一家一姓的财产。人们只把自己的亲人当作亲人，把自己的儿女当作儿女，财物和劳力都为私人拥有。诸侯天子们的权力变成了世袭的，并成为名正言顺的礼制，修建城郭沟池作为坚固的防守。"

孔子对大公文化的敬仰和对大道之行的描述，正是中国千百年来读书人，也就是士人追求的崇高目标。孔子大公文化的思想是建立在天地无私奉献，人中圣杰无私无畏的基础上获得的。

而中国农业文化是一种建立在血缘关系基础上的亲情文化，他是只对由同一血缘组成的家族负责的自私文化，自私文化只对同宗同族讲求仁爱，而对于血缘之外的任何人都冷酷排斥。所以，在中国文化史上，大公文化和自私文化始终是对立的两极。而孔子一生致力的就是光大大公文化，但是，农业文明条件下，大公在自私面前，显得是多么力弱无助。

孔子的天下为公的主张，只有到了毛泽东时代，才开始有了可行性。毛泽东用国家政权而不是游说说教的方式，彻底摧毁了自私文化产生的土壤，让自私文化的根基，也就是农业文明中的土地私有从根本上被毁灭根除，让林立在各地的像魏辅唐那样的家族势力灰飞烟灭。这才使出自小农经济的人的自私性无所依附。

我们在讲中国传统文化的时候，必须区别以孔子为代表的大公文化和以皇帝、各地地主为代表的自私文化，才能分清什么是我们民族文化的精华，什么是其糟粕。

魏辅唐自然是自私文化的代表，他是邪恶的。

我们一行献爱心的举动，自然是孔子大公文化的实践。

离开青木川的时候，天已经完全黑下来，我们的车队也急急上路，此时，大巴山已经完全隐没在黑夜中，只有我们车前的灯光，照亮我们的眼睛，路引导着我们的方向。

其实，我们这次活动是不完美的，是一出没有主角的戏，不知你注意到没有？在我关于爱心活动的记述中，始终没有提到一个人，那就是我们玉成小组的灵魂人物周玉成，因为他在我们出发的前一天去了海南。

爱之路还在延伸。

2015年2月5日星期四于西安含光书屋

增旺画画

男人在这世界上混,无非是情理两个字。男人前半生大多被情所困,癫癫狂狂不知所终。到了年龄长些,情退去了,就懂些事了,开始入理。至于理入得深浅,那要看各人造化,有慧根的,懂些大道,没慧根的,也就在皮毛上转转。最愚蠢的就是老了依然沉湎于情,做些荒唐不经的事情。

增旺姓卢,卢俊义的卢。卢姓出自姜姓,是炎帝后裔。中国人无非来自炎黄两支,黄帝的后代大多是政治家,有心计,喜欢倒背双手,而炎帝的后代崇尚技艺,低头工作,仰脸看人,但是,心中的孤傲也不是倒背着手的那些人能理解的。

增旺就是低头工作,心中孤傲的那种。我和增旺交往三十多年,从不见他仰脸望天,却总能看见他低头做出一些叫人惊绝的事。

增旺和我是高中同学,我们都出自醴泉,醴泉这个地方水硬,喝在嘴里发苦发咸,所以人的脾气也硬,也发苦发咸。醴泉过去苦焦,缺吃少穿的,增旺家里兄弟多,那就更苦些,兄弟几个可能要穿条新裤子都难，所以，兄弟几个都闷着头读书，从不仰脸看天，说起话来也没好气，你说一句他顶你三句，而且脸上从来不带表情，让你辨不清到底是苦还是咸。

增旺最后把书念成了，他考上西安建筑设计学院，毕业后成了一名建筑设计师。从这时候开始，增旺那张没有表情的脸上才多了些笑容，但是，依然说话生硬。增旺是乡下来的，见不得别人瞧不起农民，听不得谁说乡下不好。有一次，一个半吊子说秦腔不好听，农村人才听，就被增旺砸了一墨水瓶子。增旺过后也后悔，人各有喜好，何苦管人家呢？后悔了几天，于是，增旺就变得随和了许多，但是，依然改不了顶嘴的毛病，有人说他读了一本《史记》，增旺就说那他就去读"硬背"，醴泉话把"史记"读作"死记"，增旺就用"硬背"回应，顶得那个想炫耀一下学问的人，除了傻笑，就说不出话来。

在单位上班，增旺常常顶得领导心疼，他就下决心自己干，于是，他把领导饶了，自己搞建筑设计公司，过了十几年，增旺说钱再不说万了，而说亿。

我在文章开头说了，男人有点岁数，就懂些理了。而增旺入理，是从佛教开始。他学佛三四年，脸上的那种孤倨之气就消失了，而变得颇有些禅味。增旺在西安南二环边自己开发的房子顶上，占了一层，盖上屋舍茅阁，置办木杌柴几，买来瓦瓮鱼缸，他要把达摩面壁的地方，在闹市中重造一个。于是，增旺就常在楼顶上，脚下不知踩着多少为生活奔忙上班的人，他在那里读经、练拳、品茗、悟道。

前年，增旺突然开始画画，他用微信给我发了几张照片，让我有些吃惊。微信里看画，图片太小，看不端详，只见他一会儿一张美人春卧，一会儿一张钟馗驱鬼，看得我一惊一乍。我心里说这怂人，真神了，弄啥成啥。我赶忙跑到增旺的楼顶去看，只见增旺那些画都画在巴掌大的图纸上，我心里就笑了，看来还是外行走路，入不得门。谁也想不到，增旺今年又喊我去看画，我望着那一张张画在四尺宣纸上的画，还真叫人动心。

我记得苏轼曾说过，画画最难的不是画形，而是画理。苏轼说"至于其理，非高人逸士不能辩"。要"合于天造，厌于人意，盖达士之所寓也欤"？增旺画画，因为时日不多，其形尚且稚嫩，线条尚且粗疏，但是理却隐含其中，这可能得益于他日渐精进的佛学，也得益于他曾在这个世界上几十年酸甜苦辣的经历吧！

前天增旺对我说，前几年他想移民到澳大利亚，这几年他才发现，世界上就西安好，西安这地方有情有理，合乎大道。我没有接他的话，这怂人你哪句没说好，又让他顶一下。

2015年7月14日星期二于含光书屋

董阳的魔法

西方人是最善于无中生有的，他们经常靠想象创造各种奇奇怪怪的事情，传说中的魔法师，就是他们创造的一个既叫人痴迷又叫人恐惧的现象。

我是在三十年前就认识董扬的，那时候，当我看见他第一眼，我就想起了意大利《奥兰多》里的魔法师了。

那可能是1984年吧，咸阳作家程海约我到乾县去看乾陵，我们从乾陵下来的时候已经是黄昏时分，程海突然说，咱们去看看大修厂的老董，我那时候在师大上学，此时正是暑假，就跟着程海瞎球转，程海说到那里，我一般都跟到那里。于是，我们在天乍黑的时候，进了乾县大修厂的大门。

程海一进大门，就扯着嗓子大喊，老董老董地叫。他这一叫不要紧，只见靠西边一排平房的一个房子门打开了，从门里射出一道灯光，接着，一个瘦削的剪影也被灯光衬托出来，我眨了几下眼，才看清，出来的是一个三十多岁的男人，瘦骨嶙峋的，头发长长地披在肩上，腰有些微驼，戴一副眼镜，穿一个白色的背心。他一出声,我就迅速想起我那时候最痴迷的《奥兰多》里的魔法师了。他说,程海,来了?快进来。他的声音是那种低沉沙哑,不是发自口腔,而是发自气管的声音,这也是魔法师标准的声音。在西方,魔法师必须具备几个基本特点,长相清瘦,身材微驼,长发纷披,声音沙哑,这几个外在的特点,这个被称为老董的人都具备了。

我跟着程海,进了老董的房间,四周一看,就更加确定老董是一个魔法师了。老董的房间很乱,顺着墙放一张被子凌乱的床、几块奇奇怪怪的石头、几个放颜料的瓶瓶、几张画画的宣纸和一张破旧的老桌,老桌上放了许多细长的刀,大大小小地排成一排。我那时候正是青春年少的时期,好奇心极强,就迅速被老董房子各种与众不同的玩意吸引住,而没有关心那天老董和程海都说些什么,我隐隐约约记得,程海好像在练书法,想让老董给他刻上一方印章,老董为人十分低调谦和,就用沙哑的声音答应了。我记得我们从老董房子出来,程海拍拍胸脯,很牛逼地说,老董叫董扬,是个搞篆刻的。他程海和董扬、西安美院的孙耀盛,是乾县三大艺术家,他安排老董刻章子,老董就不敢不答应。我知道程海爱吹牛,也就没往心里去。这件事情一晃就过去了三十年。

离开乾县,董扬和他的那些刀子却在我心底留下了印记,时不时还会想起。每当我再去读西方古代文化,看到那些魔法师,偶然还会想起董扬。

在西方传说中,魔法师一般都具有超自然的能力,他们能够骑着某种普通的东西在空中飞翔；他们也精通咒语，把魔法施在某个漂亮的女人身上，而把她变做自己的妻子或者仆人；或者通过魔术变出自己喜欢的东西来；有时候也会点石成金，把不值钱的破烂，变成财宝。

2014年冬天，我在西安再次见到董扬的时候，我吃惊得差点叫出声来，董扬就是一个潜伏在西安的魔法师。

那天，西安城中飘着雪花，世界显得很迷乱，行人、车辆都在这一片迷乱中慌乱地穿行。晚上，书法家写大篆的王艳旗约了饭局，董扬就突然出现在饭局上，而且，在他身后，还藏着一个大美女。

在饭局上，当董扬一进门，我一眯我的关公眼，就认出眼前这个戴着眼镜，眼睛小得几乎不用睁开的人就是三十年前的老董。董扬和三十年前比，身材依然微驼，声音依然沙哑，但是却不见老，他的精神比以前更加健硕，气质穿戴也脱去了上个世纪人们普遍都有的寒酸，已经显现出文化大气。而他身后的女人，据他自己介绍是他的老婆，却年轻美艳得叫人斜目。我的神呀，这个老董又在施展什么魔法，攫取了财富，蛊惑了美女？

美男子王艳旗是我文章中常常出现的人物，我一直看好他会成为我们陕西未来写大篆的大家。我们陕西写大篆的大家都在纷纷老去，这一块阵地上需要一个旗帜，而艳旗本身就是一面艳旗。王艳旗那天是饭局的东家，他出面介绍说，董扬是西安地面上又一路神仙，一个大书画家、大篆刻家。我心里补充说，还是个善于给美女施魔法的大魔法师吧？

我那天一面应付酒局，就一面观察董扬和他的美艳妻子，想破解这其中的魔局。我故意端着酒，离开座椅，直奔董扬和他的美艳妻子而去。高人破解人的内心，都是通过逼视对方的眼睛，看出心灵深处的隐私。而董扬的眼睛，小得针扎不进，再加上一副眼镜遮住，就让你无从入眼。倒是他的美艳妻子却眼大如铃，眉弯如蛾，脸似皓月，一副凛然正义的样子，似乎丝毫没有什么隐私怕你窥破了。我用我的关公眼使劲逼视她，可能也因为我的眼也小，光也不十分充足，她倒没有丝毫怯意。反倒是我因为目力不济而退下场来。

酒局散了，美男子王艳旗招呼大家去董扬家做客。我也正好想窥视魔法师的巢穴，就爽快答应了。一出酒店大门，我就注意，看看董扬会不会像真正的魔法师那样，突然从腰间拿出一把笤帚，然后骑上去飞翔。但是，很令我失望，他不但没有拿出笤帚，而且行走的步伐比我还慢几分。路上，我和董扬的美艳妻子同行，才知道，她叫金卉，曾经是一位电视台的主持人。我问，董扬用什么魔法把你这样一位美女猎获到手。金卉说，董扬除了真情，没有别的。她说她当年大病一场，人已变得失了人形，是董扬无丝毫嫌弃，全心全意给她治病，给她无限爱意，她才觉得董扬可靠，才嫁给董扬。

我知道被施了魔法的人，一般都不自知，而且还对魔法师产生依恋，我就不再说话。

董扬的家在西安南二环边上的一栋居民楼里，一进屋子，迅速就感觉像进了艺术博物馆一样，墙上挂着的是董扬自己创作的字画，地上摆着的是董扬从民间搜罗的石刻，这个家和董扬三十年前在乾县的家已经是两种不同的气象了。魔法师研究咒语和魔法的城堡也变成艺术殿堂了。

后来，领我来的王艳旗走了，而我却留下了，因为我要探究董扬身份的好奇心还没有满足，就留下和董扬夫妇品茗闲聊。我们有一句没一句的扯闲话，我总是把话题给董扬的经历上引，而董扬却刻意在回避他的过去。也就在这散散淡淡的话语中，我听出来了，在那一次我和程海造访他之后，在此后的三十年里，他人生经历过常人难以承受的苦难，而他的苦难在我听来惊心动魄，而董扬讲起来却漫不经心，我知道，董扬在自己亲身经历的苦难中所参悟的人生，比我们这些只从书本上读到的要深刻得多，要痛彻得多。

董扬的话题最后归于艺术，我一幅幅观看董扬的画和书法。他的每一幅画，都画得拙中见巧，豪中见密。董扬在经历了苦难之后，他去了北京，他可能有意逃避咸阳这座曾给他带来伤心的城市，也可能对邪恶的人性彻底失望了，他就把自己的生命全部融入艺术中去。他上了清华大学第一届当代艺术研究生班，认真研磨齐白石和吴昌硕的画，把大师的精神融入到自己的生命中。我看见董扬的书法，也是在大气中讲究技法。董扬的书画，已经不是工匠般的雕琢了，而是天地人生的真实意向，在外表的残缺拙朴中求得意向的至美。

看完书画，我还是忘不了三十年前我看见的那些刀子，我觉得那些东西才是董扬真正的魔法棒，才是他点石成金的真正道具,董扬只好拿出了他的刀子和那些在刀下变成艺术的石头。董扬将自己作品摆在桌上,我看着这一方方印章,心灵更觉震撼。石头本来是没有生命的,它的存在,或处于高山,或处于河流,或处于田野,都是那么无意识,那么散漫,那么缺少灵性,只有经过人类灵性的渗透,它才变得灵光四射。董扬的篆刻是他把自己的心性,赋予刀尖,刻于石上,而让石头变成他写情达意的手段。这方渗透着一个人个性与情感的作品,才有故事,才有存在的价值。董扬不愧是闻名世界的西泠印社社员,他让西泠印社的传说变得更加久远而生动。

离开董扬,已是子夜,我走出大门,屋外雪花还在飞舞,在灯光下莹莹闪光。我走得老远了,身后突然传来一阵声音,董扬在黑夜里喊,慢慢走,再来!那一声发自气管的低哑嗓音让我打了一个寒颤,我回过头,在夜色里已经看不见董扬和他美艳的妻子金卉了,四处一片迷茫。我吃惊地问自己,今晚的这一切都是真的吗?这是不是魔法师设下的谜局呢?

2015年3月30日星期一于西安含光书屋

灵 醒

一

我的这一篇文章是要写一个人,这个人叫杨帆。

我和杨帆交往已经五年,彼此太熟了,我曾经说过,写文章尽量不写熟人,熟人不好下手,这就像画画,大写意好画,工笔难描。人熟了,了解太多,反倒容易被感情迷惑住,特别是像杨帆这样的人,最是难以描述的。

我第一次见到杨帆的时候,是在2010年初夏,那时候我在翠华山上修道,通过西部和谐网总裁李家敏介绍,我和杨帆在西安高新区我的办公室见面了。那天,我就接二连三地犯错误。

杨帆走进我的办公室,我就看见一个文文气气的有几分书生模样的中年人走进来,他那时候是陕西建设厅下属的一个学校的副校长,文文气气那是符合他的身份的,他戴着眼镜,说话不温不火,脸上显露的是谦和之色。但是他一说话,却把我吓一跳。

他说:"兄弟你猜,哥今年多大了?"

中国社会就是一个大江湖，喜欢称兄道弟，几个男人第一次相识，先按年龄排一回座次，年龄大的为长，理应受到礼遇，所以初次相遇先问年龄，这是必须的。问题是杨帆不按常规出牌，一般情况都是先问对方年龄，这杨帆却让我猜他的年龄，这就搞得有点乱。我看了看杨帆的脸，那是一张说丑不丑，说英俊那是不可能的脸，额头窄小凸出，这种头型在关中被称为"軬颅"。"軬"读作"奔"，就是车上的雨棚，"颅"就是颅骨，额颅突出得能遮住雨，这多牛逼呀! 所以，我们小时候常唱一首儿歌，"軬颅軬颅，下雨不愁，人家打伞，我有軬颅"。这杨帆就有一个軬颅，但是，他的軬颅不大，估计遮不住雨，下雨还得打伞。他的軬颅下深陷的双眼隐在眼镜后面，眼光真诚含着笑意，眼角虽然没有多少皱纹，但是皮肤已不光滑，微笑的嘴角微微下垂着，我心里就有数了，这是一张年过半百的脸。只要把脸的年龄看准了，那身体的其他部位，比脸的年龄差不了几分钟，因为，脸先出生，别的地方那是紧跟着的。但是，按照目前社会风气，你在猜别人年龄的时候，一般都要说小十岁左右，好让对方觉得他年轻，还可以再折腾胡来，还可以再做些出格的事情。我就回答说："四十出头。"

杨帆果然就笑了，很开心，说："你再猜，我老婆多大了? "

这杨帆出牌是不是太乱了? 他一个人来的，又没带着老婆，我怎么就能猜出来他老婆多大了呢? 这就像打牌，第一张出大王，第二张出小王，让别人全部招架不住。我只好笑着摇头。

杨帆见把我考住了，就很得意，脸上的表情从微笑转成欣喜。他接着从他提着的包里摸出来一本书，很认真地对我说：

"哥今年五十多了,哥是五五年生,但是,你嫂子是80后,不到三十,是个美女,这一本书,是哥写的,里面记录的是我们两个人的恋爱史,甚至连那个啥都写着。哥送给你一本。"

我当时脑子就蒙住了,我不知道该怎样感激杨帆,一个刚刚谋面的人,就那样心胸豁达,先告诉你他的私情,再送你一本记载他私情的书,这是何等的坦荡呀!这样的人怎么可以不交成好朋友呢?

我于是诚惶诚恐,双手把杨帆的书接过来,还让他签字题名。并邀请他到翠华山上参观访问。杨帆都答应了。

后来时间长了,我才知道,那是杨帆设计好的套路,他每次见生人,都要先把人馋两下,先说他的80后美妻,再拿出一本书。两张王牌打出去,一般人都要弯下腰来。

此后我就中了杨帆的招。为了看杨帆和他的80后美妻是怎样发展起来的,又是怎样那个啥的,我就在夜里捧着杨帆送给我的那本书阅读。杨帆的书用的纸太白,在灯下反光,我那时候正是四十七八两眼发花的年龄,那书就照耀得我的眼更花了。我要强调,我本人并不怎么花,只是眼花,眼花看不清字,为了不反光,我就把我父亲留给我的清朝的黑墨石头眼睛戴上,眯着眼彻夜看,三四天后,杨帆的书读完了,我才发现,我是彻底上当了,杨帆的书里,记载的是他人生的生命感悟,并不怎么花,也没有写那个啥。

读完杨帆的感悟,我对生命也有了新的感悟。我的感悟就是生命是多么难以感悟呀!

当杨帆走进我的办公室的时候,我判断,这是一个文文气气循规蹈矩的人,但是,杨帆的书却告诉我,他可以不顾世俗,娶

80后的女人。杨帆平常朴实的外表告诉我,他应该亦步亦趋,人云亦云,但是杨帆的书却告诉我,他的生命旅程是多么的艰辛和富有风采。当我觉得杨帆离经叛道,不守礼法的时候,他的书却告诉我,他内心是多么虔诚于宗教和大道。

这就是人,这就是生命,生命是多么难以感悟呀!

二

应我的邀请,杨帆过了不久就带着他的班子,来翠华山考察了,他的班子成员有:比杨帆年龄还小的丈母娘、他的80后美妻、他的一岁多的儿子。杨帆胸前挂了一部照相机很威风地走在前面,丈母娘抱着外孙子紧紧跟着,80后美妻前后照应。这个队伍是不是要到西天取经呀?我看有点像。

那天,我陪着杨帆一行,上山,吃饭,唱歌,很是其乐融融。那时候是清明节,我还即席赋诗一首,说"翠华山上春来迟,玉兰海棠发几枝,喜鹊杜鹃梁上过,兄弟把酒清明时"。

在唱歌的时候,杨帆的80后美妻唱了一段"我是一只你前世的狐",把我唱得一惊一乍,我才彻底理解了,当你遇上前世就爱你的狐,那你今世再怎样折腾,那是逃不出狐掌的。这就像许仙和白素贞,许仙一生糊里糊涂,被一条白蛇玩于身下,我只能说玩于身下,因为蛇没有手掌,她无法玩许仙于掌中,只能在身下,而狐狸就不同了,她是可以玩于掌中的。

此后,杨帆就和我成了要好的朋友,杨帆在工作之余四处旅行，修心求道，并把修心求道的感悟写出来，他的书就一本一本出，三四个年头，竟出了五本书。这一次，杨帆要把这几年写的书中的精品挑出来，出一个集子，就托我写一个序。这就把我难坏了，我刚才说过，写文章最怕写熟人，但是，杨帆说，这个序言非我写不可。

杨帆其实不了解，我是一个很二的人，写序无非是想让我夸你写得好，但是我是不会轻易说谁好的。我看问题，从来都看本质，从本质上来看杨帆，就得把杨帆还原到不同的年龄段，再结合那个时代的特征来研究。我估计，杨帆读这篇文章，会不断流汗。他这会儿可能边擦汗边说，兄弟，求求你，别写了。

但是，开弓没有回头箭，这一篇文章那是非写下去不可的。

三

今早，一个电话把我从梦中吵起来，我估计是我的同学晕艳星，他的特点就是在我洗头，把头刚伸进盆子里，或者上厕所腾不出手来的时候，就会给我打电话，拿过手机一看，果然就是艳星，他第一句话就问我，灵醒了吗？我说，灵醒了。

我们西北人的语言，直接继承着远古，比如说，当一个人从昏睡中醒来，我们会说这个人"灵醒"了。当一个孩子变得越来越有智慧，我们也会说，这个孩子越来越灵醒了。灵指的就是人的精神，也就是他的心，只有这个人的精神醒来了，心醒来了，他才是真正的醒了。而他的身体醒了，精神并没醒，那他就是行尸走肉罢了。庄子在《德充府》中说，"不可内与灵台"，"不可入于灵府"，就是说人的精神无法回归本心。

艳星问我的这句话，正好可以作为给杨帆写序的标题——"灵醒。"

不知从什么时候开始，我们变成了没有灵的生物，纯粹追求物质，就会变得贪婪、凶恶，因为人类贪欲无度，而天地给予人类的物质却是有限的，所以，为了自己占有，就只好残害别人，因而也就公开地贪腐和掠夺。今天的人类为了占有，不惜提前挖空地球，毁灭上天，使子孙无限贫瘠。而那些占有了物质的人，却无限地挥霍，无限地浪费，淫欲无止，也早早牺牲了自己的生命。所以今天的人类就显得丑恶，将来只能使子孙摇头叹息了。

幸好有一批人灵醒了，他们的精神和本心苏醒了。他们开始重新思考人类生存的意义，他们也会像耶稣那样发问："即使赚得全世界，赔上自己的生命，又有什么好处呢？有什么比生命更加重要呢？"在这一批灵醒的人之中，就有杨帆。

四

杨帆的书记述了他生命的痕迹，他生命的发端在20世纪后半期，那个年代，正是所有的中国人丧失了灵的年代，杨帆生长在红色圣地延安，延安的政治风之硬，可以像剃刀一样，刮掉你心灵深处的每一根毫毛，所以杨帆的书中只要是记述少年的经历，总会是贫穷的，这种贫穷包含物质和精神两个层面。唯一的温情只有来自亲人。

进入21世纪,这个国家开始不再那么严密地控制人的灵魂,但是,纵欲主义和享乐主义却成了社会的主流意识。这时候,杨帆已经从延安调到西安,做了杂志的主编。他的80后美妻,可能就是那个时代的产物。

但是,岁月的流逝改变了杨帆,这就像佛说的:"在你的生命中出现的,都是应该出现的。"后来,佛出现在杨帆的生命之中了。

都市宗教是这几年兴起的一个新的概念,它来自一批都市知识分子对于生命本源的思考,在物质的占有欲使都市知识分子变得越来越困惑,越来越疲惫,越来越无所适从;当纸醉金迷纵欲欢歌变得越来越无聊,当物质的欲望不断制造人间悲剧,让人愤恨又无奈的时候,宗教这个曾经在中国大地上无立足之地的人类心灵现象,再一次,悄无声息地回来了。我说,这是人们的"灵"醒了。这也可能是一个民族的"灵"醒了。

杨帆当然可以视作都市宗教的代表人物之一。他开始拜佛,每天经不释手。过了知天命之年,他开始在生命的本质上思考了。再后来,他对宗教的领悟,进入更本源的程度,他崇拜来自印度的更加接近宗教缘起的部分,他把"薄伽梵歌"奉作神祇,每天顶礼膜拜。

五

我总觉得,我们人类生存在这个地球上,所创造的智慧,可以分为四个层次。第一个层次是宗教。它是关于生命缘起与归宿的智慧。它是神的赋予,又依靠人类智慧而感知。他保证了人类抛弃野蛮自私的本性,从而建立和谐友爱的社会,也保证了人类不会因为互相残杀而灭绝,也不会因为贪欲无度而灭绝别的物种和地球。第二个层次是哲学。它是人类生活的智慧。哲学有有利于人类的哲学,也有残害人类的哲学。第三个层次是文学艺术。它是慰藉人类心灵,增长人类智识的。最低层次是科学。它是人类依靠智慧认知物质和人体的过程。科学有造福人类的,也有危害人类促使人类灭亡的。我在未来会把我的见解写成一部书,进行全面阐述。而这里是杨帆的地盘,我只简单提及。

这几年,每次看见杨帆,都会觉得他慢慢脱离了凡俗之气,有一些仙风道骨的感觉。去年,他自费印刷《薄伽梵歌》几千套,分送给他的朋友,想让更多的人感受神的智慧和力量。虽然,他把我在上大学时读过的古印度最长的史诗《磨呵婆罗多》当做圣经来领悟,但是,这一切在他身心上留下的智慧的光华却是让人时时能感受得到的。

孔子说过:"朝闻道,夕死可矣。"我看在杨帆的生命中,就有为道而死的力量。

这是不是一个民族灵醒了的标志?

2014年12月23日于西安含光书屋

陕北来个刘柄军

这几年，我费尽笔墨，一个个描述我身边的人，那是因为，岁月急迫，光阴难存，我们这些人，普通得就像崖畔上的草木一样，经不起光阴的催逼，过不了多久，可能就会一个个枯萎谢顿，随着秋风而去了，留不下一丝蛛丝马迹。所以，能来到我身边的人，我都会用眼细察，用心聆听，用笔记述。我记录下朋友们的每一丝自豪和爱意，好告诉后人，我们在这个世界上确实来过，善良地生活过。

我今天要记述的人叫刘柄军，他来自陕西最荒凉最偏僻的地方，他的家在榆林横山县武镇乡刘渠村。这里在现代史上还出过曾经的共和国副主席高岗。

榆林在古代称作"鬼方"，是野兽出没异族征战的地方。所以，贫寒是这里唯一可用的形容词，自古以来，就缺文少字，逢年过节，许多人家也图个喜庆，要贴春联，但是却找不到一个能写毛笔字的，于是，就有人发明了，给碗边上染上墨汁，在红纸上印上一个个圈圈，虽然没有内容，但是可以理解为圆圆满满吧。

玉成

刘柄军就是这苦寒之地出生的，虽然他的父亲刘老汉是当地箍窑造屋的能手，也只能供刘柄军上到初中。但是，辍学却不能影响刘柄军身体的发育，这个后生后来出落得身材高挑，浓眉大眼，而且性格豪爽要强，正像陕北民歌里唱的那样，"后山平白就飘来一朵云，村里出个后生有精神"，刘柄军就很有精神，他从荒原里走出来，一路靠着勤奋、仗义和坚韧，做苦力、打工、办企业，二十年光阴过去了，刘柄军从山沟里的穷后生，变成了企业家。

"九眼眼玻璃满家家明，眼珠珠说话爱死个人。东南风刮起千层层浪，一心心贪在你身上。"这又是一段陕北酸曲，我把它用在刘柄军身上，不是说他贪在女人身上，而是说他贪在书法和文化上。

刘柄军这几年把企业做得不错，他的心又回到他曾经贪恋但是不得不放弃的文化上，他就开始把书本捡起来，一本一本苦读，阅历的丰富使他更容易理解书上那些艰涩的道理。他对人生就像坐在九眼眼玻璃后面一样，看得透亮。他也想告诉世界，他的爱和真挚，于是，他拿起了毛笔，一个字一个字地练，真是"一心心贪在你身上"，几年下来，王羲之的《兰亭序》帖子磨破了几十张，刘柄军的书法也日渐精进，让许多行家拍手赞叹了。他的字，贴在墙上，遒劲有力，笔力刚健，也是书香味十足的。

刘柄军和我亲近，是因为我们都是玉成爱心小组的成员，我们一起爬青山，涉小河，把爱心捐赠给山区里苦寒的孩子和老人，每次去，柄军都要问我："哥，还缺多少钱，我一个人出。"我望着他憨憨的样子,心里替那些需要帮助的人感激他。

我要告诉这个世界,我和刘柄军曾经在这个世界上善良而真诚地生活过。

玉成

"书痴"王革平

诗云:"鹛坞春深深几许,其中英雄几人知?横渠当年留遗风,筑锝巢儿待书痴。"

这首小诗单表一个人,此人姓王,名革平,陕西眉县人也。眉县因董卓筑鹛坞,张载居横渠而闻名天下。董卓筑坞,是为了养兵秣马,张载居横渠,是为了坐而论道。所以眉县承上古风韵,文武兼备。

革平就是一个文武兼备的人。他长得脸黑如铁,眉宇间透着煞气,说话声如磨石,沙哑沉重,乍看,总以为是一员行伍武将,但是,听他言谈,却幽默有趣,奇巧无比,而且学养深厚,却是一介儒生。这样文中带刚,武中带雅的人是我最喜欢的。于是,就以兄弟论。革平供职在大国企,一人身兼数职,平日虎着黑脸,把几个单位运转得就像精密仪器。闲来却是一个书痴,临帖写字,揣摩学问。

革平的书法据说是童子功,他的父辈中就有因书法声名远播的,所以,革平从小就是"书痴",照猫画虎,很是得法。近年,革平因为阅历资深，见识广博，也就把人生心境用书法表达出来，他专学孙过庭，又临王羲之，把章草写得潇洒俊逸，倜傥风流。

每到夜深人静，革平就对着帖子读心，拿起笔来走蛇。革平的字，隽美有韵致，刚健有清新，是很好的艺术作品。我很是喜爱！

玉成

王卫民的书道画道

中国书法从秦朝李斯、赵高算起，逶逶迤迤，有两千多年历史。在这两千多年里，把写字作为一种职业，靠刀笔混口饭吃的不知道有多少人，而真正能成为书法大家，并给这门艺术的继承与发展做出一些贡献的，却就是那么寥寥数十个人。我们看遍历史，真正的书法家必须兼具多种修养，首先必须是学问家，诗词歌赋造诣丰厚；其次必须是个人修为超凡的，人伦道德理解透彻；再次，必须是有胆有识的，艺术也是一种冒险，既要踩前人脚步，又要敢于走前人不敢走的路，这不是鼠辈凡夫可以做到的。所以，秦朝李斯说："夫书之微妙，道合自然。""自然"阔大渊深，上包宇宙之广阔，下含草木之微屑，中合人心之灵动。"道合自然"，是一件多么难的事情呀！没有极高的悟性和长久的坚持，怎么可能做到呢？

我的兄弟王卫民，是我这么多年来见到的具有书法大家气象的人。

我看见王卫民，是在我的老姐庄爱侠设在九座的汉风唐韵会所里。那天，王卫民就坐在一个沙发上，敦实的身材，胖乎乎的圆脸，一副黑边近视眼镜遮住一双不露声色的眼。他说话是河南话夹杂着普通话，虽然言语谦逊，面貌和善，但是，他骨子里的清高与傲气，还是不时往外冒的。

开始，有几个书法家写字，都写得非常好，看得大家直喝彩。最后，老姐庄爱侠请卫民过来写，王卫民一提笔就让我吃惊，只见他随手铺好一张宣纸，在笔筒里捡一根毛笔，手指握在笔梢上，然后稍一运气，那笔尖就开始在宣纸上飞行，看似毫无节制的任意勾划，但是，流淌出来的笔画却是张弛有致，美不胜收。我们几个人看得连喝彩都忘了。我心里想，这可能就是李斯说的"书之微妙，道合自然"吧？自然之道，是心灵流淌的任性，不做作，不拘束，不呆板，一切都来得那么顺应人心。

从此，我和卫民就成了好朋友，也知道了卫民的来历。卫民生于河南叶县，叶县也就是好龙的叶公姬诸梁的故乡。卫民学书法，那是真正的童子功。他从少小开始，就好奇于这种毛笔创造出来的艺术，经常在书包装上墨盒和毛笔，也经常把脸和手染得漆黑一片，后来，卫民上大学本科的专业就是书法教育，而且还一直上到南京艺术学院艺术博士。他靠书法立身，最后成为西安美术学院国画系年轻的副教授；他靠书法成名，成为中国书法家协会会员，也成为书坛上叫得很响的人物。

性格决定命运，这是一句名言。我总觉得，一个人一生能成就一种事业，必然与他的性格有关，而成就事业最需要的品格，就是单纯而执着。卫民就是一个单纯而执着的人。他半生喜好的就是书法,从不动摇,也从不移情。为了给书法艺术提供丰厚的滋养,卫民对于中国古代文化的研修也孜孜不倦,他的学问兼及诸子百家,作品贯通诗词歌赋。他写作的书法论著常见于报端,作品常常获得国家大奖。

这几年,卫民在书至妙境的时候,开始把笔端伸向绘画。卫民的画作,主要是山水。他学画的时候,已经人到中年,而且他从学画开始,身边就伫立着中国画坛几个伟岸的身影,一代名家杨晓阳、范阳、王澄诸等先生既是他的老师,又是他的同事,这几位成名多年的画坛风云人物,指点出来的弟子,自然收诸家之长,层层跃进了。

卫民醉心的还是古人的意境,他的画承"三石"的风格,构图繁复重叠,境界幽深壮阔,笔墨沉酣苍劲。正如王维说的:"咫尺之图,写千里之景。东西南北,宛尔目前;春夏秋冬,生于笔下。"

卫民每有画作,都伏在案头,认真地配一首诗词,常低头颦眉,嘴里呐呐自语,神情憨憨的,看得我发笑。我说,这小子也算做一代画痴、书痴了!

2016年5月16日星期一于西安含光书屋

长安四阔铭

宇宙茫茫，远收万古，近包天象；收万古以成岁月，包天象以成苍茫。宇宙何伟哉？曰："阔"。

人心荡荡，高仰天际，俯察文章；仰天际以知变数，察文章以赋华章。人心何奇哉？曰："阔"。

阔之于自然，无边无疆，含岁月之流转，包宇宙之万象。阔之于人心，有气有量，容天下之奇观，收人间之沧桑。

今有长安四人，欲学自然之精神，法人心之至上。死生契阔，遂成兄弟也。取号曰"阔"，称"长安四阔"也。

四人者，刘步层、王艳旗、石岗、赵西斌也。

步层祖出户县，行伍终生，性刚烈，好谋划，善书法行草，为四阔之首也。艳旗祖出洽川，官府谋生，性敦厚，好善缘，长于书法大篆，为四阔之仲也。石岗祖出陇南，生于醴泉，闲云野鹤，好诗赋文辞，为四阔之季也。西斌祖出燕赵，长于长安，税赋之吏，性豪放，善撰文，为四阔之末也。

"四阔"之为一体，不学桃园结义，生死杀伐，而法竹林七贤，文辞各异。书以达天地气象，文以表寸草人心。

《吕氏春秋》曰："阔大渊深，不可测也。"四阔当以斯言为志，书千年锦绣，著万古文章。

人生百年，萍踪如风，得手足以互慰，获琴弦以互声，斯为快颐，幸之至哉！

《诗》曰："棠棣之华，鄂不韡韡。凡今之人，莫如兄弟。死丧之威，兄弟孔怀。原隰裒矣，兄弟求矣。"四阔之谓也。

2016年1月20日星期三于银川星光书屋

醴泉东黄魁星楼记

壬辰年，醴泉东黄小镇，承文脉，筑景致，重修魁星楼于镇中，嘱我作文记之。

宇宙之明，维日月有光；人类之明，维文化开智。昔圣人仰天宇，察人文，以天枢喻智慧。天枢者，魁星也。魁星荧荧，似文智煌煌，驱愚昧于暗夜，化昏聩于灵府。于是，堂堂华夏，经万年沧桑，百炼煎熬，终以文脉永承，挺立于世矣。

醴泉古县，从来壮观。五峰接云际，泾水绕山涧，九嵕盘巨龙，泔河映蓝天。黄帝成仙于寒门，太宗安卧松柏苑，自古文武圣贤地，魁星高照文脉远。

醴泉乃我桑梓，归来孤雁回巢，心胸顿开。登魁星楼，东望日出地平，灿若锦缎；北眺山峦壁立，苍鹰回旋；南瞰莽原起伏，厚土高天；西览村舍俨然，民自安恬。嗟天地厚重，唯醴泉耳！毓秀钟灵，亦醴泉耳！

楼立东黄，壮我河山；楼承文道，启我民智。人生于世，当立

玉成

大志,上承天道,下延文明。我醴泉学子,记斯言,摘魁星,占鳌头,不负故土乡情矣!

2016年4月5日星期二于西安含光书屋

丙申雅集序

宇宙之大，有文明乃昌。天地之广，有道德方盛。值域内清平之际，风化顺和之日。我等聚诸贤于长安，集众友于斯地。以庆雄文出世，以贺艺坊诞辰。和风如花，遍香里巷。顺雨似玉，普润墙垣。长者智诚，幼者修伟。男子豪雄，女子窈窕。欢笑朗朗，尽展昔日颦眉；歌声阵阵，全舒往岁郁结。斯为嘉日，当对酒邀月，以铭恢宏志向；此是吉时，应触杯贺友，再叙陈酿情怀。何欢乎！何跃乎！大哉！成文永志。

石子见孔子

　　石子居塞上,时秋如黄叶,飘飘荡荡。一日,入贺兰山中,寻道而行,见一叟坐于山石之间,头如丘,目如锤,身似枯槁。石子问,曰:"孔子也。"

　　石子拜,称先师。曰:"世人以先生为至圣,为先师,为大成,为文宣王,晚生当拜。"

　　孔子曰:"京有戏猴者,从山间林中捕猴而至,羁之以索,囚之以笼,教之以鞭,诱之以食,猴惧饿而从之,惧笞而顺之。锣鸣则舞,鼓响则戏,上蹿下跳,观者以为猴善音律,通人性,岂不知猴为食一食,免一鞭耳。戏猴者得钱百贯,猴得冷食残羹以残喘,世人于我,犹戏猴耳。"

　　石子曰:"圣人得万世祭祀,千年敬仰,怎以一猴寓之?"

　　孔子曰:"我生之时,删诗书,篆周易,治礼乐,受众徒。游走列国而不遇,穷说四海而无知。肉食者卑我,农夫者斥我。竟至我死,天下为残暴者得之,却祭我于高台,享我于高庙,称大成至圣先师文宣王,此犹戏猴,猴居于高台之上,绳索羁之,闻鞭而舞,众人掷钱而赞猴,得钱者,戏猴者,非猴也,获利者,戏猴者,非猴也。"

石子黯然。

孔子曰:"我居于穷山之上,观世事千年,残暴者争天下,必毁孔,治天下,必尊孔。我如戏猴,无用则鞭笞,有用则宣赞,不一是终。"

石子曰:"何以如是?"

孔子曰:"我本讲仁,仁者大爱。窥国者必残,无残无以杀异类,争国家也。此时视我为仇雠,囚我于笼中,棍棒加之而不解其恨。待其争得百姓,执掌神器,为使异类不生争夺之心,长反叛之志,必鸣锣升台,置我于高台之上,悦民于高台之下。上蹿下跳,其壮堪怜,其心堪悲。"

石子曰:"如是,可悲矣。"

孔子曰:"我如猴于高台,欲告世人,执鞭者多凶残,鸣锣者多暴戾,苦于知音不达,鞭声于耳。如是,可悲哉!"

石子曰:"今国家重敬圣人,君临曲阜,仕操祭文,鼓乐争奏,经颂达天,煌煌然蔚为大观,不可说不敬,不可说非礼也。"

孔子曰:"今巨贪当道,民为鱼肉;残暴执器,民为刍狗。贪暴之徒,其面洋洋,其心暗暗。仁义诵于其口,贼心藏于其腹;礼信溢于其表,贪盗行于其实。巨贪者祭我,辱我也;残暴者祀我,贼我也。今观曲阜之戏,羞愧甚哉。"

石子曰:"何当以达先生之志?"

孔子曰："仁爱之心，孕于天地，滋于万物，世人自效，不以物转。肉食者与我无益，残暴者与我无关。我不欲再为戏猴，思脱羁而去，往生极乐也。今人又牵我登台，我后代亦做猴而出，其状可怜如走狗，我心大悲，夜不能寐，日不得安。今居于此，为求石子教我得脱之法。"

石子沉吟良久，曰："树欲静而风不息，是为大悲。今为先生献一策，附体于学中诸教授之身，言张狂，品无形，行恶劣，教授为先生持钵者，教授品如猪狗，学人必为世人弃，先生亦为世人弃矣。从此再无人念及。"

孔子曰："以毒攻毒，倒不失良策。"

石子见老子

石子驱车行于昆仑山中，忽见前有一叟，骑青牛，囊图书，徐徐而行。及近，侧目，见叟弯腰似弓，白发如雪，面润如婴。石子奇，道："此翁面善，莫非老子？"遂大呼老子。叟应声落地，摔于牛侧。

石子停车，趣前，叟翻身而起，直视石子，曰："何人直呼贱号？惊叟落地！"遂拂衣尘，坐于道旁山石之上。

石子诚惶诚恐，拜再三，曰："何德何能，得遇圣人？"

老子曰："我自骑牛走西域，已三千年矣，间中无人能识，小子何人，竟直呼贱号？"

石子曰："关中石姓，卑薄之人，如河中小石，故称石子。"

老子曰："噫！既相识，定有缘，汝呼何故？"

石子曰："今世人混沌，汹汹嚷嚷，是非难辩，胸中郁闷，既遇圣人，岂可错失？"

老子曰："我自居昆仑，以避世之纷攘，安可妄议世事？三千年前，已无老子矣，今子之见，徒形耳，无神，安知是非？"

老子牵牛欲行，石子再拜，扯衣袖，老子不得脱，旋坐石上。

老子曰："汝可问一事，再多，无益。"

石子曰："今天下常为一人纷争，爱之者敬若神，怨之者仇若雠，离世四十年有矣，然纷争更烈。"

老子捋髯而笑，曰："子无告，已知此人矣。"

老子起，背剪双手，仰观白云，曰："汝阅老子之书乎？书云：'天之道，损有余而补不足。'天道严酷，如狂风，如闪电，如严冬。天道将行，四野萧瑟，天神为之哭，群鬼为之泣，生民为之舞。天道所至，泥沙俱下，浩浩汤汤，势不可挡。"

石子曰："天道残酷，天为何行此道？"

老子曰："天道之行，皆因人道不公。人之道，损不足以奉有余。人道自私，欲念滋生，贪得无厌，余者欲多，寡者无几，哀寡益多，寡者无所养，余者多腐物。人道日久，天下江河倒悬，岌岌可危。于是乎，天道乃行，摧枯拉朽，以任荡平。"

石子曰："天道公，人道私，天道何不久行，而使人道代之？"

老子曰："天道如冰霜，使万物保鲜而无生机，蚊蝇死，花亦不生矣。天道日久，万物萧条，难养生机，维以人道代之，使万物复苏。然人道日久，百卉举开，蚊虫亦随之舞，久之则富者愈富，贪者愈贪，贫者如赤，民心如沸水，怨恨似刀剑。此时，人道危，天道孕。天下世事，无非天道人道交替耳！"

石子曰："天道人道，何显？"

老子曰:"三皇五帝,行天道耳。夏启开人道,天下为一姓所得,于是,天道人道循环罔替,商汤、周武、毛润之之属,替天行道,使天下平复,财物均衡,私欲不生。天下虽公,然民穷,世事虽平,然物不盛。久之则人道再生,纵私欲,贪财物,使万民生怨,怨则生恨,恨则生变,于是,天道再起。"

石子曰:"天人之道,何时可为?"

老子笑曰:"天机唯一时耳!时势造圣人,不可泄矣。"

石子曰:"世人皆曰此人唯私,唯权,唯己,是否?"

老子曰:"孰能有余以奉天下?唯有道者。"

石子曰:"然。替天行道者,天不灭之。"

老子曰:"非但不灭,时来重出,虽名更而道同。"

石子默然良久,抬头,老子已去矣。

厕

写这篇文章的契机是因为张丽。

张丽是一个美女编辑，和我也就一面之交，但是却留下了微信。今早，张丽给我发来她写的到青藏高原旅游的文章，还配了许多美图。她的一篇文章写到她在大高原上厕所的事情，写得很是生动。我就随口夸了一句"厕所那篇写得好"。没想到张丽回复说："石老师，口味重！"一下子占尽我的便宜。说老实话，打笔仗辩是非，我是从来不吃亏的，今天，一不提防，被她踩了一下。

张丽写她在大草原上上厕所，她其实写的不是上厕所，只是撒尿而已。上厕所，你最少得有一个人为修建的专门用来让人干那事的房子，那才能叫做上厕所，你在大草原上，天地广阔，那怎么能叫做上厕所呢？

"厕"这个字，其实最早不是专门指用来干那事的地方，它是指水边，靠近河流边的意思。我过去读《汉书·刘向传》，就发现一句话，"居霸陵，北临厕"。我就非常奇怪，这句话写的是刘向住在霸陵上，北面靠着灞河。但是我当时以为，刘向住在厕所旁边,我心里嘀咕半天,"这刘向有什么癖好吗?他喜欢闻厕所的味道吗?口味相当重啊!"后来看宋朝人写的注释说:"厕,侧近水也。"我才明白,刘向没有毛病,是我有毛病,想歪了!人家喜欢住在水边,不是厕所边。三国徐质曾经给魏文帝曹丕写了一封信,信里回忆他们过去的美好生活,他说:"昔侍左右,厕坐众贤。"如果你不明白这个"厕"字指的是在一旁侧立,你一定以为众贤坐在厕所里,而且这众贤指的是所谓的建安七子孔融、陈琳、王粲、徐干、阮瑀、应场、刘桢,个个都是了不得的人物。他们如果坐在厕所里饮酒作乐,那才有些奇怪!

"厕"后来变成专门指用来让人干那事的地方,并加上一个"所"字,就成固定的词语,也就成了专门让人方便的地方了。

我前面又说了个词——"方便",这个词也是个很奇怪的词,关于这个词,还有一个段子,说一个老外领着年轻漂亮的老婆来中国访问,正和中方董事长会谈,董事长突然起身说:"总统阁下,我要去方便一下。"说完就迈着急步跑了。老外不理解,就问翻译,翻译说,方便就是撒尿,上厕所的意思。老外马上就记住了。不成想,第二天,他和总经理会谈,总经理却说:"总统阁下,能不能在您和夫人方便的时候,让我们全体人员,和您及夫人合影留念?"据说,老外当时就慌了,说:"我方便的时候,合影留念是可以的,我老婆就不必了,她很少方便。"

我在这个段子里解释了方便这个词的特殊用法,它也就指的是张丽在草原上干的那个事。

我们继续来研究厕所。

玉成

厕所这个地方，一般都要求要隐蔽、私密，不能太公开。张丽在她的文章中写到，西藏改则县一个餐馆的厕所里关着两只大白鹅，一直低着头盯着她重要的部位看，她似乎觉得这件事很难堪。这是因为她从小长在西安这样的千年文明古都里，所以她理解的厕所都很隐蔽。因为我们西安人是世界上最早知道修厕所，把秽物隐蔽起来，把羞处隐藏起来的。据《周礼·天官》记载："宫人，掌王之六寝之修，为其井匽，除其不蠲，去其恶臭。"据清朝的孙诒让在《周礼·正义》卷十一中解释说"井匽"当读作"屏匽"，屏，通"屏"，僻隐处，厕所也。这个厕所还有专门的宫人打扫，除臭。

而在别的地方就不同了，别说在青藏高原上，就是在江浙一带，我就见过极其不隐蔽的厕所。去年，我和我的同学马愉涛在浙江奉化，也就是蒋介石的老家，我就见到了在大街上、马路边，搭一个棚子，棚子里放几个木桶一样的东西，木桶下面是一个大缸，大缸上的木桶可以同时坐上去三四个人，男女老少，公公儿媳，就坐在马路边上，也不遮拦，也不隐蔽，就那样露着屁股，边谈边方便，那确实是有点太方便了。当时就惊得我不由自主回了许多次头。

我说我们西安人三千年前就有厕所，那说的是王宫，我们民间人士可没有那样的待遇。我小的时候，也就是20世纪六七十年代，我的家乡醴泉，就没有一个像样的厕所，都是旱厕，没水，那场景无法描述，屎壳郎乱跑苍蝇乱飞。倒是值得说一说的是那时候人擦屁股的方式，是一种流传千万年的经典，为了不使经典失传,我咬着牙说一说。那时候没有手纸,方便完了,用土块擦,找不到土块就麻烦了,只能坐在地上"腮","腮"这个字指的是因为肥胖而动作迟缓蠢笨,迈不开步子,用在这里就指把屁股在地上或者墙的棱角上蹭,边蹭边往前挪步子。这是个高难度动作,我仔细说一下,方便完了,撅着屁股往前挪,找一块相对干净,而且突出的地方或者墙的棱角,把屁股蹭上去,当屁股与地面或者墙角接触上了,迅速腮一下,一定要瞄准,否则就白腮了,反倒把本来干净的屁股蛋子搞得灰头土脸的。干净爱好的人多腮几下,一般人一下就成功了。关中人把这个动作叫做"腮尻子",注意"尻子"要读作"钩子",这是一个多音字,只不过,编字典的人无知,仅仅给它注了一个音。受人尊敬的李敬泰先生在《西安方言俗语汇释》一书中说,"'g'(古代浊声母)后分化为k和g两个音"。我们西北人属于坚持读古音的,那就念作"钩",朝东边走,文化浅些,就读做"靠"。"尻子"指的就是你那美丽的臀部。"腮尻子"就是蹲在地上,把尻子在地上或墙角上蹭干净。这个动作可能从远古开始一直延续到20世纪70年代末,有近万年历史,人们才改用报纸、废麻纸、烟盒子、作业本。我不知道,现在还有没有人腮尻子,有待考证。我曾为这事询问过觅汀兄,他说他们云南山区的人,过去都不在地上腮,而是在树上,这家伙难度更高。腮尻子时一定要注意,找一块平整的土地或者不太尖利的墙角,前面不能有小草根和带尖带刺的东西,否则就很危险,会把重要部位划伤。

我把这个动作详细记录下来,是因为,皇帝们吃喝拉散,总有人记载，我们老百姓就那么不值钱吗？为什么我们老百姓吃喝有人记载，拉撒就没人写下来呢？我们老百姓千万年来使用的这个净臀方式，一旦失传就会无从考证，后来的人如果无法理解和想象，再成立一个净臀研究所一类的机构去考证研究，那是多么麻烦的一件事情呀！所以，我因为张丽的契机，随手写了，也是对后人负责。再过一千年，那时的《辞海》中会有这样的词条："㧟尻子：读作wei gou zi，古人净臀方式之一。具体操作细节参看石岗《厕》一文。"也同时希望，有些人以后再到原野之中方便的时候，如果忘了带纸，㧟一下就行了。

2014年11月3日星期一于含光书屋

这些鸟事

一

早上起来,打开电视,凤凰卫视的黄橙子在播报新闻。这时候,我的窗子上一阵阵扑棱棱作响。趴在窗后看,见两只鸟打架,其中一只很是健硕,趾高气扬,嘴尖喙长,眼圆光凶,另一支身瘦体弱,小而怯场。那只雄壮的正用嘴去啄那弱小的身上的羽毛,弱小的伏在窗台上,身上尽是鲜血。

这时候,黄橙子配音说,美国警告朝鲜侵犯人权者将无处藏身,并说美国要记录朝鲜侵犯人权者的劣迹。

我觉得有意思,就把黄橙子的话大声复述一遍,没想到,那只雄健的鸟听了,竟吓得呆呆的,然后一犹豫,就飞走了。

嘿,有意思,美国人的警告,连鸟都害怕,只不知三胖子怕不怕?这些鸟事!

二

朋友从外面抓回来一只猫头鹰，用绳子拴在阳台上。猫头鹰开始几天疯狂往外飞，每次都被绳子拉回来。过几天，它自己知道飞不出去，也就蹲在原地不动了。朋友以为猫头鹰屈服了，就每天忙着喂它，一会儿给它送矿泉水，一会儿给它买回来二两肉。猫头鹰开始并不吃，两天后也就开始吃喝了。朋友很是欢喜，天天抚弄着它玩，跑出去买肉给它吃。结果有一天，朋友突发奇想，要给猫头鹰洗个澡，洗澡的时候，解开了绳子，那猫头鹰竟一展翅飞出去了，头也不回地飞走了。

这时候，我正好来找朋友闲聊，朋友很是伤心，说："这只猫头鹰没良心，吃了我许多肉，喝了我许多水，花了我许多钱。要不是我养活，它可能早饿死了。"我说一只鸟，何必这样伤心？朋友说："这不是一只鸟的问题，我对它有感情了，它就像我们家的一员。"这时候朋友的电视里，央视的女主播在指责香港学生占中。我就开玩笑说："既然鸟是你们家的一员，它有选举权吗？它有可能当上家长吗？它能不能也像你对它那样，用一根绳子把你的脚拴上，然后抱着你玩呢？如果你出门去，被一只猫头鹰抓走，然后拴在它的巢穴边，给你喂吃的，你会不会承认你是它家的一员呢？你会不会跑呢？"

朋友听了，扑闪着眼睛，半天反应不上来。这些鸟事！

三

我父亲喜欢养鸽子,他在我们家的院子里养了三四十只鸽子,那些鸽子都羽毛雪白,红喙红腿,很是美观。有一天一个小乞丐抱着一只黑色的鸽子跑到家里来,说要卖给我父亲,我父亲将鸽子捉在手里看了半天,最后,两块钱买下了那只鸽子。我觉得奇怪,就问,为什么平常养的全是白鸽,今天要买一只黑鸽呢?父亲说,这鸽子是北村老董的,可能飞跑了,让叫花子捉了,给娃两块钱,是给娃的吃饭钱,一会儿老董就得满世界找,到时候再卖给他。我有些不信,不料,下午,老董来了,大声野气地喊丢了鸽子。我父亲就说他收了一只鸽子。抓来老董一看,果然是自己的,就大呼小叫,高兴得不得了。老董给我父亲五块钱,我父亲只要了两块,老董就非常高兴,抱着鸽子走了。过了十几天,还是那个小乞丐,又捉了一只黑鸽来了,要卖,我父亲说,你把鸽子放下,我叫北村老董来,他要黑鸽。那乞丐听完愣愣地站在那里,我父亲突然就大骂一声,好你个贼娃子,还不滚远?那乞丐就撒腿跑了。我问,父亲说,上一回他把老董鸽子捉来,我心说老董鸽子自己飞了,被他捉了,给他几个吃饭钱,没想到,他到把这当营生了,学着做贼了。惯下毛病,一辈子就当贼了。我父亲气得呼呼的。我说,甭生气,就是个鸟的事!

四

我在翠华山上修道的时候,有一天傍晚,我正伏在桌子上读庄子,突然头顶扑棱棱一声,一只喜鹊冲进我的窗子里来,那喜鹊太慌张了,来不及刹车,就一头扎进我的沙发里。挣扎一阵才勉强站起来,惊慌失措地朝四周看。当它看见我的时候,就又挣扎起飞,飞到窗口上去,接着就站在窗台上。我望望窗外,看见一只鹰站在窗外的大树上,正死盯着喜鹊。喜鹊将身子一半藏在屋内,头伸向窗外。我估计它是在判断,面对这两个不同的敌人,谁的危险更大些。如果鹰扑过来,它就再飞进屋来,如果我走过去捉它,它就会奋不顾身飞出去。所以,我决定坐着别动,担心把喜鹊惊飞出去冒险。

过了大约抽一根烟的工夫,窗外的老鹰去追另一只鸟了,我窗台上的喜鹊才悄悄飞走了。这时候,益辰道长送来一份《参考》,上面的大标题是"美国重返亚太,中国反应强烈"。我心里说,亚太这些喜鹊该怎样选择呢?唉!做喜鹊确实不易,这些鸟事!

五

觅汀兄前两年身体越来越差,动不动就心跳加快,吃口饭就胃疼难忍。我看着好朋友痛苦不堪的样子,心里也难受。但是,我不是医生,只能眼看着他受罪,而且病情不断加重。

一日夜读闵智亭道长的一部著作,其中记述道教驱邪治病之术,写得很是神奇。而且闵道长做法,我曾经看见过。于是,和觅汀兄商议,依葫芦画瓢,也做一回法,驱驱他身上的邪气。觅汀兄非常激动,就说,不管有没有作用,做一回试试。于是,我就按书上的记载,准备了杉木板子和各种符咒,我们开车一千多公里,到了觅汀兄的故乡云南的乌蒙大山里,选择了吉日,就开始准备作法。

按书上的记载,如果法事灵验,就会吉鸟鸣叫;如果不灵验,就会犬吠一片。我给觅汀兄叮嘱,到时候不管是鸟叫还是犬吠,他都不许吓跑了,留下我一个人在深山里。

我测算的时辰在夜里十点,那时候山间刚下过小雨,四周一片死寂。我和觅汀兄来到他的父母墓前,我事先把做法的程序,按书里的要求,暗记成熟,觅汀兄则跪于墓前。我开始大声念咒。就在刚念完《启地狱咒》的时候,一只大鸟,扑棱棱从树上跌落下来,接着四周一片鸟的叫声。我看见觅汀兄吃惊得差点倒在地上。那只鸟在觅汀兄身后落地,还未站稳,就又飞扑到树上去了。那些鸟的鸣叫声持续几分钟,四周又安静下来。唉!这些鸟事,真叫人费解。

玉成

你会开车吗?

这几年,车越来越多,开车的司机也越来越多,因为开车发生的各种事故、事件更多。这不,四川的一男一女在路上斗气,结果女司机被男司机狠揍一顿,打成重伤,女的在医院躺着呻吟,男的关在看守所,一脸后悔的样子,向公众道歉。

我看见许多人在网上讨论,有人说是女人的责任,女人先用车别男人,应该挨揍。有的说男司机应该打,但是不能打得太重。这些话,看得我啼笑皆非。

说句老实话,这些公路上发生的事件,不是一个技术问题,而是一个人品问题,是人的素质问题。

我记得几年前,曾发生过一起事故,一辆大货车在高速上超一辆小轿车,小轿车司机很不高兴,于是,就追上去别停大货车。小轿车上下来几个人,要教训大货车司机,把大货车司机拉到路边去打,结果,大货车司机的父亲看见急了,拿出一把刀子,下车不由分说就将小轿车上两个人捅死了。结果,大货车司机的父亲判了死刑,三条人命就因为一时非常无聊的斗气,而瞬间丧失了。三个家庭的悲剧从此开始。

像这样为了斗气而发生的事件,在公路上常常发生,而且越来越朝着恶性事件发展。

我们的公众始终在分辨,是谁没有遵守交规,是谁先干扰谁。但是,很少有人注意到,所有这一切的发生,其实是人品问题,是我们社会礼仪道德缺失的表现。

我们古人曾经说,在道路上行走要礼让三先,礼让老人,礼让妇女,礼让孩子。而我们现代人似乎根本不管这些,平常做人还文质彬彬,但是一开上汽车,似乎因为机器的力量,使自己膨胀了。开的车马力越大越嚣张,品牌越好越张狂,不管是公路还是街道,一路往前冲,直到出了事故,才悔恨,才道歉,但是,那有个什么用呢?有的因此倾家荡产,有的家破人亡,有的一生生活在阴影中。

我们中国人普遍有汽车,也就是这二十年的事,二十年来,我们的驾校,只培养学员技术,不培养驾驶品德。培养出来的仅仅是会开车的杀手,一旦时机到了,个个暴露出狰狞面目。

我认为,开车就像我们中国传统文化中要求的,分为四个层次。

第一层次是技。就是你可以熟练的把车开走,而且能在道路上熟练地运行,不出事故。这是开车的最低层次。

第二层次是术。就是你会熟练地开车,并且可以根据路况来判断是否有危险,而采取适当措施,而且能把车开得流畅有致,很有韵味。

第三层次是法。就是你可以把车开得严格按照交通规则运行，不出任何事故，不违反任何规定。不开斗气车，懂得礼让别的车辆，这已经可以算作一个好司机了，但是，这依然不是开车的最高水平。

第四层次就是道。开车合乎大道，所谓大道，就是大爱，用爱心开车，懂得关照路上的行人，知道爱护路上的设施，为老人、孩子、残疾人、妇女停车让道，行车千里，善行天下。这才是开车的至高水准。

车品看人品。一个没有良好道德修养的人，自然也就没有良好的车品，自然得志就猖狂，自然不知礼让他人。今天你在路上要了威风，欺负了别人，迟早有一天，你会遇上更强的对手，或者遇上更复杂的问题，你会车毁人亡。

我们中国有了车，就应该有汽车文化，没有文化，只有车，那么公路就变成了斗气场，屠宰场。所以，每个司机，在学驾驶技术的时候，也要修炼自己的品德，让公路变得充满爱和温暖。

最后说一句可能要挨骂的话。那些女司机中的许多人，平时走路都摇摇晃晃瞄不准道，你能不能不开车了？开车是个苦力活，让臭男人们去做。你在路上摇摇摆摆，是叫人看着烦心。有的女司机把车开到地沟里，有的开进人家餐厅里，还有的轧死丈夫碾死孩子。这么高危的工作，你非得干才好吗？但是，哥们注意了，不管女人怎么在路上摇摆，你都不能欺负人家，看不起人家，这是一个男人的基本品德。

诗词漫谈

一

各位朋友，欢迎大家来听我的这堂讲座，这也是2016年我们书院最后一期讲座。本来今天的讲座安排的是散文大家匡燮老师讲《唐诗里的长安风情》，但就在今天凌晨，我们突然接到匡燮老师的电话，他家里突发急事，导致他无法赴约。但今天的课已经公布了，而且我们也邀请了一些搞诗歌创作的朋友，特别是礼泉"花海诗社"的朋友们。我就连夜联系其他人，但这么仓促的讲座没人愿意讲，我就只好自己上了。

因为我是临时决定今天的讲座，也没有准备，也没有讲稿，就说哪算哪，知识点如果有误，也希望大家谅解。

诗歌讲座我没有做过，我也不是一个经常写诗的人，也没有对诗歌做专门的研究，所以只能凭自己的感觉和记忆来讲。如果有错误之处，请多多包涵。

有很多搞诗歌创作的朋友，经常把他们的作品发给我看。诗歌创作也是一个普遍的文化现象,特别是在当下复杂的社会背景下,大家的创作、情趣、走向是各不相同的,诗的水准当然也就有高下之分了。同时我们也可以看出,大家对于诗这一人类文化最古老的形式,是充满了热情与感情的,许多人都喜欢写诗。

前几年,写诗的人圈子很小,也很封闭,写诗的人在读诗,读诗的人也就是那些写诗的人。但是随着网络时代的开启,特别是微信的到来,诗歌的群体越来越大,我们也可以看到一些不错的作品。

我本是个不爱写作的人,没想到老了老了开始爱读书了,爱写点东西了。这一切都是因为一个机缘一部叫《群书治要》的书。通过这部书,从《易经》《诗经》开始,我才发现了我们的古代文化是多么地伟大,我们的古人是多么地智慧,而现在的我们,是多么地琐碎而渺小。

近些年开始,我也写点文章,陆续也出了一些作品,周围的朋友也比较支持我,大家都叫好。所以胆子也就大了,也敢在这里做讲座,这是我过去不敢想的。所以,人呀,谁都不要低估自己。

今天我们在这里谈诗词,我希望是漫谈式的,因为在座的大都是我的朋友,也有一些在诗歌上有成就的,希望大家畅所欲言。

二

不管是西方人还是东方人,最早产生的文艺形式就是诗,有人认为诗是和人类的语言、舞蹈、音乐同时产生的。为什么很多远古时代的作品都流传不下来,而诗歌有许多都流传下来了?那是因为诗歌最适合人类记忆。

我们国家古代文化典籍中就记载有舜帝时代的诗歌——《历山思亲操》和《南风》。

《吴越春秋》这本书就有一首叫做《弹歌》的诗,只有八个字:"断竹,续竹;飞土,逐肉。"这是一首远古民歌,反映了原始社会的狩猎生活。据说春秋末年越王勾践向楚国的神射手陈音询问弓弹的事情,陈音在回答时引用了这首民歌。当时是唱的还是吟诵的?无从考证,但后人还是将词记录了下来。

《诗经》中有许多夏、商、周三代以前的诗作,说明在周代之前,中国就有大量的诗歌传世。而且春秋时代成书的《道德经》《周易》《尚书》以及战国时代的《荀子》《列子》,都能看到诗的影子。特别是《道德经》,就是一首长诗,其中有很多排比、对仗句,而且写得非常合辙押韵。"道可道,非常道。名可名,非常名",这是多么好的诗。

人类之所以会写诗,会歌唱,就是因为人类有情感,有情感就需要表达,表达的最好形式就是诗歌。

所以说,诗是一种最适合人类记忆的文化形式,而且好的诗歌和人的心跳、情绪、思维，和人的神经活动的节奏相吻合，诗歌的句子和韵律能带给人身心的愉悦，表达不同的情感，身心愉悦就适合人类记忆。为什么孩子从小学说话，最容易记住的是儿歌？因为儿歌的韵律符合人类的思维，朗朗上口，容易让人产生联想和记忆，所以，人类最早产生的文化形式就是诗歌。

我们看古人写文章，诸子百家的文章那么美，就是因为他们的文章有诗的韵味。《易经》里"天行健，君子以自强不息"，这样的结构就是诗歌的结构，"地势坤，君子以厚德载物"，这样简短有力的，符合韵律的词，是诗歌的韵律。荀子说"故不登高山，不知天之高也；不临深溪，不知地之厚也。"多美的诗。

在西方，最伟大的著作就是《荷马史诗》。欧洲人认为《荷马史诗》是他们文化的源头。《荷马史诗》实际上是对之前许多民间诗歌的辑录。这部书记录了地中海沿岸在远古时代的历史变迁，记录了重要历史人物的活动。有人认为它是历史，有人认为它是神话，它整篇就是用诗的形式来表达的，是长篇叙事诗的经典。

诗是我们人类最早产生的而且影响最深远，流传时间最长的一种伟大的文艺形式。

现在，我们之所以还热爱诗的原因，就是我们渴望有好的诗能够带给我们心灵的愉悦和快感，能够抒发我们心中的悲伤和思念，能够带给我们精神的振奋和鼓舞，所以诗是人类心灵和灵魂的一种需求。

三

我们古人说"诗言志",《尚书》里记载舜帝说"诗言志,歌永言,声依永,律和声"。《庄子》说"诗以道志"。在"心"为志,发"声"为言。其实说的都是一个意思,诗表达的是你内心的情感。

写诗的人都知道,写诗就要写内心的情感。

诗歌要求,要表达的情感必须是真实的,是有感而发的。而不是做作的,不是为写诗而写诗的。中国历史和人类历史上留下来的伟大诗歌,都是发自内心的真实的情感。一个诗人如果一生写假话,为了某种需要去写马屁诗,不管你当时影响有多么大,最后都会遭到别人耻笑。而那些真实抒发人类情感的诗,写人类喜怒哀伤的诗,是人类文化永不磨灭的宝贵财富。那些矫揉造作的,玩弄语言的,把诗写得隐晦不明的,这种诗也可以叫做诗,但是它没有生命,它无法走远,它只能是一种暂时的,自我心灵的欣赏,而真正关爱自然的,关注人类命运的,能够引起大家强烈共鸣的,这种诗就会万古流传。

四

怎样才能做到万古流传呢?核心就是"真实",不管什么文学形式,首先是"真"。我们写一篇文章是为了骗别人,获得虚名,那这篇文章很快会让人识破,你不要认为读者都是傻子。人家觉得你无聊、无耻,你浪费别人的时间。假如你是为了出名去写一首诗,那是不会有生命力的。一个有生命力的东西必然是发自作者内心深处的。

在现实生活中,我们常常能看到,有些人写了些所谓的诗歌,就背着到处找评论家,找名人,让人家去评,去看,去推介,有的走后门到杂志上去发表,背着礼物,背着钱,去活动得奖。我觉得这都是很无聊的,这说明你的作品不真,而且没有掌握创作的技巧。好的作品用不着那样费力地去找别人吹捧,读者喜欢你,自然会流传起来。

五

但是"真"来自于哪里呢?不是说一个人一时的对世界或者人性的看法它就是真。真一定要与客观事实相符合,一定要接近人类人性的本真,一定是接近于自然的本性,接近于真理性的看法,才能叫"真"。

你不能说因为一件小事,比如热水把你烫了,你就诅咒水。你说真吗?它也很真,但是它不符合自然的情理。有一个人说你一句,然后你就写诗骂人家,你说这真吗?对你自己这个个体来说在当时看起来它是真实的,但是对于事物,对于人的本性来说它是虚假的,它是没有存在价值的。而这个真,一定是上合大自然运行的规律,下合人类心灵的情感,带有真理性和普遍性,才是真。这种人类普遍存在的认识和看法,通过你个性化地表现出来,这才叫真。

古人说"诗言志",这个志,必须是真志,是人类真实的情感,比如热爱自然,热爱亲情,歌颂善良,歌颂友谊,呼唤诚信,反对暴政,鞭笞邪恶,这些都是人类永恒的情感。所以,写诗首先要写真话,不要刻意去营造虚假,刻意地去说一些莫名其妙的话。

前两天有一个人写文章说不为权利写作,除了不为权利写作,也不为虚名写作,不为金钱写作,不为虚假写作,这是做一个好诗人的前提。

六

诗歌以及别的文化形式,一旦被权利利用,被金钱利用,他就会衰落,就会失去价值。

《诗经》分"风、雅、颂",其中"风"都是来自人民的声音,这些"人民"当然包括当时的一些贵族知识分子。这些诗质朴感人,流传久远,它表达的情感都真实可信。但当诗这个形式最后发展成被当权者利用的工具,比如《诗经》里的"颂",有些歌颂当权者的,让人觉得不可信,它就流传不开,以至于让诗这种文化形式走向衰落。后来,"楚辞"兴起,从屈原开始。屈原是一个伟大的人,一个心胸磊落的人,他的爱,他的情都是炽热的,真实的,而且最后牺牲了自己的生命。他是用生命来写诗,所以屈原的诗就感人,读起来让人热泪盈眶。但是,"楚辞"后来又变成了一些人拍马屁和卖弄辞藻的工具。当"楚辞"变成了工具,那么"楚辞"衰落了。到了汉代,赋开始也很美,最后变成辞藻大杂烩,也就完了。

所以,文化的最高要求是真实,人类永远需要探索真理和真相,一旦文化变得虚假,变成工具,那么这种文化形势就自然衰亡了。

七

其实,文化进入某个集团统治的时代,就开始不断衰落。人类被利益驱动,被统治禁锢之后,就失去了人性的本真。马克思说的"经济落后的国家在哲学上仍然能够演奏第一提琴",就是说的这种现象。社会发展到分工精细,统治严密,受利益驱动,人认识世界的本真就会受到干扰,就创造不出人类在远古时代创造的那些充满真情的神话和句子,就变得越来越矫揉造作。

汉字"伪"就是一个人字旁,加一个"为",就是说人为的,就有可能是假的,就会离自然的真相距离遥远。所以,文化要表现真相,就不能过分人为,要用最简单率真的语言,去求证自然的真。

八

现在小说大行其道。

春秋战国的诸子百家中，就有一家叫做"小说家"，说明中国的小说出现得很早，但是作为诸子百家中小说家的作品，几乎没有流传下来。这有可能是让秦始皇烧掉了，也可能是儒家认为小说家没有价值，在儒家经典中没有收录一篇小说。

"小说"这个词，最早是《庄子》中说出来的，它指琐碎的言论。东汉桓谭《新论》说："小说家合残丛小语，近取譬喻，作短书，治身理家，有可观之辞。"仅仅是"有可观之辞"而已！班固说小说家，"盖出于稗官，街谈巷语，道听途说之所造也"。从这些对小说的定义，你就能看出来古人对小说的鄙视。出于稗官，稗官就是那些专门打听民间小事的小官员。他们记录的东西就叫稗官野史，也就是小说。"稗"本来是一种破坏水稻生产的杂草，属于有害植物。我不知道古人为什么把小说家称为稗官，也可能是认为它有害吧。

如果小说真是记录人民的生活，虽然是琐事小事，也可能对历史研究和认知过去，有很大帮助。但是，现在有的小说表现的都是些人的矫揉造作，琐碎到叫人看不下去。有的百万字的小说没有对世界和人性本真的描写，没有几句让人能够获益的哲理名言，大都是堆积辞藻，表现标新立异的扭曲生活。有的专门歌功颂德，有的拍马逢迎，有的调戏历史，有的欣赏邪恶。小说离读者越来越远，离百姓越来越远。

孔子提出"君子不器"，就是君子不做某一方面具体的人才，不能像一个具体器物那样实用。君子必须上通天地，下达人情。这样的君子不管做什么，写诗，写小说，写任何文体，都会随意拿来，毫不费力。而且，作品都会写出世间真情，天地至理。

《论语》里子夏说，一切带技巧性的创作，包括小说，是属于"小道"，不是"大道"。子夏说："虽小道，必有可观者焉，致远恐泥，是以君子不为也。"虽然是小道，不是大道，但是还有可看之处。但是"致远恐泥"，子夏认为小说这种文体容易让人拘泥于其中的情节和细节，容易让人拘泥于技巧和琐碎，让人胸无大志，让人思想走不远，所以说"君子不为"，君子不做小说这样的题材。

但是，这些"小道"，如果能够运用纯熟，用来表达人性本真和自然至理，那么，它就有了伟大的意义。好的诗歌，不在乎技巧的高超纯熟，而在于表达的思想是不是深刻合理，情感是不是真实动人。

所以，创作的高下之分，不是技巧的高低，而是学问修养的高下之分；不是词汇掌握的多少之分，而是人品德行的薄厚之分；不是描写的细节是否实在，而是通过这些细节，所表达的求真精神是否执着。你给读者玩技巧，巧言令色，博得名利，而你自己根本就没有对世界和人性的真实思想，那你就是垃圾作品。

九

有人问扬雄年少时是不是喜欢作赋，扬雄答："不错，但那只是孩子们的雕虫小技，我年龄大了就不作了"。

"雕虫小技"最初写作"雕虫篆刻"，指的是篆刻和雕刻，扬雄认为这些技术，学起来太难，但是却对人们认识世界和真理毫无帮助，所以，他鄙视它，也就放弃了。

我们知道，扬雄是写赋的天才作家，他的四篇名赋千古流传，《河东赋》《甘泉赋》《羽猎赋》《长杨赋》，都是那么精彩。但是，他说这些是雕虫小技。可能就是他认为雕琢文字，不如直抒胸臆；讲求形式不如实活实说。所以，写诗，不要在形式字句上绕圈子，一定要有思想和道德的高度，一定要有真情和实感。没有真知灼见，字句的雕琢只能让人觉得作者不老实。

十

唐诗兴盛以后，李白、杜甫是多么叫人激动。李白情真意切，杜甫真情实感。但是，最后唐诗也变得腻腻歪歪了，变成了马屁工具和文人的玩意了。诗衰落了。又出现了"词"，早期的词清新自然，大气磅礴。但是词后来也越写越拘泥于韵律，越写越拘泥于对仗和格律。越写越晦涩难懂，所以很多人就写不了了。而且朝廷里头豢养的那一帮人整天在写歌颂的颂词，歌颂神仙，歌颂皇帝。大奸臣严嵩就是写青词的高手，他和皇帝互相和答，吹捧拍马，许多年轻人也跟着学，希望得到皇帝赏识，云里雾里，不知所云。宋朝徽宗皇帝还爱写艳词，一帮文人流着下三滥的口水，在玩这种文字游戏，搞得国破家亡。

十一

古代的《易经》《道德经》、亚里士多德、柏拉图,都是探索天地宇宙,探索人类社会,探索世界本源,它都接近于真理性的写作。到现在我们发展成了写琐碎的,写无聊的,写偷窥的,写情欲膨胀,写这些东西。这些东西没有生命力。所以,我们读书,不要读没有经过时间考验的作品,要读经典,读西方的和中国的经典,从经典中寻找智慧。

十二

我前面说这么多,其实就一句话,诗和别的艺术体裁一样,首先要情感真实,认识深刻。只要你的灵魂走向真实,你的文笔走向真实,那么读者是会有鉴赏力的。只要你不是为了迎合谁而去写作,那么读者是会喜欢你的,只要你写了真情,那么读者是会热爱你的。

十三

诗虽然是必须表现现实世界的真实,但是,他又是每个诗人灵魂的再创造。诗人写诗,不可能写尽世界的全部,必然有所取舍。通过选取自己有兴趣的题材,表现人对世界和人类社会的感知。因为真实,才会让人觉得可信,因为通过诗人灵魂的提炼,才会让人觉得新鲜有趣。所以,诗由于加进去每个诗人的个性,才让人觉得喜欢。如果,诗没有个性,虽然真实,那也是毫无趣味的。数学公式和化学方程式都是真实的表达真理性的认识,但是没有几个人喜欢去欣赏这些东西。一篇说明文写得再好,却没有几个人去朗诵。所以,诗人的个性非常重要,不能互相模仿,千篇一律,千人一面。

十四

朱熹老先生说过几句话,他在《诗集传序》里提了一个问题。"诗何为而作也?"

这个问题又古老又难以回答。人为什么要写诗?

这个问题对于诗歌研究又非常重要。写诗的朋友都应该思考这个问题。你写了一辈子诗,不知道人为什么要写诗,也确实很奇怪,也不可能把诗写好。

朱子的回答很费劲,"人生而静,天之性也。感于物而动,性之欲也。夫既有欲矣,则不能无思;既有思矣,则不能无言;既有言矣,则言之所不能尽,而发于咨嗟咏叹之余者,必有自然之音响音奏,而不能已焉!此诗之所以作也。"

朱熹说人的本性就是静。但是人又有情和欲,七情和六欲。你静到这儿没饭吃不行,你吃饱饭还想穿服;然后你还受性别的驱使,还要找异性;然后还要住好的房子,还要听好的音乐;还要爱儿女子孙，爱父母兄弟；还要爱色彩斑斓，爱鸟语花香；爱高山大川，爱都市繁华；还恐惧死亡，害怕邪恶；患得患失，不一而衷。

是人的七情六欲促使人动起来，去向往，去追求，而追求向往的过程中，就会思考，就会产生各种情绪。既然有思考，有情绪，就不能不说话，不能憋在心里。但是，许多事情靠说话还表达不了，很憋屈，很亢奋，就只能又唱又跳，这样唱的时候，必然要符合一种节奏，这样，诗就产生了。所以，诗歌首先表达的就是人的真性情，这种真性情是不受外界干扰的，是受你本性驱使的，追求人生幸福的过程，从心灵深处发出的声音，这就是好的诗。也就是说，诗的产生是一个自然而然的过程，诗的最高境界是"自然之音响节奏"。这有点玄，需要仔细体会领悟。这是朱熹文学思想中的一个重要提法，我认为非常对。一个人一生应该去做各种各样的事，在做事的过程中，就会有不同的经历和遭遇，就会产生各种情感，自然流露就是好诗。人不要做一个专业诗人，一辈子无所事事，坐在房子编诗，编得再多都毫无价值。

所以，诗歌出于真情，符合自然的节奏，也就是人内心情感的节奏，就是好诗。紧张的情绪短促，幽怨的节奏悠长。合乎节奏就给人以美感。

十五

写诗首先是要给别人看的，传递你的情绪和信息，所以，语言障碍越少越好,越简单越好。老子说"大道至简","大言希声"。越是简单越是接近真实,越容易记忆,就越是传递得远。

《仪礼》说:"辞多则史,少则不达,辞苟足以达义之至也。"它的意思是说,话多就浮夸不实,少了又不能表明意思,所以,话只要能说清楚就行,就是最好的了。

十六

人的意念,人的思想是非常复杂的,是灵动的,瞬息万变的;大自然也是千奇百怪,形形色色的。人类所创造的词汇,要描摹尽我们自己的思想,完全表达我们的情感和思想,那是非常非常困难的,这就叫"词不达意"。词语永远不能表达人类最灵动,最复杂的思想和纷繁复杂的自然现象。

但是,就在这种词不达意的状况下,我们用语言尽量去真实地描摹我们自己真实的想法和自然世界,这就是文学和文化。

文化之所以能成为人类生活的最重要的部分,它比粮食有时候还要重要,粮食固然重要,但是粮食并不需要常去想它,食能裹腹衣能蔽体就行了。但是,文化却代表着我们的去向和信仰,代表着我们的过去和未来,对我们每个人都会发生影响。文化能够代表和表达我们一个人的追求,两个人的追求,大众的追求,国家的追求和人民的追求。从一个人汇聚成一个民族。

而我们在民族文化中取共性,去写能够代表大多数人情感和思想的作品,就能够引起共鸣。能够被大多数人接受的,才会成为永恒不变的经典作品。

十七

我绕了半天还是那句话,"真实"。

首先是"真"。"真"和"实"其实是两个不同的概念,"真实"两个字有不同层次的含义。

"真"指的是事物的本真。"实"就是实际的存在。我们写"实",可以把一个桌子画在这儿,可以把一件事情实实在在地描摹在这儿。但是"实"不一定"真","实"离"真"是有距离的。"真"是高层次的追求,而"实"是低层次的存在。这也就是我们说的知识和智慧,我们对世界的认知就叫做知识,而我们把这种认知上升成对世界、对天地宇宙的看法的时候,它就变成了智慧。

我们人类都有认知,我们知道,男女和合,男女结婚来繁衍后代,这是我们对男女之间关系的认知。但是怎样能够让夫妻和睦,怎样能够让家庭幸福,怎样能够让你的丈夫不出轨,怎样能够让你的妻子不乱跑,这就需要智慧。它又上升到智慧层面上,知识是低层面的存在,而智慧是高层次的认知,人类的伟大之处就是通过对自然界的各种认知,形成智慧。

诗歌就应该写人类的智慧,写"真",而不是写"实"。

十八

《诗经》中有很多的诗因为写真,让我们很感动。

比如,有一首宋襄公母亲写思念儿子的诗,叫做《河广》。宋襄公的妈妈是卫国公主,卫国遭到了北狄的进攻,她就回到了卫国,保卫自己的国家去了。宋襄公的父亲就很不高兴,觉得你作为宋国国君夫人,私自回了娘家,就把她给休了。襄公的母亲回不来了,就写了一首思念儿子的诗。因为宋卫两国隔着黄河,宋襄公的母亲就写道:"谁说黄河宽又广?一支草船可渡航。谁说宋国太遥远?踮起脚跟即可望。谁说黄河宽又广?难容一船在其上。谁说宋国太遥远?早餐赶去能吃上。"它的原文是:"谁谓河广?一苇杭之。谁谓宋远?跂予望之。谁谓河广?曾不容刀。谁谓宋远?曾不崇朝。"

诗中描绘的情景,实际上是做不到的。但是,母亲思念儿子的那种急迫心情,通过这种夸张的手法表达出来,就会使人感动得落泪。

宋襄公姓子,名叫兹甫。子兹甫得到了母亲的诗,于是,他就在黄河边上修筑了一座望母台,登上高台远远地望着母亲。

隔着宽阔的黄河,真得可以看见吗?我估计,看不到。但是,这首诗和子兹甫的望母台,带给我们的是千百年的感动。母爱和儿子孝敬母亲的亲情,怎样夸张都不过分,怎样夸张都有道理。它虽然在现实的逻辑上似乎不通,但是,只要情真,别的都无所谓了。

再比如《诗经》中的《伐檀》这首诗："坎坎伐檀兮,置之河之干兮,河水清且涟猗。不稼不穑,胡取禾三百廛兮?不狩不猎,胡瞻尔庭有悬貆兮?彼君子兮,不素餐兮!"先是连续的劳动场景描写,接着以劳动者之口,质问那些游手好闲不劳而获之辈的嘴脸。它反映的是人民的真实情感,让人同情而感动。

十九

上个世纪有一个火遍全国的诗人叫汪国真。我们今天读他的诗,明显会觉得太浅、太白。他之所以成为一个划时代的诗人,就是因为他掌握了人心,他没有跟着当时的那些诗人,纠缠在文字的游戏里,而是选择用最直白的语言,来描摹人们的真情和真爱。虽然他的境界和历史上李白、杜甫、苏轼、李清照这些人,根本不在一个层面上,与那些大家无法比拟,但是,他却被当时的读者接受了。就是因为他亲切自然,不玩虚套。

二十

有人说我们中国人不爱惜人才,我觉得是不对的。生活中只要出现一个人才,只要你做出成就,只要你不是简单地模仿别人,只要你真诚地写作,就会有人追捧你、热爱你。汪国真的诗放到唐朝,是出不了自己家大门的。但在现代,他竟然成了一个名闻天下的诗人，就是因为他率先走出了现代诗的晦涩阴暗和纠缠，走出了无聊的文字游戏，让诗直直白白地呈现在你面前，告诉你一个浅显的道理，或淡淡的情感。他就会让人感动，让人接受。

我发现我们有一些诗人，现在依然把文字写得尽量不让人懂，别人看懂了，他就会觉得自己不高深，这就是关门主义的写法。

在当下这个时代，很少有人说实话，你就说说实话，又怕什么呢？你就用最简单的语言，写点实话，抒发点真情，写出你对人类社会，对你自己的家庭，对大自然的看法。做到了这些，我觉得你就能成为一个大诗人，就能成为一个好诗人。

继续沉迷于那些隐晦朦胧写法的诗人是没有前途的。

二十一

我过去也写一些诗，但现在很少写了，因为我觉得诗不足以表达真情。我要说实话，我想骂人，我想代表一群人去骂人，代表大众去指责一些丑恶，我觉得诗太过于隐晦、轻佻。我喜欢大实话，喜欢直来直去。这样的直抒胸臆，反而会获得很多读者的支持。

我们写文章的目的是什么？除了娱乐自己外，更主要的还是要把自己的思想留在这个世界上。人活一世，草木一秋，当我们离去后，可以在这个地球上留下一丝微弱的声音，那一定是一件非常有意义而且美好的事情。

二十二

我上面说了这么多,都是为了强调诗歌创作的真实性。我原本计划说四个层次,但是,由于我太注重诗歌创作真实性的重要性,所以在这里就说多了,占去了大量的时间。

二十三

我们国家这几年,唱歌的很火。

但是,诗歌很衰落。而在人类历史中,诗、音乐和舞蹈是同源、同时诞生的,诗歌的文化内涵,所承载的信息量是音乐和舞蹈无法比拟的。

现在音乐和舞蹈那么火,明星不少,但是诗坛没有人才,为什么?就是因为假,因为模仿,因为跟风。

同时,歌舞火爆,诗歌低迷,也表现出文化上的虚弱,和思想上的低俗。

二十四

儒家经典《乐记》中说:"惟乐不可以为伪。"就是说,音乐是不能作假的,听听一个时代或者一个地方的音乐,就可以知道这个地方的好坏。音乐激昂,人民必然尚武;音乐嘈杂,人民必然好斗;音乐豪华,人民必然奢侈;音乐哀怨,国家必然黑暗;音乐和谐,国家必然安宁。音乐是国家政风民风的体现,是无法作假的。

吕不韦编的《吕氏春秋》里有《制乐》这一章,其中几句说:"欲观至乐,必于至治。其治厚者,其乐治厚;其治薄者,其乐治薄;乱世,则慢以乐矣。"

这话用今天的话讲,就是要欣赏最好的音乐,必定先要有最好的世道;国家政治仁爱厚道,音乐比人和谐浑厚;国家政治冷酷刻薄,音乐也会单一冰冷;而动乱的世道,那就谈不上什么音乐了。

二十五

一个时代的文化,是由无数个文化个体组成的。人类社会的文化,之所以那么恢弘,那么伟大,就如大江大河一样,是由一个个水滴组成的,而这每一个组成文化洪流的水滴,都要有自己的个性。你描绘悲欢离合,我写了喜怒哀乐,你描述天地宇宙的大理,我写了人间变化的沧桑。这各个方面,才聚合成了人类文化的大局。假如我们写的全都一样,海子要关注粮食和蔬菜,我们就关心菠菜和洋芋,这样的重复,有什么意义?

二十六

虽然历史上有许多伟大的诗人,但是,文化的根基却在民间,在于人民之中。

我们知道《诗经》的作者,大多是无名的,大多是来自人民之中的,也就是来自老百姓,他可能是种地的,也可能是作醋的,也可能是砍柴的。

后来,也有一部书叫做《乐府诗集》,是北宋郭茂倩编的,它就是《诗经》之后,我们中国又一部收录民间的诗歌集,有五千多首诗,一百卷。是汉朝、魏晋、南北朝民歌的精华。这部书中大部分作品,都来自民间的作者。其中著名的民歌长诗《木兰诗》,是天下闻名的。

还有南朝徐陵编的《玉台新咏》,也是一部伟大的诗歌集,它的作者也大都是来自民间的文人,而且这部书大多写爱情和人民的日常生活,其中长诗《孔雀东南飞》家喻户晓。

《乐府》中有一首叫做《悲歌》的诗,写道:"悲歌可以当泣,远望可以当归。思念故乡,郁郁累累。欲归家无人,欲渡河无船。心思不能言,肠中车轮转。"

这是一首千古流传的诗,语句直白到没有文采的地步,但是情感真实到无以复加的地步。让人每次读起来,都会伤心落泪,思念家乡和亲人的情感都会被激发出来。思念家乡,伤心到极点,只能唱出悲伤的歌。想念父母亲人,到了极点,只能登高远望。思念故土,心中闷闷不乐。但是,回家吧,家里亲人都不在了,渡河吧,又没有船。心里的话说不出来,心中的痛苦纠缠着,就像车轮旋转一样。

这种大的情怀,大的悲伤,出自一个无名作者之手。所谓无名作者,就是人民大众中的一员,就是这些普普通通的人,建造和支撑了中华传统文化大厦。

我们五千年的文明史,传下来的有名诗人也就几百个,我们熟知的也就三五十个。一说起来就是屈原、李白、杜甫、白居易、陆游这些人。但事实上,几千年来,我们中国可能会有几十万个诗人,甚至几百万个。人民中的诗人,创作了极高品格的诗作,写出了很多对世界和人性质朴的、本源的看法。在这样的土壤里,才可能产生出许多著名的诗人来,才有了以"诗的王国"自称的中国。

我想告诉礼泉的各位诗人朋友,你们虽然在基层,在农村,但是不要迷信所谓的名人,也不要模仿所谓的名人。要相信你们自己,相信你们每个人都能写出好诗来。只不过,一定要多读经典著作,读《诗经》,读《乐府》,读李白和杜甫,读苏轼和陆游。看看这些经典,写的是不是都是国家和人民的命运,写的是不是挚情挚爱。

同时,也要读《道德经》,读《易经》和《论语》,读《红楼梦》建立自己认识天地宇宙和人类社会的思想格局。

人生时间有限,要多读经典,读经过几百年时间检验过的作品。

同时，大家一定要找到自己语言的特点，找到自己思维的特点，找到自己熟悉的有所感悟的描写对象。一旦你有了自己正确的方法和技巧，那么你就会迅速进入到另一个层面上。

2016年12月10日星期六于东黄小镇

历史的记忆
——"农业与人类农业文明"讲座（根据录音整理）

一

欢迎各位领导和朋友的光临。

欢迎大家在这个寒冷的天气里，听我讲述。

这是一个非常大的题目——农业与人类农业文明。

二

文明这个词所有人一听，开始会感到有点头晕，其实文明就是人类文化的代名词，文明是人类脱离了原始野蛮状态之后，所有的社会行为和自然行为的总和，这些行为包括了家族观念、工具、语言、文字、信仰、宗教观念、法律、国家、艺术等等许多方面。文明是一个很广博的概念。

我们为什么要讲农业文明，大家可能觉得我不是学人类学的，不是学社会科学的，我是学机械设计的，我是学计算机的，和农业和农业文明没有关系，实际上这是一个误区。

作为一个人必须要有大的格局，一个大格局的人必须懂得人类历史和人类的文化。我们人类从哪里来，我们要到哪里去，这是一个永恒的话题，而且是一个令全世界的智者，令所有有心胸的人都非常关心的一个话题。

人类作为这个世界，这个地球上一个特殊的存在，我们古人说，《三字经》里说：三光者，日月星，三才者，天地人。就是把人类与天和地放在同一个层面上来说，就是说人类是和天地一样主宰这个地球，主宰这个世界上一个最重要，最伟大的生命。那么人类在这个地球上，他的生存和历史，他的文化，他走过的旅程，我们作为人，我们应该对他有了解，有思考。一个懂得人类历史的人，一个懂得人类发展过程的人，他的心胸与格局就比纯粹搞具体物质研究的人心胸格局要大，一个懂得人类文化发展历史的人，他就不会被眼前具体的麻烦所纠结，一个人的幸福感就强，他的气场就大，他就会活得豁达。

而农业时代，是人类历史最重要的时代，所以我说农业文明和人类的整个历程是我们每个人都应该知道和了解的。我们西京学院的孩子们能够通过我们这场讲座，来对人类走过的历程有个大致的了解，是很重要的。

由于时间所限，我们讲的题目又非常的大，非常的恢弘，所以没有办法深入到具体的细节中，所以我只能讲个大概的轮廓。

三

首先我讲，我们是人，什么是人？这是一个我们大家都要思考的问题。自从我们祖先把我们定义成人，那么人到底是个什么东西？一直以来存在着各种各样的说法。

人有生物学的定义，有社会学的定义，有方方面面的定义，而且这是一个多少年来争论不清的话题。

生物学上，人被分类为人科、人属、人种，是一种高级动物。精神层面上，人被描述为能够使用各种灵魂的概念，在宗教中这些灵魂被认为与神圣的力量或存在有关。

这个问题太复杂，我们不展开说。

其次，人是从哪里来的？这又是一个争论了几千年的问题。

我先说人从哪里来。在这个世界上，自从人有了思想，有了文化以后，我们始终在找自己的根，我们人类的祖先是从哪里来的？是从地球上一开始就有我们"人"这种生物，还是我们从什么别的生物演变进化而来的？所以自古以来就存在着两种说法，一个是神创造人类的说法，第二种就是人从别的物种演变而来的说法。

那么关于神创造人的说法，大家不要觉得可笑，不要觉得是神话，是无稽之谈。我们不要急于下这样的定论，作为搞学术的人，作为搞文化的人，作为孩子们，特别是大学生们，你们现在年龄小，你们的可塑性非常强，不要被眼睛能看到的物质世界所迷惑,一定要用智慧,用感悟力来感悟这个世界上很多让我们无法解释的现象,所以不要轻易否定神创造人的说法,也不要轻易否定人是从别的物种演化来的说法,一个人在学习的阶段应该尽量地吸收方方面面的思想,不要给自己的思想套上框框。

四

我先说神创造人的说法。

那么关于神创造人,第一种说法就是佛教的说法,佛教认为人类来自于"光音天","光明"的"光","音乐"的"音","天地"的"天"。佛教认为在宇宙中存在着一个空间,这个空间叫做"光音天",这个地方住着神,神和神对话、传播思想靠"光",靠眼神发光,"光音天"的神仙们是靠眼睛来交流思想和文化的,所以叫做"光音天"。

有一天,"光音天"的几个神,他们在宇宙空间中飞翔,最后就有几个神到了地球上,到了我们这个层面上,饮用了地球上的泉水,他的身体就开始变得沉重,结果就无法再飞回到他们"光音天"的空间上去,然后几个神在地球上就变成了人类,最后生儿育女在这里繁衍。这是佛教《长阿含经》的说法,是人类出现的说法之一。

那么第二种说法,就是基督教的说法,基督教说:神是上帝耶和华创造的,耶和华先创造了一个男人,叫"亚当",然后又用"亚当"的肋骨创造了一个女人叫"夏娃"。神让"亚当"和"夏娃"居住在一个非常美丽的地方,这个地方开满了鲜花,有各种果实,这个地方叫"伊甸园"。

"亚当"和"夏娃"在这里生活过得非常美好,但是神又叮嘱他们说:这个园子里有两个果子,你们不能吃,吃了之后你们要遭到报应。其中一个是"智慧果",另外一个是"长生果"。

上帝把亚当和夏娃放在伊甸园里,告诉他们不能吃禁果,结果,蛇很坏,蛇就整天在教唆亚当和夏娃说,哎呀!这个智慧之果非常好,你吃完了以后,就增长了智慧,就变成了一个和上帝一样的人。亚当、夏娃就禁不住诱惑,就吃了智慧果。吃完以后,首先有了害羞之心,知道了羞辱,本来他俩都赤身裸体,谁看见谁也没什么感觉,但是智慧果吃了以后,就有了羞耻之心,一人找一片树叶把自己的羞处遮住。

蛇骗他们的目的,是为了跟他们一起去吃长生果,吃了之后就永远不死。当上帝知道了人偷吃了智慧之果,上帝就派天神迅速守住了长生果。人类没有吃上长生果,从此就会死,没法变得长生不老了。亚当、夏娃也遭到报应了,因为没有吃到长生果,所以就像我们人类一样几十年、几百年生命的轮替。有人说亚当生活了八百年,不管你生活了多少年,最后都得死。这是《圣经》上的说法。

在澳大利亚,土著人认为,人是用树皮和泥土创造的,神把树皮剥下来,三块树皮,在上面放上泥巴,创造了人的头,创造了人的身子,创造了人的腿。

日本人也有一种说法,日本人认为是一个棕熊勾引了一个美女,然后生下来日本人,这个棕熊是神的化身,他们的后代是日本的天皇。我们能看出来日本人的说法明显的是给他们天皇制造一种神秘的色彩。

在美洲大陆,古代的印第安人也存在着一个人来自哪里的传说。印第安人说,神有一天到了美洲大陆,他用泥土捏了三种人,三种人捏好以后放在炉子里去烤,但是,神很着急,等这个人烤的半生不熟的时候,他就拿出来一个,一看有点发白。又过了一段时间,神又拿出来一个,一看烤得金黄闪亮非常美,就像我们烤馒头一样,神对这个金黄闪亮的人非常喜欢,他就在手里拿着玩,把玩不已,欣赏,他就忘了他在炉子里还烤了一个,结果赶快去打开一看,烧糊了,黑了。

从美洲的关于人类的来源,我们明显能感觉到一个种族歧视的色彩。西方人认为,他们白种人无色人种是最高贵的,在印第安的神话里表现的是黄种人是最高贵的。第一个没烤熟的就是白种人的祖先,第二个金黄的火候最好的就是黄种人的祖先,烤糊了的就是黑种人的祖先。

这些故事非常有趣,我们人类的祖先有着丰富的想象力,这些看似缥缈的,看似无法考证的人类的祖先的故事,他正好是人类智慧的化身,是我们人类智慧的最高点。

所以作为一个搞学问,搞文化研究的人,一定要打开你的思路,打开你的想象。

我们中国古代的神话也非常迷人,我们中国人说,很早以前,有座山叫昆仑山。现在我们知道昆仑山在新疆,而我们古代关于人类的传说,都是我们汉民族祖先的传说,比如说,伏羲、女娲造人的故事,都发生在我们中原,所以有人考证,古代的昆仑山有可能就是我们现在河南、陕西交界的崤山,就是函谷关一带。

传说,在远古的昆仑山上有夫妻两个人,一个叫伏羲,一个叫女娲。有人说他们是人头蛇身,后来我们在汉代墓里面发现许多石刻和砖雕都有伏羲、女娲的形象,他们都是蛇身人面,是蛇的身子人的头,这个结构很奇怪,我觉得应该就是像蛇那样美的柔软修长的身体。他们的身体应该跟我们现在人差距不大。

有人说伏羲和女娲是兄妹两个,在人类被毁灭后,这兄妹两个活下来了。可能在史前还有更远的人类吧。这兄妹两人活下来以后,天神就劝他们说,只有你们两个结合才能创造新的人类。当然兄妹结合是一件很羞辱的事,说明人类当时已经有道德感。他们两个就说,如果把一个碾米的磨盘从山上推下来,这两个磨盘合在一起,那么我们就结合。最后,天神就把磨盘放在昆仑山上,然后从山顶上推下去,最后磨盘竟然合在一起了。他们就结合创造了我们这个世界的人。伏羲、女娲是我们人类的祖先,这是我们中国人的一种说法。

那么第二种说法,就是女娲创造了我们人类。有一天女娲到了黄河岸边,她觉得这个世界上花草鱼虫都有,但是就没有一个和她自己长得很像的一种生物,所以女娲娘娘就用黄河水和着地面的土做了一个小人儿,她一吹气,这个小人就在地面上开始活动,最后她为了造更多的人,她用绳子蘸着泥巴一抖,好多小人就开始在地上活动,所以女娲娘娘是我们中国人认为的人之母。

女娲娘娘过去我们也把她称为"高媒",过去在我们中国的民间,每年的七月初七都有祭祀"高媒"的活动,女娲娘娘是我们人类的母亲,也是我们人类的媒人,她让男女相合繁衍我们人类,繁衍我们的后代。

同时女娲娘娘也是我们的音乐之神,她发明了"芦笙",发明了琴弦,然后把这些乐器赐给我们人类,让我们人类去娱乐,心灵上获得愉悦。

所以女娲娘娘是我们人类伟大的母亲。

后来由于共工和颛顼争夺帝位,共工失败了,他很生气,就把不周山撞到了,大地向东南方向倾斜,天漏了,整天倾盆大雨,女娲娘娘就炼五彩石补天,最后又斩杀海里的一种动物叫做鳌,把大鳌的脚砍下来立四极,用鳌的腿把天支起来,她又用灰把泛滥的水堵起来,然后建起了一个鲜花盛开,果实累累的地球,最后女娲非常累,就倒下去死了。

在西方的古希腊和罗马神话中也有神创造人的说法,比如普罗米修斯和他的弟弟厄庇米修斯一块儿创造人类。普罗米修斯的意思就是先知先觉,而他弟弟的名字厄庇米修斯是后知后觉的意思,就是什么事情后来才知道。厄庇米修斯的性格很鲁莽,他先给这个地球上创造了很多生命,他把自由飞翔的翅膀给了鸟类,他把美丽、保暖的毛皮给了兽类,把坚硬的鳞甲给了海里的鱼,最后他发现要创造人的时候没有东西了。我们人类一无长处，人类爪子不利，牙齿不坚，身上没有保暖的皮毛，我们也没法飞翔到天空，也没法隐藏到水中，既没有鳞甲也没有利爪，所以我们人类是地球上最脆弱的一种生命。

普罗米修斯就很生气，他就决定，第一把人的外形造得像天神一样高贵。咱们人和神长得是一模一样的，我们人体的结构，人体的美丽，直立行走，这些都是神赋予的，是地球上最美的，结构最合理的。普罗米修斯就决定给人类高贵的美丽的外表，第二给人类以智慧，超出所有生物和动物的智慧。第三他要给人类以火种，火是地球上任何动物都不会用的，我们人类会，这是伟大的普罗米修斯给的，因为普罗米修斯把火种偷偷地给了人类，他自己受到了惩罚，他自己被绑在悬崖上，每天有很多老鹰秃鹫来啃食他的胸脯，吃掉他的五脏，但是夜晚又长好，第二天老鹰又来吃。普罗米修斯为了我们人类的幸福，他自己忍受着煎熬，忍受着痛苦。

我刚才讲的地球上关于人类的来历，存在着大概几百种说法，我选其中的主要的告诉大家，这些表面上看起来没法证实的，靠自然科学没法得到结论的人类智慧创造的这些美丽的说法，它有它自己存在的价值。我们不要认为这个世界上关于神的说法，它都是荒诞不经的，有很多东西必须在人类发展漫长的过程中才能够得到印证，才能搞清楚。

五

下面我来讲目前我们国家最流行的人的来历的说法，就是进化论。我们讲人类农业文明，那么我们必须要讲"人"是怎么来的？有了人才能有人类，有人类才能有文明，这是一个层层递进的关系。

很早以前就有人提出，地球上发生着物种的变化。什么叫物种变化呢？比如说狼在生存的过程中百万年，千万年，最后变成了一种别的东西，有人认为海里的鲸鱼，是狼的近亲。有人认为现在天上飞的鸟，就是恐龙变的。这就是物种的衍变。

那么很早就有人认为，人类是别的物种衍变的，一直到十九世纪，西方的一个科学家叫达尔文，这个人已经影响世界一百多年了，他创造了一个学说叫做"生物进化论"。他认为地球上所有的物种，最早都生存在丛林里，他有一个著名的结论，我们中国人翻译过来叫做"物竞天择，适者生存"。就是说所有的动物生活在丛林里，为了生存而战斗，而竞争，而变化。适应自然的就活下来，不适应的就灭亡。后来，人类的祖先猿，离开了森林，来到平地上生活，最后逐渐地从猿变成了人类。

我们人类的祖先是猿，这就是达尔文的说法，而且他有确切的时间概念，他说在二百六十万年到三百万年之间，人类脱离了猿，变成了我们现在意义上的人，然后人类又分为几个阶段。

但是，现在有很多科学家也怀疑达尔文的说法是否对，他说人是由猿变过来的,但是有许多人提出在猿身上的某些器官的进化,比我们人类的还要早,还要优先,我们人类的进化,我们身上的很多器官没有猿进化得好。所以很多人认为,猿就是猿,人就是人,人不是猿变的。所以达尔文的进化论是受到质疑的。

我们今天讲农业文明,还是要讲达尔文的进化论,因为他是属于现代科学体系。今天我们讲的人类农业文明还是要建立在科学基础上来讲。

根据达尔文的说法,我们人类在地球上从猿变成人有二百六十万到三百万年的历史,那么我们知道世界上有四大文明古国,我们中国是其中之一。孩子们,这个你们一定要非常地自豪,从地球上有人类开始,生活在地球的各个种群,不下几万个,目前各个国家的民族统计有两千多个,但是其中只有四个民族被称为四大文明古国,我们应该很自豪,我们是几万分之四,我们是地球上两千个民族其中的一个有辉煌文化文明的民族。

六

所以说从最早产生人类开始,这个地球上就有很多很多的族群,我们知道我们人类文明的历史,有人说古埃及人一万年,古巴比伦人七八千年,古印度人五六千年,西方人认为我们中国人只有三千年的文明史。但是我刚才说的那个数据,人类在地球上生存开始,有二百六十万到三百万年这样长的历史,而文明的诞生也就是人类成为真正的"人"的样子，只有一万年的历史，在二百九十九万年的历史里，我们人类是住在洞子里，光屁股的，茹毛饮血的，喝的生水，吃的是生的食物，我们人类就像现在的鳄鱼、狮子、野猪一样，我们也就是为了吃去拼。我们也没有文字，没有文化。

大地永远都是大地，大地永远都是日月交替，寒来暑往，我们人类没有认知的能力，我们人类智慧未开，在这二百九十九万年我们人类始终都是处在蒙昧、愚昧、黑暗之中的。

我们中国有个神话非常伟大，这个神话叫做"盘古开天地"。说，有一个人叫盘古，他昏睡了三万多年，他昏睡在一个像鸡蛋一样的混沌空间里，有一天他突然醒了，他就开始用斧子来劈，想把这个"混沌"劈开，想自己走出去。结果一劈开，又合上了，一劈开又合上了。所以盘古最后用自己的身体，把"混沌"分开的两个部分，上半部分用身体撑住，随着盘古撑开"混沌"以后，他每天要长高一尺，最后他撑了几万年，终于让天和地分离开来，清气上升变成天，浊气下降变为地，最后盘古也累死了。

盘古开天地这个故事不要理解成地球的起源，你理解成文明的起源就对了。这个世界，自从地球形成，都是现在我们看到的样子，白天阳光，晚上黑暗，只不过我们人类的智慧没有开启，盘古的故事就象征着我们中国人文明的开启，象征着我们中国人智慧的开启。人类智慧开了，才能认识到这世界天地分明，日月流转，才四季更替，假如人类的智慧不开，世界上永远都是一片"混沌"。一头牛看到的世界和我们人看到的世界是完全不一样的。

七

在人类三百万年的进程中,人类始终生活在和其他的动物没有分离开,生活在愚昧的时代,生活在对世界蒙昧无知的时代,直到一万年前有一件事情发生了,这个事情就是人类农业出现了,一个伟大的时代开始了,从这一万年开始,人类进入到加速度的发展时期。有人说我们周口店的山顶洞人会使用火,但是他还没有能力去种地。

农业出现了,农业文明也诞生了。什么叫"农业文明",农业文明就是建立在农业基础上的文化。在原始阶段,就是没有农业产生之前的文化,就叫做原始文明,在海洋上捕鱼,就叫"渔业文明",草原上打猎就叫"狩猎文明"或者"草原文明",后来我们进入了工业化阶段,就进入了"工业文明"阶段,现在我们进入到信息化阶段,现在就是"信息化文明"。

就是在一万年前,我们人类历史上最伟大的一件事情发生了,就是人类学会种地了,伟大的农业文化开始了。

八

农业到底是从哪里开始的?地球上存在着不同的说法。

第一种说法是"一源说",就是农业产生在一个地方,从一个地方传入到世界各地的,这个地方就是托罗斯山和扎格罗斯山地区。以叙利亚、巴勒斯坦、伊朗、土耳其等为中心。主要是西亚地区，这个地方是最早人类产生农业的地方，最后通过地中海沿岸进入欧洲，越过地中海进入埃及，然后东传，传入我们中国，我们中国的黄河、长江流域，再南下到了印度，产生了四大文明古国，我们四大文明古国的文明基础，都是建立在农业的基础上的。

第二种说法是"人类农业多源说"，人类农业发源于很多地方，比如说第一个就是古代巴比伦，第二个地方就是我们中国黄河、长江流域，第三个是中美洲。

我们中国人坚持农业多源论，因为我们中国自古以来就是农业的发祥地之一，因为农业的一源论出现在十九世纪前半期，而在十九世纪的后半期，在半坡文化我们发现了粮食，发现了一个对我们中国人来说非常重要的一种植物，叫做"稷"，就是江山社稷的"稷"，实际就是谷子，在半坡文化里我们发现了"稷"这种植物，这说明什么？说明我们中国最早是种谷子的国家，而在河姆渡文化我们发现了水稻，也是六七千年前，这就说明我们的江南已经开始种植水稻了，我们中国起码有两种植物是我们自己驯化的。过去这些植物生长在野外，人类不知道他们能够集中地大片耕种，到最后，我们人类发现那些植物，可能有一些有心的人，把这些植物的种子在饥饿寒冷的时候吃掉，就像我们中国有个神话叫"神农尝百草"，就是炎帝神农氏把所有的植物都尝一遍，哪些东西能吃，哪些东西不能吃，然后奠定了我们中国农业和药学的基础。也可能有一个人把植物种子吃掉，觉得这个东西是可吃的,而且是有营养的,最后开始逐渐地大片耕种,从而催生了农业的发源。

九

我们人类就开始有组织的在地球上种植粮食,农业时代和农业文明开始了。农业产生以后,我们人类的智慧才随着农业开启。为什么这么说呢?农业推动了手工业的发展,例如制陶、制革、纺织等手工业。使人类从过去的使用物质,变成物质的生产者。在生产的过程中,人类产生了许多种服务于生产的知识和学问。

农业也促使村落的出现,人类逐步实现了定居生活。农业需要定居的生活。人类过去打猎,走进森林里,经常生命得不到保障,很多人被野兽吃掉,很多人会冻死在路上。但是农业开始以后,人类能够开始定居的生活,我们围着这一块地开始定居下来,这一固定下来人类开始互相交流,交流思想,交流感受,交流文化,农业促使了人类定居的生活,这种定居的生活产生了人类的制度,大家定居在一块儿怎样生活?是没粮食我就抢你的,还是互相买卖?弱者是不是受到保护?需要不需要法律?需要不需要警察?人类在一块儿越聚越多,最后人类社会的各种模式,人类社会的各种制度就开始逐渐建立了,所以说农业的出现是人类历史上最伟大的事件。

十

人们把创造和发明了农业的人称为神。我们中国最伟大的农业之神就是炎帝,炎帝生活在我们陕西宝鸡一带,有人认为炎帝和神农氏是两个人,但是有人认为他们俩是一个人。有个传说就说,在古代有一个国家叫"有熊国",住的人叫"有熊氏"。这个"有"是个虚词,就是见证历史的意思,这个"氏"就是一个标识,"熊"是我们的国名,可能当时中原地区生活了很多熊,所以这个地方叫"有熊国"。

"有熊国"的国君少典娶了两个老婆,生了两个儿子,这个大儿子就是炎帝神农氏,小儿子就是黄帝轩辕氏。传说炎帝神农氏生下来的时候是牛头人身,但是我认为他是一个长得像牛一样强壮的人。他的脾气很暴烈,他的爸爸少典就不喜欢他,让他外出居住在姜水河畔,姜水河就在我们现在的宝鸡、武功一带,炎帝神农氏就以"姜"作为自己的姓氏。我们中国人说我们是炎黄子孙,其中一支是姜姓后代,一支是姬姓后代,因为黄帝居住在姬水河边,所以他以"姬"作为自己的姓氏,最后发展成黄帝的这一支。

有熊国国君的大儿子炎帝,他住在我们陕西这一带,这个人是一个很会种地的人,是他最早发现用火可以烧荒,他发现了很多植物的种子,可以通过种植,通过人类的驯化,然后能够变成我们人类的食物。在炎帝神农氏时代,根据传说可能有五千年左右,我们已经种过五谷,黍、稷、麦、稻、粱,五种植物包括我们现在吃的麦子、水稻、高粱、糜子、谷子,这五种植物我们把它称为"五谷",五谷开始在我们渭河地区、黄河地区普遍耕种,而且炎帝发明了耒和耜这样的农具,所以我们中国农业的奠基人是炎帝神农氏,他是神农,是我们中国的农业之神。

炎帝除了发现了五谷,他还发现了六畜,六种适合于我们人类吃和养的动物,我们人类最早养的动物就是狗,狗是我们人类最早从狼群里抓回来了进行驯化的动物,后来还有鸡,还有牛、羊、马,还有猪,

实际上轩辕黄帝也是一个农业方面的专家,轩辕黄帝的老婆嫘祖,她还发明了养蚕,通过养蚕我们人类开始知道穿衣服,她还发明了麻的纺织,开始制造麻布,然后我们人类开始有了遮羞的衣服。

但是有一种说法,说我们现在吃的麦子是从中东传来的,有一批波斯人,带着麦子的种子,他们最早到我们的沿海地区来耕种,这一批人后来姓麦,麦子是从外面传进来的粮食品种。

中国有中国的农业之神,在西方神话里也有农业之神,希腊神话中农林女神克瑞斯,罗马神话农神萨图尔努斯,都是发明和掌管农业的神。

十一

我们说人类文明,人类走过了几百万年的洪荒时代,在愚

昧，在对世界的不知不觉中，在一个漫长的时间段里生活了几百万年，直到农业出现了，城市、村镇开始建立了，我们为了种地，发明了农具。我们为了离开河流，因为古代没有经过改造的河它会经常泛滥，来回地摇摆，三十年河东三十年河西，很多人就会受到河水的威胁。人类后来就离开河流居住，逐渐地建了村镇，最后到了传说中的尧帝，尧帝发明了打井，井让人类远离了河流，因为我们看到人类早期的文化遗址都在河流边上，直到尧帝时代就是距今三千年以后，很多城市都有自己的供水系统，就是学会了打井。

有一个传说，说有一年大旱，人民都没有水喝，结果尧帝就观察到很多蚂蚁都往地下钻，蚂蚁钻下去再上来之后它的须上就有许多水珠，所以尧帝认为地下是有水的，所以他就动员人民来打井，井的发明才让人类开始能够远离河流，建立村镇，建立城市。

十二

人类在漫长的洪荒年代，在无知中度过，但是大自然给人类认识世界的一把钥匙，就是"文"，文化的"文"，文明的"文"。它最早指的是，各种东西，万事万物的纹路、花纹。美丽的蝴蝶，动物的毛皮，河流的流动，大山的形状，都不同。这世界上没有两种完全纹路相同的生物，包括我们每个人的指纹都是不同的，这是大自然给人类的一个神秘的认识世界的钥匙。我们伟大的古人就根据每一种动物的花纹,创造了我们人类历史上最伟大的发明就是文字,在没有文字之前我们有语言,人类的语言可能是简短的,无法进行远距离交流的,这样的一些散碎的声音。自从人类发明了文字,通过文字,我们可以记录人的智慧,记录人的经验,然后能够一步一步进行深入的逻辑思维。

大学生朋友知道,我们写论文,是靠文字进行逻辑推理的,没有文字我们人类只能进行简单的认识,简单的思维,有了文字人类开始进行深层次的逻辑思维,而且对世界上的万事万物开始进行标识。我们把长着犄角,身体强壮的动物称为牛,把一个奔跑的,长了非常美丽毛皮的东西称为马,把天上会飞的称为鸟,把高高崛起的称为山,把聚集了许多水流动的称为河。

文字的发现,让人类的智慧逐渐地开启,人类的思想和思维,就像日月一样的光明,所以我们把人类通过文化认识世界的这种行为,就叫做"文明",这是文字、文化带给人类的智慧和光明。这是我们中国人发明的一个非常美好的词语。

十三

从野蛮的生活状态一步一步走到今天,从漫长的农业文明到工业文明,迅速进入到现在的信息文明,而这一切的基础就是农业文明。所以说文明的起源,人类智慧的开启就是从农业时代创造的文字开始的,我们中国有文字大概有三千年的历史,那么西方人说埃及人,有人说它八千年,有人说它一万年,印度人也有八九千年的历史，就在这个时期，人类开始脱离了蒙昧，走向智慧。

十四

其实人类在这地球上就干了三件大事情，这三件事，是大自然没有告诉我们，我们自己发现的，是大自然没有提供给我们，我们自己掌握的。

第一就是发明了文字，第二发明了数字，第三人类创造了音乐。

山有多高，海有多深，路有多远，大自然没有标识，没有说哪个地方天然就写个"一千二百公里"，这都是我们人类标识上去的，人类通过自己的智慧来感悟，发现这个世界上就像《道德经》说的，"长短相形，高下相倾"。长短是不一样的，高低也是不一样的，所以这些东西都是通过一个神秘的东西来标识，这个东西就是"数"，"数"在人类文化中占有非常重要的地位，他是科学建立的基础，这是人类认识世界的又一把金光灿灿的钥匙。

第三个就是我们人类发明了音乐，我们知道地球上任何的声音都是简单的重复，山泉的滴咚声非常美妙，但是它永远是简单的重复。风声、鸟的叫声，都是简单的重复，我们人类自己创造的令我们人类赏心悦目的声音就是音乐。人类的音乐变化繁复，悦耳动听。并且人类通过用自然的材质制造乐器，我们人类自身靠我们的嗓音歌唱。

这是人类文明最伟大的三个发明，就是文字、数字和音乐，人类一切的文化都是建立在文字的创造,数字的发明和音乐带给人类的井然有序的生活。因为我们今天讲农业,没法深入地讲儒家一个核心的内容就是"乐",我们很多人不知道"乐"对世界的贡献,音乐和文字一样,对人类的生活产生了深远而伟大的影响。

十五

人类进入文明以后,在农业文明的基础上,建立了国家、军队,有了疆域的概念,然后农业从黄河流域、长江流域,向四面八方发展。我们中国人在农业文化的基础上,创造了热爱自然,天人相应,和谐美好,勤俭持家,仁爱礼让这样的思想体系。同时我们为了保卫我们的家园,也创造了伟大的军事思想。同时我们也创造了认识世界的阴阳的思想。

到了春秋战国时期,是思想大爆发的年代,我们的诸子百家,中国的圣人们,伟大的思想家们,像孔子、老子、庄子、孟子、荀子、孙武,这些闪光的名字就带领着我们这个民族从远古的洪荒,从人类认识世界的低水平低水准,逐渐地让我们中国人的智慧得到开启,我们一路从远古的农业文明逐渐走来。

十六

目前这个世界上的冲突,主要还是文明的冲突。有游牧民族阿拉伯人创造的伊斯兰文明,有农业文明基础上的,我们中国人创立的儒家体系为核心的国学思想，同时呢，西方人也是建立在农业文明基础上的基督教，还有印度建立在农业文明基础上的佛教，这几种思想目前在世界上，依然在不断地碰撞，不断地斗争，在碰撞斗争中甚至发展成战争，阿拉伯人和西方人的战争。而我们中国的儒家思想，在坚守着我们这块土地的同时，也在朝世界各地发生它的影响。

农业是目前几种文化和文明的基础。而工业文明是建立在畜牧业文明的基础上。

西方的畜牧业文化，发展成了现代工业文化。我们知道英国人把地都圈起来，种草养羊，来发展毛纺织业，在毛纺织业的基础上发明了机器，最后由机器纺毛发展成大工业化的生产，让人类逐渐进入工业化时代。

而我们广大的东亚地区的文化都是建立在农业文化的基础上，我们中国最美的诗，就是田园诗，我们中国人不管是在朝廷做官的官员，还是在城市做生意的商人，都对田园文化，对蓝天白云，对牧童笛声，对乡村的田野充满了向往，为什么？因为在骨子里，我们的文化基因是农业文化，在农业文化的基础上，我们中国文化逐渐地走到今天这个局面。虽然中间不断地被异族文化渗透，不断地打断，不断地割裂，但是都跟我们的民族文化相融合了，形成了我们中国这样一个文化体系。

在目前地球上有两千多个民族，我们就是其中文化最辉煌的一个伟大民族。我们中国人都应该感到自豪和骄傲，我们的文化是神圣的，这些神圣的文化，是建立在我们国家进入农业文明比较早的基础上。

十七

我们中国历朝历代的政府最重视的就是农业,是吃饭的问题。农业牵扯到我们国家的人民是否安定,牵扯到我们国家的国力是否强盛,牵扯我们国家的战争成败,是牵扯到我们国家生死存亡的大事情。

所以,今天我们西京学院至诚书院的孩子们来体验农业文明,你们看到了在农业文明时代的农业发展架构,虽然它是复制的,但是它是有价值的,它让我们能看到当年老百姓生活的这种架构。

今天我没有讲农业科技的发展,比如说农具的革新,比如农业科学技术的发展。我们不讲这些,仅仅讲了农业的起源和农业文明的皮毛。

十八

最后我想讲讲饥荒的问题。在人类历史上,我们国家有文字记载的历史三千年,但是我们中国在这三千年里发生的灾荒,就有上千次。在我们中国的版图上,平均每年都有饥荒,而且有的饥荒延续达到二三十年以上,人民大片地被饿死。灾荒引起的原因有大自然的原因,持续不断地干旱,长期的水灾,更有人为的原因，导致的饥荒。我们国家历史上的很多次改朝换代，基本上都与饥荒有关，与饥饿有关，大量的人民面临饿死的情况下开始革命，开始推翻统治政权。就是为了吃饭，然后铤而走险。

农业生产保证了人类的吃饭问题，但是就在这种情况下饥荒不断地发生，粮食安全得不到保证。我们陕西，我们自认为是天府之国的地方。陕西关中平原自古称为天府之国，这个是张良最早提出来的"天府之国"这个概念，就是指关中平原。就在关中平原上也是饥荒不断，我们礼泉县的县志经常能看到饥荒发生，人民易子而食，饿殍遍野。这些话我们说起来很轻松，易子而食就是没有什么可吃的，你吃我的儿子，我吃你的儿子，没有什么可吃的就吃人吧，你们想象一下这种痛彻心扉的场面，你们想象人类残忍，人类相互残杀的局面是多么的让人心痛。饿殍遍野，很多被饿死的人倒在路上，而这种历史离我们并不遥远，也就是五六十年的历史。而下一次饥荒什么时候来临？是不好预测的。

所以孩子们，我们要珍惜现在这个美好的时代。能吃饱的时代是一个幸福的时代，一个能吃饱而且有书读的时代是一个伟大的时代，一个能吃饱饭还能够让我们感悟人生的智慧，这是伟大中最伟大的。

我们现在赶上了这样一个时代，天天能吃饱，而且想吃什么就有什么，这种时代在中国历史上是很难得很难得的。所以呢，我想给同学们说，珍惜生活，珍惜你的盘中餐，珍惜我们今天获得的幸福。你们也要关注农业、关注农民、关注农村。要用你们的智慧来让我们国家的农业增产，而且让我们中国的农业进入现代化的生产的模式,什么大棚养殖啊,各种科学手法上的进步呀。孩子们,希望就在你们身上。

把你们的知识变成智慧。知识和智慧是有差距的,知识就是你认知的世界,对某一个行业,某一件事情你有认知。然后要把它变成智慧,这个智慧包括你对世界的看法,对人的看法,你对世界的做法。你对人是不是热爱,对大自然是不是敬畏。

做人要做一个有智慧的人,有了智慧你才能够活得从容,你才能对世界上看得清楚,你才能够不盲从,你才能够活得坦然。

智慧怎样获得呢?就需要读书,读我们人类创造的各种智慧的书籍。有了智慧,你才能够生活得幸福不纠结,才能够认识大自然的各种奇妙,认识人的各种差异,能够懂得敬畏自然,热爱人民,热爱我们身边的每一个人。因为这个世界上的人是千差万别的,人是最复杂的动物,但也是最简单的动物。

就是我刚说的,吃的问题和文明问题是人类永远纠缠的两个主题,你别看我们现在要求得很多,我们想干这想干那,一旦我们没饭吃,一切都化为乌有。人没吃饱前只有一个想法,就是吃,吃饱了以后才会有各种想法。

十九

吃饱了以后就不能老念着吃,吃货也很可恶,孔子说:君子远庖厨。君子谋道,小人谋食。就是你吃饱以后你要谋着关心更多的事情,关心人类的发展和生活,人生要树立大的胸怀,要有大的目标。

　　大的目标首先要使你自身有幸福感。培养豁达的，心胸开阔的，能够接纳文明的，而且不被世界上各式各样的问题所困惑的，不纠结的这样的人，这是一个大的目标。你不要认为你自己能把控你自己，自己树立良好健全的人格，也是不容易的。

　　自己建立起良好的人格，下来就要关心我们身边的人和事，心胸达到厚德载物。我们的品德就像大地一样的厚实，能够承载人类社会中复杂的问题，承载我们人生中经历的各个方面的问题，做一个有智慧的人，做一个豁达的人，然后让自己的人生，让你的爱情观、婚姻观、家庭观、父母观、天地观都建立在一种正确的层面上，你的幸福感就增加了，而且能够在人生短暂的时间里，一生能够长命的一百岁，普通的五六十岁，七八十岁就走了，在人生短暂的几十年里，能够活得像一个真正的人的样子，成为一个幸福的人，成为一个豁达的人，成为一个能够把控自己人生的人，这个目标虽然听起来很大，实际上就是从学习人类的智慧开始，不光是自然科学的智慧，更要学习人文科学的智慧。

　　因为我没有时间展开讲我们古人的智慧，讲《易经》，讲《论语》，同时也讲西方人的智慧，苏格拉底的智慧，柏拉图的智慧，所以呢，我就简单的梳理了一下以农业为核心的人类走过的历程，因为我也没有教案，我就凭我的记忆告诉大家这么多。

2016年11月26日于醴泉东黄小镇石岗书院大讲堂

一个人
——致敬石岗
（代 跋）

郭勇

学者作家石岗，与我相识近廿年，近日赴其府拜见相谈甚欢，知其呕心沥血修订完成《群书治要考译》后，《国学治要译注》亦杀青，可贺。临别他将新著《大记》送我，是他的经典文集，有小说、散文、随笔、诗、词、歌、赋，还有剧本等，回来后通读，更感觉石岗学富五车，才高八斗，令我由衷敬佩，特赋诗表意。

一

历史川流不息
你在寻找它和他
熙熙攘攘的利禄如蚊子
叮在文字堆积的路口
跟着风品着雨

玉成

众多的脚步朝一个方向
排布着新闻的背景
街巷拥挤着盲从的赞美
你逆袭了路牌的指示
用貌似悠闲的散步
逆流而行如刀客行侠
更像为一段段历史掘墓
一个人

二

攀沿着词句的绳索
和古人故人做一次刻骨的谈心
在群书堆砌的丛林里
用绷紧的神经治要中国的精神
一年又一年,十年……
迷障中亮出剑魂
一篇篇一册册
梦绕千年回眸的停顿
斟酌里断须
西楼观天涯
无法望尽
在灯红酒绿的闹市

你如僧
用心敲了月下的门
一个人

三

独坐在抵抗流俗的河岸
你知道不止是你一个人
尽管这片天有过乌云
这片土地也长过不少的恶心
但当我们遥望群书浩瀚的星河
会发现回家的路上
有太多的风景
游戏的迷宫
有好几个大门
书如般若
读着精进
只要每天像你一样
沉浸
一个人

玉成

四

一个人走着想着
一个人爱着写着
抿着世界上唯有你自己
拥有的厚厚的嘴唇
走在日渐衰老的路上
为了国学经典的青春
该睡了
静谧黎明将要来临
彻夜读你的《大记》
一个人

2015年7月24日黎明前于竹影斋